grafit

Die dänische Originalausgabe »Som ringe i vandet« erschien 1991 bei
Forum Publishers, Kopenhagen

Deutsche Erstausgabe

Chemnitzer Str. 31, D-44139 Dortmund
Internet: http://www.grafit.de
E-Mail: info@grafit.de

Umschlaggestaltung: Peter Bucker
unter Verwendung eines Fotos von Alfred Büllesbach/Visum
Druck und Bindearbeiten: Clausen & Bosse, Leck
ISBN-13: 978-3-89425-554-1
ISBN-10: 3-89425-554-4
1. 2. 3. 4. 5. / 2008 2007 2006

Kirsten Holst

Der Prinz ist tot

Kriminalroman

Aus dem Dänischen von
Hanne Hammer

grafit

Die Autorin

Kirsten Holst wurde 1936 in Lemvig geboren. Sie hat bisher 15 Kriminalromane geschrieben und ist mit dem Edgar-Allan-Poe-Preis ausgezeichnet worden. Ihre Romane wurden ins Schwedische, Finnische, Deutsche, Holländische, Tschechische und Japanische übersetzt.

Der Prinz ist tot ist nach *Du sollst nicht töten!* (2000), *Wege des Todes* (2001), *In den Sand gesetzt* (2002), *Volles Haus* (2004) und *Der Tod steht auf der Schwelle* (2005) der fünfte Krimi mit den Kommissaren Høyer und Therkelsen.

Außerdem erschien 2003 der Kriminalroman *Zu lebendig zum Sterben*, in dem Kirsten Holst zum ersten Mal die Detektivin Bea auf Mörderjagd schickt.

1

Es waren die Hunde, die eine erste leise Ahnung in ihm aufkommen ließen, dass etwas nicht in Ordnung war.

Die Hunde!

Warum um alles in der Welt schlugen die verdammten Köter nicht an? Gewöhnlich hörte er sie schon bellen, wenn das Gittertor in der äußeren Umzäunung aufging und er auf die alte Scheune zufuhr, die als Garage diente.

Aber heute Abend – kein Laut.

Er hatte das Auto abgestellt und war ausgestiegen, die Tür war hinter ihm zugefallen und er hatte schon mehrere Schritte gemacht, bevor ihm klar wurde, dass etwas absolut nicht in Ordnung war.

Die Hunde! Jetzt hätten sie sich heulend und winselnd gegen den Maschendraht des inneren Zauns werfen müssen. Seltsam, wie man sich so sehr an etwas gewöhnen konnte, dass es einige Sekunden brauchte, bevor man registrierte, dass es nicht da war.

Wo waren die verdammten Köter? Sie mussten das Auto gehört, seine Schritte auf dem Kies erkannt haben, seinen Geruch.

Hatte er vergessen, sie herauszulassen, bevor er gefahren war?

Was für eine idiotische Frage. Sie *waren* draußen. Sie waren immer draußen. Jedenfalls die beiden Pitbulls. Das waren Wachhunde, keine Schoßhunde. Nur Tjekka, die Schäferhündin, durfte manchmal ins Haus, aber nur wenn er selbst da war. Hunde mussten wissen, wer der Herr im Haus war.

Er blieb ein paar Schritte von dem Tor entfernt stehen. Lauschte. Strengte sein Gehör bis zum Äußersten an, doch da war nichts als die üblichen Nachtlaute. Das leise Rauschen des Windes in dem trockenen Gras, das ferne Brummen der Autos auf der einige Kilometer entfernten Autobahn. Sein eigener Atem. Sonst war alles still.

Er machte einen Schritt und fand sich plötzlich zu laut, erschreckend laut. Oder war da noch etwas anderes? Ein anderes Geräusch?

Wieder blieb er stehen. Sah sich um.

Licht war ausreichend vorhanden. An dem Zaun entlang standen Lampen, alle fünfzehn Meter eine. Die verlassene Häuslerstätte war ihre Festung gewesen, mit Wachtürmen, Zäunen, Hunden und Lampen. Er hatte Hunde, Zäune und die Beleuchtung behalten, obwohl er jetzt allein hier lebte. Meistens jedenfalls. Manchmal wohnte ein Mädchen für einige Wochen bei ihm, doch die Mädchen waren es schnell müde, hier draußen in der Pampa zu hausen und nichts zu tun zu haben, außer seine Sachen zu waschen, für ihn zu kochen und Videos anzuschauen. Sie wurden der Hunde und der Lampen und der Einsamkeit überdrüssig.

Der Gedanke, dass sie vielleicht auch seiner müde wurden, streifte ihn nicht einmal.

Eine von ihnen hatte ihm erzählt, dass in der Nachbarschaft das Gerücht umging, er habe Angst vor Gespenstern. Dass er deshalb die vielen Lampen habe. Sobald es dämmerte, gingen sie automatisch an.

Angst! Er hatte nur gelacht.

Er hatte vor nichts Angst. Hatte nie Angst gehabt.

Sie hatte ihn angesehen und gedacht, dass das stimmen konnte. Er hatte zu wenig Fantasie, um Angst zu haben.

Er lebte in einem verkrüppelten Jungentraum, einer Mischung aus Western- und Ritterromantik, den andere sich ausgedacht hatten, und war naiv genug zu glauben, dass das das wirkliche Leben war.

Natürlich hatte er keine Angst. Er hatte die Beleuchtung und alles andere behalten, weil er die Sicherheit schätzte. Ihn sollte keiner überraschen. In seiner Branche konnte man nie sicher sein.

Er hatte auch jetzt keine Angst. War lediglich auf der Hut. Weil etwas nicht war, wie es sein sollte. Weil die verdammten Köter noch nicht einmal gebellt hatten.

Er öffnete das Schloss in dem Drahtzaun und tastete nach dem Schalter, um die Alarmanlage auszuschalten, während er sich hineinzwängte. Dann erstarrte er, die Finger auf dem Schalter. Die Alarmanlage *war* ausgeschaltet.

Er drückte den Schalter noch einmal. An? Aus? An? Aus? An ... oder aus? Er fluchte und schaltete die Alarmanlage wieder an, als er drinnen war. An? Ja, er war sich sicher, dass sie eingeschaltet war.

Seine Gedanken schienen nur träge durch sein Hirn zu fließen. War die Alarmanlage ausgeschaltet gewesen? Oder hatte er sich das eingebildet? Er wusste es nicht mehr.

Aber die Hunde. Wo waren die Hunde?

Im selben Moment entdeckte er den ersten. Er lag zwischen Haus und Zaun. Zuerst hielt er ihn für einen alten Sack, doch das war kein Sack. Das war Tjekka. Die Schäferhündin. Die älteste von ihnen. *Seine* Hündin.

Er beugte sich über sie. Tastete nach der Halsschlagader. Sie war tot. Wurde schon langsam steif.

Er richtete sich wieder auf. Er wusste, dass die beiden

anderen auch tot waren. Und jetzt spürte er, wie die Angst ihn überrollte. Seine Nackenhaare sträubten sich, der Schweiß schoss ihm aus allen Poren und die Beine fühlten sich an wie Pfosten, die tief in die Erde gerammt waren. Irgendwo hier in der Nacht wartete jemand auf ihn. Behielt ihn im Auge.

Er wusste, dass er etwas tun musste, doch er konnte die Beine nicht bewegen. Hatte auch keine Ahnung, was er tun sollte. Wohin er flüchten sollte. Wo war er, der Feind? Der unsichtbare Feind, der ihm hier im Halbdunkel auflauerte. Er nestelte an dem Reißverschluss seiner Jacke herum, zog ihn herunter und steckte unendlich langsam und vorsichtig die Hand hinein, um nach der Pistole zu greifen.

Mit der Waffe in der Hand blieb er stehen.

Er fühlte sich gleich ein wenig sicherer. Das erste lähmende Entsetzen verflüchtigte sich. Auf seltsame Weise war er aufgedreht. Das war das Adrenalin, das sein Herz schneller schlagen und seinen Mund trocken werden ließ. Aber er konnte verdammt nochmal nicht die ganze Nacht hier stehen bleiben. Er wusste genau, wer in der Dunkelheit außerhalb der Lichtkreise auf ihn wartete.

Die Angst wich immer mehr. Er würde das schon schaffen.

»Brian!«, rief er ins Dunkel. »Ich weiß, dass du da bist, Brian. Was zum Teufel soll das, Mann?«

Er schwieg und lauschte.

Noch immer war kein Laut zu hören.

»Brian, verdammt! Was willst du? Das hier bringt doch nichts! Du weißt doch gar nicht, wo das Geld ist.«

Das Dunkel schwieg hartnäckig.

»Es ist nicht hier, Brian, falls es das ist, worauf du aus

bist. Und ich habe auch nicht vor, dich reinzulegen. Du bist mein Freund, verdammt! Wir sitzen im selben Boot!«

Er hielt die Pistole noch immer schussbereit in der Hand, als er langsam auf die Haustür zuging. Und plötzlich antwortete das Dunkel.

Er hörte ein leises Lachen und dann hatte er das Gefühl, als träfe ihn ein Presslufthammer im Schritt.

Er fiel auf der Stelle um, nur wenige Schritte von dem toten Hund entfernt. Die Pistole glitt ihm aus der schlaffen Hand und landete mit einem kurzen metallischen Klick auf dem Kies.

Der Mörder – der noch nicht zum Mörder geworden war, denn der Mann auf dem Boden lebte noch – rührte sich nicht von der Stelle. Der Mann auf der Erde stöhnte, aber es war unmöglich zu sagen, ob er bei Bewusstsein war.

Noch einmal hob der Mörder langsam das Gewehr, um es dann wieder zu senken. Vielleicht war es besser so. Der andere hatte keine Möglichkeit, Hilfe zu holen. Er würde es nicht bis ins Haus schaffen und vor dem nächsten Vormittag würde hier mit Sicherheit keine Seele vorbeikommen.

Ja, es war am besten so.

Der verletzte Mann hörte die Schritte. Sie klangen fern, als steckte sein Kopf unter einer Bettdecke. Sie hielten ein einziges Mal inne, dann kamen sie näher, und er spürte, dass jemand still neben ihm stehen blieb und ihn ansah. Wenig später hörte er die Schritte wieder und dann quietschte das Tor, als der andere den Ort verließ. Jetzt war er allein mit den Schmerzen, die er noch nicht fühlte.

Doch bald würden sie kommen. Die Schmerzen. Und die Gespenster. Und keine Lampen konnten sie vertreiben.

2

Flemming Rosgård schob sein Fahrrad den Gartenweg hinauf in die Garage, stellte es in den Ständer, nahm den Instrumentenkoffer vom Gepäckträger und betrat das Haus durch die Seitentür, die über den hinteren Gang in den Windfang führte.

Er stellte den Koffer auf den Tisch, während er die Überschuhe abstreifte. Er betrachtete sie kritisch. Sie wurden langsam unbrauchbar. Tina verabscheute sie. Sie fand Überschuhe lächerlich. Noch lächerlicher hatte sie es gefunden, dass er sie letzten Frühling hatte vulkanisieren lassen.

»Wie geizig kann man eigentlich sein?«, hatte sie ihn gefragt.

Er konnte nichts Lächerliches daran finden. Es war viel alberner, sich seine guten Schuhe von Salz und Schneematsch ruinieren zu lassen. Und es bestand kein Grund, Geld für neue Überschuhe zum Fenster hinauszuwerfen, wenn man die alten reparieren lassen konnte.

Doch jetzt hatten sie ausgedient. Er warf sie in den Müllsack in der Ecke, bevor er den Instrumentenkoffer nahm und durch die Küche in die Diele ging. Er öffnete den Garderobenschrank, stellte den Koffer hinein und hängte seinen Mantel auf einen Bügel.

Im Wohnzimmer war Licht, aber er ging zunächst zum Kinderzimmer, öffnete die Tür und schaute hinein. Er stand einen Augenblick da und betrachtete die zwei schlafenden Kinder im Lichtschein, der von der Diele hereinfiel. Sie verblüfften ihn immer wieder, die Kinder.

Selbst wenn er mit ihnen spielte, sie badete oder mit ihnen spazieren ging, versetzten sie ihn in Verwunderung. Wo kamen sie her? Natürlich wusste er, wo sie herkamen. Er hatte sie zum Teufel nochmal selbst gemacht, hatte mitgeholfen, sie zu machen, aber trotzdem blieben sie für ihn zwei kleine, seltsame Wesen, die aus dem Weltraum in sein Leben gefallen waren. Faszinierend, rührend und ein ganz klein wenig erschreckend. Aliens.

Vielleicht lag das daran, dass er sich nicht erinnern konnte, selbst einmal so klein gewesen zu sein. Er hatte nicht die leiseste Erinnerung an sich als Kind. Natürlich hatte er Fotos und sogar kurze Schmalfilme von einem Kind gesehen, das er sein sollte, aber sie sagten ihm nichts. Es hätte jeder x-beliebige kleine Junge sein können. Seine erste Erinnerung stammte aus der Schulzeit, als er zehn Jahre alt gewesen war. Er hatte seine Milch verschüttet und war erschrocken gewesen, wie viel Flüssigkeit in einen Zwei-Deziliter-Becher passte. In seiner Erinnerung war das fast wie ein Traum. Milch spritzte nach allen Seiten, lief über den Boden, die Wände hinunter und wurde schließlich zu einem riesigen See, der die ganze Klasse überschwemmte. Eine peinliche Erinnerung, auf die er gern verzichtet hätte. Er hatte keine Ahnung, was sonst noch passiert war. Ob er ausgeschimpft worden war oder ob jemand die Milch für ihn aufgewischt hatte. Idiotisch.

Tina glaubte ihm nicht, wenn er sagte, dass er sich nicht an seine Kindheit erinnern konnte. Sie behauptete, dass es das nicht gäbe oder dass er sich nicht erinnern *wollte*. Dass er etwas verdrängte.

Unsinn! Warum sollte er sich nicht erinnern wollen? Er hatte eine gute Kindheit gehabt, dessen war er sich sicher.

Das Kind auf den Bildern lächelte und sah zufrieden aus. Es war mit Sicherheit ein glückliches Kind.

Vorsichtig schloss er die Kinderzimmertür und ging weiter zum Wohnzimmer. Unwillkürlich zögerte er kurz und holte tief Luft, bevor er eintrat.

Alles sah aus wie immer. Und warum sollte es das auch nicht? Tina saß in ihrem Lieblingssessel, die Beine auf dem Fußschemel.

»Ach, du bist es«, sagte sie.

Er bezwang seine Lust zu fragen: »Wer sollte es denn sonst sein? Hast du jemand anderen erwartet?« Mitunter brauchte es nicht viel, dass sie einen Streit anfing. Manchmal hatte er den Eindruck, dass sie das richtiggehend genoss. Er genoss es nicht. Streit erschreckte ihn.

Er ging zum Barschrank, nahm ein Glas und schenkte sich einen Whisky ein.

»Hast du noch nicht genug?«, fragte sie.

Er biss die Zähne fest zusammen. Aus ihrem Mund klang das, als hätte er ein Alkoholproblem, doch wenn er das sagte, würde sie erwidern, dass er überempfindlich reagierte.

Mit dem Whisky in der Hand setzte er sich in eine Ecke des Sofas.

»Ich habe meine Überschuhe weggeworfen«, sagte er und hörte selbst, wie idiotisch das klang.

Eine Gabe. Eine Opfergabe. Ein paar alte Überschuhe!

»Das wurde auch Zeit«, sagte sie.

»Nächsten Winter kaufe ich mir neue«, sagte er ein klein wenig provozierend. »Ich habe die alten in den Müllsack gesteckt.«

»Schön«, sagte sie. »Er wird morgen abgeholt, wenn du ihn rausstellst, bevor du gehst.«

Er nickte.

»Warum bist du noch auf?«, fragte er. »Du hättest nicht auf mich warten müssen.«

»Das habe ich auch nicht«, sagte sie. »Ich habe nachgedacht.«

»Aha«, sagte er wachsam. Er wurde immer nervös, wenn sie nachdachte. »Worüber?«

»Über die Englandreise. Du weißt doch, dass Lone mich gefragt hat, ob ich mitkäme, da Laust nicht kann. Ich habe so gut wie zugesagt.«

»Das ist eine gute Idee«, sagte er erleichtert. Sie hatte also nicht über ihre Beziehung nachgedacht. Warum rechnete er immer mit dem Schlimmsten?

»Es ist ein bisschen kurzfristig, aber wir haben dieses Jahr schließlich keinen Winterurlaub gemacht.«

Sie hatte ihre Argumente parat. Die Geschütze waren aufgefahren.

»Ja, und deshalb halte ich das auch für eine gute Idee. Aber was ist mit den Kindern?«

»Mutter hat versprochen, sie zu nehmen.«

»Schön«, sagte er mechanisch, während er darüber nachdachte, ob sich hinter der Bemerkung über die Winterferien ein versteckter Vorwurf verbarg. Bestimmt nicht, aber es war nicht auszuschließen, dass sie ein anderes Mal darauf zurückkommen würde.

»Das Problem ist, dass es bestimmt nicht billig wird. Wir haben zwar ein Superangebot, aber du kennst ja Lone. Sie nimmt nicht gerade das billigste Hotel. Ich kann immer noch Nein sagen, wenn du meinst, dass es für eine Woche London zu teuer ist.«

»Nein, mach das ruhig. Ihr hattet doch letztes Mal so viel Spaß.«

»Du findest nicht ...?«

»Nein, ich finde, dass das eine gute Idee ist. Außerdem habe ich vorläufig ohnehin keine Zeit, Urlaub zu machen, und so habe ich kein ganz so schlechtes Gewissen.«

»Ein schlechtes Gewissen?«

»Ja, weil wir dieses Jahr keinen Winterurlaub gemacht haben.« Er trank einen Schluck Whisky. Jetzt war der Winterurlaub an ihre Londonreise gekoppelt. Falls das Gespräch wieder darauf kommen sollte. *Dafür warst du ja mit Lone in London.*

»Wann geht es los?«

»Morgen in acht Tagen. Von Kopenhagen aus. Wir fahren Mittwochabend hier los. Um auf Nummer sicher zu gehen.«

»Fliegt ihr?«

»Ja.«

»Was ist mit den Kindern?«, fragte er, während er alles in Gedanken zu ordnen versuchte. »Soll ich sie zu deiner Mutter bringen?«

»Nein, ich bringe sie im Laufe des Mittwochs zu ihr.«

»Ihr werdet mir fehlen«, sagte er.

Sie lachte. »Es ist doch nur für eine Woche. Und du kannst die Kinder am Wochenende besuchen, wenn du Lust dazu hast.« Sie sah zu ihm auf. »Und Zeit«, fügte sie hinzu.

»Ich werde dich vermissen«, sagte er eigensinnig.

Sie stand auf, ging zu ihm und fuhr ihm mit der Hand durchs Haar.

»Ab und zu fällt es mir wirklich schwer, dich nicht zu mögen«, sagte sie lächelnd. »Ich gehe jetzt ins Bett. Kommst du auch?«

»Gleich«, sagte er. »Ich muss nur noch etwas ...«

Sie blieb einen Augenblick stehen, dann seufzte sie leicht und verließ das Wohnzimmer. Er musste immer nur noch irgendetwas. Aber im Grunde genommen war er süß. Kein bisschen geizig, was sie und die Kinder anging. Diese Reise zum Beispiel. Nicht der leiseste Vorwurf. Ab und zu mochte sie ihn wirklich, aber ab und zu trieb er sie auch in den Wahnsinn. Sein krankhafter Geiz bei Kleinigkeiten. Diese verdammten Überschuhe. Und sein Fahrrad. Er fuhr immer mit dem Fahrrad in die Stadt. Nicht wegen der Umwelt oder der Kondition, wenn es denn das gewesen wäre, nein, um zu sparen! Und gleichzeitig wohnten sie in einem teuren Haus, machten teure Reisen und hatten ein teures Auto in der Garage stehen, das sie nach Lust und Laune nehmen konnte. Sie verstand das nicht. Verstand ihn nicht. Er bewahrte Essensreste, Plastiktüten, Schnüre und allen möglichen ausrangierten Mist auf, trug aber nur maßgeschneiderte Anzüge. Er sagte, dass sie länger hielten. Das war bestimmt richtig. Seit sie ihn kannte, hatte er nie etwas weggeworfen. Woher hatte er das? Jedenfalls nicht von seinen Eltern. Die hatten das Geld immer mit vollen Händen ausgegeben. Und es war ihnen nie schlecht gegangen. Es ging ihnen ausgezeichnet. Wovor also hatte er Angst?

Sie verstand ihn nicht. Würde ihn wohl nie verstehen. Doch vielleicht war das gar nicht nötig. Es funktionierte auch so. Im Großen und Ganzen. Sie dachte nicht im Traum daran, ihn zu verlassen. Sie wusste, dass sie Glück gehabt hatte, ohne genau sagen zu können, warum. Es war einfach so.

Sie hatte sich in ihn verliebt, hatte geglaubt, in ihn verliebt zu sein, weil er sich offensichtlich gleich auf den ersten Blick in sie verliebt hatte. Sie war in der Anwaltskanzlei, in der er als Prokurist eingestellt worden war, Sekretärin gewesen, eine von vielen. Sie war keine besonders tüchtige Sekretärin, darüber war sie sich durchaus im Klaren, aber sie war freundlich, höflich und umgänglich. Schön, ohne attraktiv zu sein. Sie hatte mit ein paar Typen zusammengewohnt, ohne dass mehr daraus geworden war. Sie waren wieder aus ihrem Leben verschwunden und sie hatte ihnen keine Träne nachgeweint. Und dann war Flemming aufgetaucht und hatte stumm, mit vor Bewunderung großen Augen vor ihr gestanden. Er hatte ihr auf eine charmante, altmodische Art den Hof gemacht. Hatte sie belagert. In Konzerte eingeladen, ins Theater und ins Restaurant. Er hatte ihr Blumen geschickt, Schokolade und kleine Geschenke.

»Der ist es«, hatten ihre Kolleginnen gesagt, aber sie war sich noch nicht ganz sicher gewesen. Sie war verliebt, ein wenig, aber reichte das?

Als er dann um ihre Hand angehalten hatte, hatte sie Ja gesagt.

Weder vor sich selbst noch vor anderen hatte sie jemals zugegeben, dass ihr Ja vielleicht damit zusammengehangen hatte, dass im Büro EDV eingeführt werden sollte. Der Gedanke hatte sie in Panik versetzt. Sie hatte gewusst, dass das ihre Fähigkeiten übersteigen, sie nicht mithalten können würde, dass ihr die Kündigung sicher wäre. Eine Ehe war der eleganteste Ausweg gewesen.

Und sie hatte es nicht bereut. Sie war kurz nach der Heirat schwanger geworden und hatte, noch bevor das Kind auf der Welt war, zu arbeiten aufgehört. Einen Computer zu bedienen, hatte sie nie gelernt.

Er sorgte gut für sie. Liebte sie und die Kinder und versuchte immer, es ihr recht zu machen. Er stand für Sicherheit und Stabilität. Hin und wieder war sie seiner etwas müde, der Sicherheit etwas müde. Stellte die Sicherheit auf die Probe. Stritt mit ihm. Tobte. Deutete an, dass es ihr in den Sinn kommen könnte, ihn zu verlassen. Zum einen, um ein wenig mit der Sicherheit zu spielen, sie herauszufordern, sie aufs Spiel zu setzen, und zum anderen, um sich immer wieder bestätigen zu lassen, dass er sie nie, nie im Stich lassen würde. Sie wusste auch, dass er alles tun würde, um sie zurückzuhalten, sollte es ihr eines Tages einfallen, ihn zu verlassen. Und dass er all seine Klugheit und all sein juristisches Wissen einsetzen würde, um zu verhindern, dass sie die Kinder bekäme.

Deshalb wusste sie, dass sie ihn nie verlassen würde, niemals!

Aber es bestand schließlich kein Grund, dass er sich ebenso sicher war.

3

Der Postbote kam um sechs Minuten vor zehn. Etwas früher als sonst. Donnerstag war einer der angenehmen Tage. Montag hatte er die ganze Werbung und Mittwoch die Wochenzeitungen, aber Donnerstag war ein angenehmer Tag.

Die Hunde ließen eine erste leise Ahnung in ihm aufkommen, dass etwas nicht in Ordnung war. In der Regel spielten die verdammten Köter jedes Mal verrückt, wenn er kam. Er öffnete das kleine Türchen neben dem Gittertor in dem Eternitzaun und trat vorsichtig auf den Weg, der zwischen den beiden Zäunen entlanglief. Was, wenn die verdammten Köter ihm auflauerten? Sie waren normalerweise hinter dem Maschendrahtzaun, aber man konnte nie sicher sein.

Er ging zu der kleinen Tür im Zaun, wo auch der Briefkasten war. Noch immer tauchten die Hunde nicht auf. Gaben keinen Laut von sich. Meistens versuchten sie, sich auf ihn zu stürzen, und nur der Zaun hielt sie zurück.

Anfangs hatte er immer freundlich und beruhigend auf sie eingeredet, wie man das mit Hunden so macht, aber sie hatten nur die Augen verdreht, sich gegen den Zaun geworfen und gebellt und geknurrt. Inzwischen knurrte er zurück und beeilte sich, die Post in den Kasten zu werfen. In der Nähe der Köter fühlte er sich nicht sicher. Über Pitbulls hörte man die schrecklichsten Geschichten und er vertraute nicht darauf, dass der Zaun sie abhalten würde, wenn sie wirklich wütend wurden.

Vielleicht hatten sie den Typen da drinnen aufgefressen. Vielleicht hatte er sie erschossen. Auf diesem Grundstück war schon so einiges passiert, doch da hatte die ganze Bande noch hier draußen gewohnt. Von ihm hörte man nicht viel, auch wenn er bestimmt nicht zu den bravsten Schäfchen unseres Herrn gehörte.

Als Erstes sah er den Hund. Er war tot – daran bestand kein Zweifel. Er starrte ihn einen Augenblick lang an. Dann wanderte sein Blick weiter zu dem dunklen Fleck wenige Schritte neben dem Hund, blieb einen Moment an einem weiteren rotbraunen Flecken hängen, der an die Umrisse Italiens erinnerte, um dann automatisch dem breiten, dunklen Streifen zu folgen, der bis zur Haustür führte.

Dort lag ein Mensch.

»Alles okay?«, rief er, obwohl er sofort wusste, dass überhaupt nichts okay war. Er rief noch einmal, ohne eine

Antwort zu bekommen, dann lief er zurück zu dem Postauto, das er mit laufendem Motor geparkt hatte.

Hatte er es nicht immer gesagt? Dass es ein böses Ende nehmen würde mit den Kötern. Er konnte sich gut vorstellen, was passiert war. Heute Morgen, als der Mann aus dem Haus gekommen war, hatten sie ihn angefallen. Er hatte es noch geschafft, sie zu erschießen, war aber zu schwach gewesen, um ins Haus zu kommen und Hilfe anzufordern. Vielleicht hatte er die Tür hinter sich zugeknallt, als er das Haus verlassen hatte, und wieder hineinzukommen erwies sich als genauso schwer, wie eine Festung einzunehmen.

Der Postbote setzte sich ins Auto und fuhr, so schnell er konnte, den unebenen Feldweg hinauf zur Landstraße und weiter zu dem Hof, von dem er gerade gekommen war. Er hatte dort seinen Vormittagskaffee getrunken und wusste, dass jemand zu Hause war.

»Totgebissen?«, rief die Frau entsetzt und schlug die Hand vor den Mund.

»Es sieht ganz so aus«, sagte der Postbote.

»Wenigstens hat es ihn selbst erwischt«, meinte der Mann. Er hatte diesen Nachbarn nie gemocht.

Es war 10.38 Uhr, als ein Streifenwagen, der zufällig in der Nähe war, zu dem Haus gerufen wurde. In der Nachricht über Funk hieß es, dass ein Mann ernsthaft, vielleicht sogar tödlich verletzt war, nachdem seine Hunde ihn angefallen hatten. Die Beamten wurden gewarnt, dass ein oder zwei Hunde möglicherweise noch lebten und gefährlich sein könnten.

»Wie viele Hunde zum Teufel hat er denn?«, fragte einer der Polizisten. »Das hört sich ja fast so an, als hätte er ein ganzes Rudel.«

»Das hat er auch, Ralph«, sagte der andere. Er hieß Thomsen und war ein alter Hase. Er kannte alle und jeden in der Gegend. Er sprach den Namen seines Kollegen Ralp aus. Er fand es ziemlich affig, Ralph zu heißen. Mit ph. Entweder man hieß Ralf oder man hieß Ralp. Und deshalb nannte er ihn Ralp – egal wie lautstark er protestierte.

»Vielleicht ist er Grönländer und hat ein Hundegespann«, sagte Ralph lachend, klopfte dabei aber instinktiv auf seine Dienstwaffe.

Thomsen schaltete die Scheibenwischer ein, ohne zu antworten. Im Laufe der Nacht hatte es zu tauen begonnen und jetzt nieselte es. Platt wie ein Pfannkuchen breitete sich die Landschaft im Dunst vor ihnen aus. Der Westwind hatte die Windschutzhecken nach Osten gebogen und hier und da lagen kleine, weiß gekalkte Höfe oder ehemalige Häuslerstätten, die einsam, traurig und ärmlich aussahen. Im Sommer, wenn Erde und Horizont unter dem nördlichen Himmel mit seinem ganz besonderen Licht in Grün, Gelb und Blau erstrahlten, konnte das großartig aussehen, manchmal sogar pittoresk, doch jetzt bei dem schlechten Wetter wirkte es nur deprimierend.

Sie kamen an einem Hof vorbei, der direkt an der Straße lag, und ein paar Hundert Meter weiter, mitten im freien Feld, sahen sie mehrere, von einem hohen Eternitzaun umgebene Gebäude.

»Da sind wir«, sagte Thomsen, als sie sich der Festung näherten. »Ich war mir ziemlich sicher, dass es hier sein muss.«

»Was ist das?«, fragte Ralph. »Eine Minkfarm?«

Es hätte durchaus eine sein können. Alles Mögliche hätte sich hinter dem Eternitzaun verbergen können.

»Ein Fort«, sagte der andere. »Das war einmal ein Fort, aber in den letzten Jahren hat es hier draußen keinen Ärger mehr gegeben. Das Anwesen gehört Rockern. Inzwischen ist die Bande allerdings in der Auflösung begriffen. Die einen haben sich zurückgezogen, die anderen sitzen im Knast und ihr Anführer liegt seit drei Monaten im Krankenhaus und kann sich nicht entschließen, ob er leben oder sterben will. Als ich das letzte Mal von dem Fort gehört habe, wohnten hier drei, vier Typen, aber die sind offenbar nicht mehr da. Sie haben einen Teil des Rauschgifthandels in der Stadt kontrolliert und das tun sie, meinen Informationen zufolge, immer noch.«

Sie parkten vor dem Tor und Ralph stieg aus, um es zu öffnen.

Einen Moment später kam er zum Auto zurück.

»Ich glaube, das Tor öffnet sich automatisch, aber ich bekomme nicht heraus, wie.«

Thomsen drückte versuchsweise auf die Hupe – ohne Ergebnis.

»Probier es mal mit den Scheinwerfern«, sagte Ralph, doch auch ein Ein- und Ausschalten der Scheinwerfer führte nicht zum Erfolg.

»Wahrscheinlich funktioniert es per Fernbedienung«, meinte Ralph. »Vielleicht hat er ein entsprechendes Teil in seinem Auto.«

»Okay«, sagte Thomsen. »Dann müssen wir zu Fuß rein.«

Er griff nach der Pistole und ging auf die kleine Tür zu. Bevor sie sie öffneten, blieben sie einen Augenblick stehen und sahen auf den Hofplatz.

»Da drinnen liegt ein Hund«, sagte Thomsen. »Tot.«

»Und da«, sagte Ralph, während er auf etwas zeigte.

»Wo?«

»Da bei der Pumpe. Du kannst den Kopf neben dem Wassertrog sehen.«

»Die beiden sind jedenfalls tot«, sagte Thomsen und griff versuchsweise nach der Klinke. Die kleine Tür öffnete sich mit einem leisen Quietschen.

Sie gingen zum Haus und blieben neben Tjekkas Leichnam stehen. Thomsen sah sich um. »Da liegt seine Pistole.«

Er kratzte sich kurz am Kopf. »Merkwürdig«, sagte er. Dann zuckte er mit den Schultern. »Na schön, sehen wir uns den Burschen einmal an. Ich glaube nicht, dass hier noch weitere Hunde sind. Zumindest keine lebenden.«

Die zusammengesunkene Gestalt lag auf dem Bauch, den Oberkörper auf der Stufe zur Eingangstür.

Thomsen beugte sich über ihn. »Mausetot«, sagte er. »Und steif wie ein Brett.«

Von der Landstraße waren Sirenen zu hören, die sich näherten.

»Das können sie sich ruhig sparen«, sagte Thomsen.

Ralph nickte und ging zu der Pumpe, die Pistole noch immer im Anschlag.

»Hier liegt noch ein Hund«, rief er kurz darauf. »Auch erschossen.« Er ging weiter Richtung Zaun, drehte eine Runde um das Haus und kam zum Eingang zurück.

»Mehr sind hier nicht«, sagte er. »Insgesamt drei und alle tot. Erschossen. Er hat sie erwischt. Aber offenbar zu spät.«

»Hm«, sagte Thomsen, während er sich wieder nachdenklich am Kopf kratzte.

»Juckt es dich?«, fragte Ralph.

Thomsen antwortete nicht und erst jetzt sah Ralph sich die Leiche genauer an.

»Das sieht merkwürdig aus«, sagte er. »Wo haben sie ihn denn gebissen?«

Thomsen schüttelte den Kopf. »Ich bin mir nicht sicher«, sagte er. »So, wie er liegt, lässt sich das nicht so leicht sagen, aber bei allem Respekt, ich glaube, in die Eier. Es sieht ganz so aus, als hätten sie ihm die Juwelen abgebissen.«

»Pfui Teufel!«, sagte sein Kollege.

»Aber etwas passt trotzdem nicht«, sagte Thomsen.

»Was meinst du?«, fragte Ralph.

»Ich kann es nicht vor mir sehen«, sagte Thomsen. »Ich kann es nicht vor mir sehen.«

»Das ist doch auch egal«, sagte Ralph. Er hatte nicht die geringste Lust, dieses Bild vor sich zu sehen. »Die Hunde müssen darauf trainiert gewesen sein, dort zuzubeißen. Das tun sie nicht von selbst.«

»Genau, aber das ist es nicht allein«, sagte Thomsen und sah sich um. »Er kommt raus. Der eine Hund springt ihn an und was passiert? Der Hund beißt ihn – er zieht den Revolver und erschießt ihn. Und dann erschießt er die beiden anderen. Einfach so, der Sicherheit halber.«

»Das hätte ich auch getan.«

»Du würdest also ein paar Hunde erschießen, die noch ziemlich weit weg sind, während du wie ein Schwein blutest? Statt im Haus Schutz zu suchen?«

»Sie hätten ihn innerhalb von Sekunden anfallen können. Vielleicht hatten sie ihn auch schon gebissen.«

»Wo? Er hat keine anderen Wunden. Sieh dir seine Arme an. Nicht ein Kratzer. Und er trifft sie. Beide. Würdest du wirklich mit einer tödlichen Verletzung hier stehen bleiben und einen Hund niederschießen? Und anschließend die beiden anderen kaltmachen? Die haben ihn nämlich nicht angerührt. Wenn du mich fragst, da stimmt etwas ganz und gar nicht.«

Der Krankenwagen hielt vor dem Tor. Ein Sanitäter kam herein.

»Wie bekommen wir das verdammte Tor auf?«

»Das eilt nicht«, sagte Thomsen. »Der Typ ist tot und ihr bekommt ihn ohnehin nicht sofort.«

»Wir haben nicht zu entscheiden, ob er tot ist«, wandte der Sanitäter ein. »Wir müssen nur dafür sorgen, dass er so bald wie möglich ins Krankenhaus kommt.«

»Ich übernehme die Verantwortung. Der Typ ist mausetot, da könnt ihr ganz beruhigt sein, aber es gibt Anzeichen, dass dafür nicht die Hunde verantwortlich sind.«

Der Sanitäter sah ihn skeptisch an.

Thomsen zeigte auf den Hund. »Was glaubst du, woran der gestorben ist?«, sagte er.

»Erschossen«, sagte der Sanitäter. »Lernt ihr so etwas nicht auf der Polizeischule?«

Thomsen tat, als hätte er nichts gehört.

»Ganz meine Meinung«, sagte er. »Aber ich glaube nicht, dass der Schuss hieraus abgefeuert wurde.« Er zeigte auf die Pistole.

»Das kann man nicht sehen.«

Thomsen lachte leicht. »Doch, das lernen wir nämlich auf der Polizeischule.« Er wandte sich an Ralph. »Ich gehe mal und gebe Bescheid. Aber du kannst ruhig schon anfangen.«

»Anfangen? Womit?«

»Den Tatort zu sichern.«

»Den Tatort?«

»Ja, mein Junge. Ich müsste mich schon sehr irren, wenn wir es hier nicht mit einem Mord zu tun haben, und keiner kann mir erzählen, dass die Hunde die Täter waren.«

4

Therkelsen sah sich um und schüttelte den Kopf. »Herr im Himmel. Was für ein trostloser Ort zum Leben.«

»Und zum Sterben«, sagte Bøjsen trocken.

Therkelsen zuckte mit den Schultern. Er fand, dass es gleichgültig war, wo man starb.

»Jetzt hören wir erst einmal, was unser Medizinmann zu sagen hat.«

Sie gingen zu dem Arzt, der sich gerade die Plastikhandschuhe auszog.

»Und, wie sieht es aus?«

»Ich kann euch nicht viel mehr sagen als das, was ihr selbst sehen oder folgern könnt«, sagte der Arzt. »Er ist aus nächster Nähe erschossen worden.«

»Mit einem Dumdumgeschoss«, warf Lyngsø ein. »Sollen wir wetten?«

Therkelsen warf ihm einen verärgerten Blick zu.

»Schon möglich«, sagte der Arzt. »So sicher wage ich das nicht zu sagen. Es kann sich auch um ein Gewehr mit großem Kaliber handeln. Wahrscheinlich stand er dort, wo die große Blutlache ist, als er getroffen wurde. Er ist auf der Stelle umgekippt und muss eine Zeit lang dagelegen haben, vielleicht war er bewusstlos. Es ist ein Wunder, dass er nicht gleich tot war. Vermutlich ist er wieder zu Bewusstsein gekommen und zur Haustür gekrochen.

Auf dem ganzen Weg sind Blutspuren, und man sieht, wo er eine Pause gemacht hat, um Kräfte zu sammeln.«

»Er hat es noch geschafft, die Klinke zu greifen, konnte die Tür aber nicht öffnen«, sagte Therkelsen. »Wahrscheinlich hat er versucht, ins Haus zu kommen und einen Krankenwagen zu rufen.« Er sah den Arzt an. »Glaubst du, er hätte es geschafft, wenn es ihm gelungen wäre?«

Der Arzt schüttelte den Kopf. »Kaum. Und er wäre nie wieder ein richtiger Mensch geworden. Jedenfalls kein richtiger Mann. Ich weiß nicht, ob es das wert gewesen wäre. Aber er hat es zumindest versucht.«

Therkelsen nickte und sah sich die verschmierten Handabdrücke an, die zeigten, wo der Ermordete versucht hatte, sich an der Tür abzustützen und aufzustehen.

»Wir gehen davon aus, dass der Täter dort an der Hausecke gestanden haben muss«, sagte er. »Und es gibt Hinweise, dass er ziemlich lange dort gestanden hat. Das heißt, dass der Abstand zwanzig Meter betrug, vielleicht fünfundzwanzig.« Er wandte sich an den Arzt. »Klingt das wahrscheinlich?«

»Lass ihn uns erst richtig ansehen.«

»Und über den Zeitpunkt willst du auch noch nichts sagen?«

Der Arzt lachte. »Nicht bevor wir mehr haben, woraus wir unsere Schlüsse ziehen können.«

»Was ist mit den Hunden?«

»Ich bin doch kein Tierarzt.«

»Du sagst es.« Therkelsen grinste schief.

»Kennt ihr ihn?«

»Ja, und ob. Aber wir haben nicht die Absicht, für einen Kranz zu sammeln.«

»Das könnte ich mir auch kaum vorstellen.«

»Er heißt Lars Sørensen. Er wurde der Prinz genannt.«

»Dann habe ich schon von ihm gehört.«

»Bestimmt.«

Der Arzt wandte sich zum Gehen. »Du hörst von uns«, sagte er. Er warf einen letzten Blick auf den Toten. »Tja, auf seine Weise hat er Glück gehabt.« Er drehte sich um und ging.

»Wenn du das Glück nennst, bin ich lieber unglücklich«, sagte Therkelsen zum Rücken des Arztes.

Bøjsen sah ihn an. »Ich bin zwar auch kein Tierarzt, aber ich möchte wetten, dass jeder der Hunde mit einem einzigen Schuss getötet wurde. Wir haben übrigens keine leeren Patronenhülsen gefunden.«

»Er hat sich also die Zeit genommen, sie aufzusammeln«, stellte Therkelsen fest.

»Exakt«, sagte Lyngsø.

»Und er ist ein guter Schütze, aber das hilft uns auch nicht weiter«, fuhr Therkelsen fort. »Das waren sie vermutlich alle. Sie haben hier draußen Schießübungen veranstaltet, dass den Nachbarn die Ohren gepfiffen haben.«

»Du glaubst also, es handelt sich um eine interne Angelegenheit?«, fragte Bøjsen.

»Ja, ist das nicht am wahrscheinlichsten?«

Bøjsen nickte. »Sicher. Besonders jetzt, wo der König weg ist vom Fenster. Vielleicht waren nicht alle Bandenmitglieder der Meinung, dass der Prinz der richtige Thronfolger war.«

»Aber er lebt doch noch, oder?«, fragte Winther.

»Der König? Na ja, sofern man das ›leben‹ nennen will. Selbst wenn er das Beatmungsgerät nicht mehr braucht, ist er vom Hals abwärts gelähmt. Der Unfall ist jetzt über vier Monate her, es ist also an der Zeit, dass sie sich Gedanken darüber machen, wer die Geschäfte weiterführen soll.«

Winther dachte lange nach. »Wenn er wirklich ein so guter Schütze ist, warum zum Teufel hat er dann bei dem letzten Schuss so daneben geschossen?«

Therkelsen zuckte mit den Schultern.

»Vielleicht ist er ein Zwerg«, sagte Lyngsø.

Therkelsen warf ihm einen Blick zu, bei dem Winther ein Kichern nur schwer unterdrücken konnte.

»Falls das ein Witz sein sollte, war es ein schlechter, oder einfach nur dumm.«

»Warum? Er hat die drei Köter mitten in den Kopf getroffen und den Typen hier fast auf gleicher Höhe. Das entspricht genau der Größe eines Zwergs.«

»Jeder schießt hin und wieder daneben«, sagte Bøjsen. »Einmal hätte ich fast meine Schwiegermutter getroffen, als wir im Garten auf eine Scheibe geschossen haben.«

»Aber du hast daneben geschossen?«, sagte Lyngsø.

Therkelsen hätte beinahe Dasselbe gesagt. Jetzt warf er Lyngsø stattdessen einen weiteren strafenden Blick zu. Der besserwisserische Kopenhagener ärgerte ihn bis zur Weißglut. Früher hatte nur Larsen Therkelsens Blutdruck in die Höhe getrieben, aber Larsen hatte eine Entschuldigung. Er war einfach nicht so helle.

»Wer sagt eigentlich, dass der Mörder daneben geschossen hat?«, sagte Winther. »Vielleicht hat er genau das getroffen, was er treffen wollte.«

Einen Augenblick herrschte Schweigen, während der Gedanke sich setzte.

Dann schüttelte Bøjsen den Kopf.

»Nur eine Frau kann auf eine so abscheuliche Idee kommen. Warum hätte er das tun sollen?«

»Zur Abschreckung«, schlug Winther vor. »Um Terror zu machen. Um eventuelle Konkurrenten auf ihren Platz zu verweisen.«

»Das wäre zu riskant gewesen. Er konnte nicht sicher sein, dass der Prinz wirklich tot war. Mit etwas Glück hätte er es vielleicht bis ins Haus geschafft und einen Krankenwagen rufen können.«

Winther sah ihn an. »Aber es wäre doch auch ziemlich abschreckend, wenn er nicht gestorben wäre, oder?«

»Tja«, murmelte Bøjsen unangenehm berührt.

»Vielleicht hat er gewartet, bis er sicher sein konnte, dass der Prinz es nicht bis ins Haus schafft.«

Wieder herrschte Schweigen, während jeder von ihnen sich fragte, was das für ein Mensch sein musste, der einfach zusah, wie ein anderer verblutete, während er noch versuchte, sich ins Haus zu dem rettenden Telefon zu schleppen.

»Bist du jetzt nicht ein bisschen zu dramatisch, Winther?«, sagte Bøjsen schließlich.

Winther zuckte mit den Schultern. »Vielleicht. Aber wenn das ein Terrorakt war, spielt es keine Rolle, ob der Prinz tot ist oder nicht, stimmt's? Beides ist gleich furchtbar. Und der Täter konnte praktisch hundertprozentig sicher sein, dass niemand plappern würde. Und wenn die Mehrzahl hinter ihm stand ...«

Therkelsen lachte höhnisch. »Die Mehrzahl. Von der Bande sind wirklich nicht mehr genug übrig, dass man von einer Mehrzahl reden könnte.«

»Aber sie kontrollieren immer noch die Hälfte oder zumindest ein Drittel des Rauschgifthandels in der Stadt«, sagte Bøjsen.

»Vielleicht«, sagte Therkelsen. »Es sei denn, sie haben

an Einfluss verloren, jetzt, wo der König weg ist. Er war das Gehirn der Bande. Der Organisator. Ich glaube nicht, dass der Prinz im Stande gewesen wäre, das Erbe anzutreten. Wie dem auch sei, wir sollten sehen, dass wir weiterkommen. Wir müssen den Schuppen da durchsuchen. Es deutet nichts darauf hin, dass der Mörder im Haus gewesen ist, jedenfalls nicht heute Nacht, und es dürfte auf jeden Fall vergeblich sein, nach Fingerabdrücken zu suchen. Die ganze Bande ist hier schließlich ein und aus gegangen.«

Er sah sich das Schlüsselbund an, das er in der Tasche des Prinzen gefunden hatte. »Der müsste es sein«, sagte er, indem er einen der Schlüssel ins Schloss steckte. Er drehte ihn herum, öffnete zufrieden die Tür und trat in die Diele. Im selben Moment schlug mit einem infernalischen Krach die Alarmanlage an.

»Ach, du meine Güte, weiß denn niemand, wie man die ausschaltet?«

Bøjsen lachte und kurz darauf war die Alarmanlage aus. Der Krach hörte auf und plötzlich war es sehr still.

»Ich hoffe, da drinnen sind nicht noch mehr von der Sorte«, sagte Therkelsen, während er die Tür zum Wohnzimmer öffnete.

Sie sahen sich um. Das Wohnzimmer war groß. Wahrscheinlich waren hier früher einmal drei kleine Räume gewesen, die zu einem großen zusammengelegt worden waren. Es sah so aus, als hätte irgendwann einmal jemand Arbeit und Geld in eine Renovierung gesteckt. Die Thermofenster waren neu. Böden und Türen waren abgeschliffen worden.

Doch jetzt wirkte das Ganze verwohnt und vernachlässigt, auch wenn es nicht mehr als eines gewaltigen Arbeitseinsatzes bedurft hätte, um alles wieder auf Vordermann zu bringen. Überall lag dichter Staub und nicht eine blühende Blume oder Grünpflanze war zu sehen. An den Wänden hingen Plakate, vorzugsweise von Motorrädern und Mädchen. An dem einen Ende des Wohnzimmers befand sich ein großer gemauerter Kamin, vor dem eine Sofagruppe aus Büffelleder prangte. Am anderen Ende gab es einen geräumigen Barschrank, einen Stereoturm und zwei bequeme Stühle, vor denen ein Videogerät und ein Fernseher thronten. Neben einem der Stühle standen etwa zehn leere Bierflaschen und auf einem kleinen Tisch zwischen den Stühlen waren Aschenbecher deponiert, die von Asche und Kippen überquollen, sowie ein paar leere Colaflaschen. Unter und auf dem Tisch lagen mehrere Videokassetten.

»Hier hat er also gelebt«, stellte Therkelsen fest.

»Meine Güte«, sagte Winther mitleidig und schüttelte den Kopf.

»Ihr könnt hier anfangen«, sagte Therkelsen zu Bøjsen und Lyngsø. »Wir sehen uns ein bisschen in den übrigen Räumen um.«

Die Küche sah noch schlimmer aus als das Wohnzimmer. Auch sie war einmal teuer und schön gewesen, ähnelte jetzt aber einer Müllhalde. Sie quoll über von leeren Flaschen und Plastikkartons mit Essensresten. Im Windfang stand ein stinkender Müllsack mit leeren Dosen Hundefutter.

Sie sahen sich den Kühlschrank genauer an, doch weder in den Eiswürfelbehältern noch an anderen Stellen war etwas versteckt.

Sie gingen in den Flur, von dem aus eine Treppe ins Obergeschoss führte.

Therkelsen öffnete den Schrank unter der Treppe und stieß einen Pfiff aus.

»Das dürfte ihr Arsenal sein«, sagte er. »Das sollten wir uns einmal genauer vornehmen.«

Oben gab es vier kleinere Räume und ein großes Schlafzimmer. Die Zimmer dienten offenbar als Mannschaftsunterkünfte. In jedem Raum gab es eine Koje, einen einfachen Stuhl und einen Schrank. Das Schlafzimmer war mit einem großen Wasserbett ausgestattet. Das Bett war ungemacht und musste dringend neu bezogen werden. Es roch säuerlich in dem Raum. Auch hier gab es einen Videorekorder und einen Fernseher. Und auch hier war der Boden mit leeren Bierflaschen, Illustrierten und Videokassetten übersät.

Therkelsen sah sich um. »Ich habe mich geirrt«, sagte er. »Er hat nicht sein ganzes Leben dort unten verbracht, sondern nur die eine Hälfte. Die andere Hälfte hat er ganz offensichtlich hier zugebracht.«

In der Nähe des Fensters stand ein Schreibtisch. Therkelsen zog die Schubladen eine nach der anderen heraus.

»Das müssen wir durchsehen. Nehmt alles mit ins Präsidium.«

»Du siehst aus, als suchtest du nach etwas Bestimmtem«, sagte Winther.

»Das tue ich auch«, sagte Therkelsen und ließ den Blick von Wand zu Wand schweifen.

»Nach einem Safe«, schlug Winther vor und Therkelsen nickte.

»Unten war keiner, aber es muss einen Safe geben. Er muss hier irgendwo sein.«

Er ging zu einem Bild und nahm es von der Wand. Eine Malerei von Dünen in der Abendsonne. Auf der Tapete war ein heller Fleck und eine Spinnwebe wehte leicht, als er das Bild abnahm, doch dahinter befand sich kein eingebauter Safe. Ein Bild mit Fischerbooten am Strand erbrachte das gleiche magere Resultat und mit einem dritten, das Kühe auf einer Weide zeigte, hatten sie auch kein Glück.

»Offenbar hat er in Kunst investiert«, bemerkte Therkelsen trocken.

»Hinter dem Fernseher?«, schlug Winther vor.

»Verdammt ärgerlich, wenn man jedes Mal das Regal wegrücken muss, bevor man an den Safe kann.«

Er sah sich das Regal genauer an. Dann nestelte er an der Rückseite herum und versetzte dem Regal einen Stoß.

»Das fährt auf Schienen«, lachte er.

»Ziemlich clever!«, sagte Winther.

»Da ist er«, rief Therkelsen. »Ich wusste doch, dass er hier irgendwo sein muss.«

»Er hat ein Zahlenschloss«, sagte Winther.

»Versuch es mit seinem Geburtstag«, sagte Therkelsen. »Oder vielleicht besser mit dem des Königs. Vermutlich hat der den Safe installieren lassen. Wenn das auch nichts bringt, müsst ihr den Hersteller anrufen.«

Er sah auf die Uhr. »Lass Bøjsen oder Lyngsø zuerst nach Fingerabdrücken sehen, bevor du anfängst. Ich überlasse euch das hier. Bach müsste jeden Moment auftauchen. Er war bei den Nachbarn. Larsen und Jønsson versuchen, die übrigen Bandenmitglieder aufzustöbern. Besonders Brian und Martin sollten wir uns etwas genauer ansehen. Die anderen sind bloß Fußvolk.«

»Und was ist mit dir?«, fragte Winther. »Fährst du nach Hause und hältst deinen Schönheitsschlaf?«

»Den brauche ich nicht. Nein, ich fahre zu seiner Mutter und rede mit ihr. Die Familie muss schließlich unterrichtet werden, bevor die Presse Wind von der Sache bekommt, und vielleicht kann sie uns etwas Interessantes erzählen. Anschließend fahre ich zurück ins Präsidium. Wir sehen uns dort, wenn ihr hier fertig seid. Ich hoffe, dass keiner von euch heute Abend Hochzeit oder einen runden Geburtstag feiern will. Wenn doch, müsst ihr das verschieben.«

5

Høyer summte eine kleine Melodie aus der *Zauberflöte*, während er eine Runde durch den Garten drehte. Es hörte sich furchtbar an. Sein tiefer, klangvoller Bass passte zu dem fröhlichen Thema wie Holzschuhe zu einem Balletttänzer. Doch Høyer war das gleichgültig. Er war glänzender Laune, während er durch den Garten stiefelte und darauf wartete, dass Rigmor von der Arbeit nach Hause kam.

Nicht dass der Garten Grund zur Heiterkeit bot. Schneeglöckchen, Krokusse und Wintersterne waren längst verblüht, und die frühen Tulpen, die vor ein paar Tagen kurz vor dem Ausschlagen gewesen waren, hatten nach den letzten Nachtfrösten beleidigt die Kronblätter eingezogen. Nicht einmal die Mittagssonne, die plötzlich hinter den Wolken aufgetaucht war, hatte auch nur ein flüchtiges Lächeln bei ihnen hervorrufen können. Doch die Narzissen leuchteten gelb zwischen Blausternen und Traubenhyazinthen. Sie ließen sich nicht so leicht einschüchtern.

Seltsames Wetter, dachte Høyer. Kein richtiger Winter

in den Wintermonaten und jetzt plötzlich dieser Kälteeinbruch Anfang April. Er wagte nicht daran zu denken, was das für die Pflaumen bedeutete. Ganz zu schweigen von dem schmächtigen Pfirsichbaum, der an der Südwand der Terrasse stand. Er hatte ihn im Herbst als Ersatz für den alten gepflanzt, der vor einigen Wintern eingegangen war. Zwar würde ein bisschen Frost ihn nicht umbringen, aber die Blüten hatten bestimmt Schaden genommen. Wenn er überhaupt Früchte trug, würden sie verkrüppelt ausfallen.

Er schüttelte sich leicht. Der Wind war trotz der Sonne kühl. Die Tulpen wussten sicher, was sie taten. Jedenfalls war es zu kalt, hier draußen in Hemdsärmeln herumzulaufen.

Er stand im Schlafzimmer und zog sich gerade einen Pullover über, als er das Auto in die Einfahrt einbiegen hörte. Er sah auf die Uhr. Kurz vor eins und sie hatten ausgemacht, dass sie spätestens um eins fahren wollten. Na schön, auf eine halbe Stunde früher oder später kam es nicht an. Rigmor hatte sich bestimmt in der Arbeit verspätet oder ihr war im letzten Moment noch etwas eingefallen, was sie einkaufen musste.

Er trat genau in dem Moment in die Diele, als sie ein wenig atemlos zur Tür hereinkam.

»Hallo, du Licht meines Lebens, willst du eine Tasse Kaffee?«, fragte Høyer.

»Haben wir noch so viel Zeit?«

»Natürlich. Er ist schon fertig und wir müssen nirgendwo auf die Minute genau ankommen.«

»Dann gieß mir eine Tasse ein, ich will nur eben ...«, sie verschwand im Badezimmer und Høyer ging in die Küche und schenkte ihnen beiden Kaffee ein.

Einen Moment später kam Rigmor und setzte sich ihm gegenüber.

»Ich bin fast mit Packen fertig. Was ist denn mit deinen Sachen?«

Høyer hielt eine kleine Tasche hoch. »Hier ist alles drin.«

Sie guckte ungläubig von ihm zu der Tasche. »Niels, das ist nicht dein Ernst. Da passen nicht einmal deine Toilettensachen rein.«

»Es ist doch nur ein verlängertes Wochenende.«

»Ein verlängertes Wochenende! Wir fahren für fast eine Woche. Und wir ... wir wollen doch essen gehen, nicht wahr? Ich meine, richtig. Und ins Konzert. Du willst doch nicht in dem Aufzug ins Konzert?«

Sie sah so enttäuscht aus, dass er es nicht übers Herz brachte, sie weiter aufzuziehen.

»Doch, ich habe gepackt. Meine Tasche ist im Auto, und ich habe mir erlaubt, meinen Anzug in deinen Koffer zu legen. Das hier ist etwas Spezielles, ein Geschenk für die Frau meines Herzens.«

Er überreichte ihr die kleine Tasche und sie öffnete sie schnell.

»Was ist das?«, fragte sie verwirrt.

Er lachte. »Ein Wasserkocher, den man an den Zigarettenanzünder anschließen kann. An Wasser und Pulverkaffee habe ich auch gedacht. Dich gelüstet doch immer nach Kaffee, wenn wir meilenweit von jeglicher Zivilisation entfernt sind, und dieses Elend halte ich nicht länger aus.«

Sie lachte. »Wir fahren doch *nur in ein verlängertes Wochenende.*«

»Oh, ich kann mich ganz gut an Sonntagnachmittage am Strand oder in der wilden Heide erinnern, wo dich plötzlich der Kaffeedurst überfallen hat und wir unser ganzes Hab und Gut zusammenpacken und aufbrechen mussten, als wären wir auf der Flucht.«

»Du übertreibst.«

»Ja, aber nicht sehr. Jetzt sind wir jedenfalls auf die Katastrophe vorbereitet.« Er nahm ihr die Tasche ab. »Ich bringe sie ins Auto, sobald wir unseren Kaffee getrunken haben. Warum kommst du übrigens so spät? Ich hatte dich früher erwartet.«

»Das war ein richtig verrückter Tag. Hast du übrigens schon davon gehört? Der Prinz ist erschossen worden!«

»Der Prinz?«, Høyer starrte sie ungläubig und schockiert an. So etwas passierte nur hier zu Lande. »Ach du meine Güte! Welcher?«

Sie sah ihn einen Augenblick lang verständnislos an, dann lachte sie. »Nein, keiner von denen, du Narr. *Der Prinz.* Der Rocker. Du weißt doch, der von den Red Devils, hießen sie nicht so? Die, die euch so viel Ärger gemacht haben?«

»Sie heißen Blue Devils und ich glaube, Ärger machen sie immer noch, aber allmählich werden sie immer weniger. Sie haben einander auf alle möglichen bizarren Weisen ausgerottet. Der König ist seit Dezember gelähmt. Wo hast du das gehört?«

»Bei der Arbeit. Einer der Postboten hat ihn gefunden. Deshalb konnte ich auch nicht früher kommen. Er kam eine halbe Stunde zu spät von seiner Tour zurück.«

»Er hat ihn gefunden? Wo?«

»Draußen in ihrer Festung. Oder wie man das Gemäuer nun nennen soll. Er hat eine schreckliche Geschichte erzählt, dass er von seinen Hunden angefallen und getötet worden ist.«

»Das klingt ein bisschen weit hergeholt.«

»Ja, zuletzt hieß es, er sei erschossen worden. Das sind alles Gerüchte, aber jedenfalls ist er tot.«

»Das ist vielleicht gar kein Wunder. Der König ist tot oder fast tot, der Krieg um die Thronfolge dürfte also in vollem Gange sein. Nun gut, Friede seiner Asche«, schloss Høyer fromm.

»Wie alt war er?«

»Um die dreißig. Vielleicht ein bisschen älter.«

»Wie furchtbar.«

»Ich werde ihm bestimmt keine Träne nachweinen.«

»Ich habe nicht speziell an ihn gedacht, sondern eher daran, dass es Menschen gibt, die so sind. Und die so enden. Ich meine, das müssen doch einmal ganz normale Jungen gewesen sein und sie müssen Mütter und Väter gehabt haben, die Hoffnungen in sie gesetzt haben. Sich etwas von ihnen erwartet haben. Das ist zum Weinen.«

Høyer zuckte mit den Schultern.

»Es gibt charmante Schurken und es gibt üble Schurken. Der Prinz gehörte zur zweiten Kategorie. Ich kannte ihn, seit er fünfzehn war, und er war ein übler Typ, solange ich zurückdenken kann. Du kennst selbst ein paar der Geschichten. Er hat mindestens einen Mord auf dem Gewissen, selbst wenn sein Anwalt Tötung durch einen Querschläger daraus gemacht hat. Und du erinnerst dich bestimmt an die alte Geschichte mit ... nein, ich mag nicht sein ganzes Sündenregister aufzählen, aber er war einer der wirklich üblen Jungen. In jeder Beziehung. Ich glaube nicht, dass viele Tränen um ihn vergossen werden.«

»Das weiß man nie«, sagte Rigmor. »Es muss doch jemanden geben, der ihn gemocht hat.«

»Er war ein übler Typ«, beharrte Høyer.

6

»Er war ein guter Junge.«

Therkelsen sagte nichts. Er seufzte unhörbar, während er seinen Blick durch das Zimmer wandern ließ. Jede Mutter war wohl der Ansicht, dass ihr Sohn ein guter Junge war.

Es war ein gemütliches Wohnzimmer mit einem Klavier. Darauf standen ein paar Fotografien. Eine zeigte einen Mann um die vierzig und sah wie die Vergrößerung eines Passbilds aus, eine andere zeigte drei Kinder, ein Mädchen und zwei Jungen, nach dem Alter in einer Reihe aufgestellt. Es gab noch ein Foto desselben Mädchens mit Studentenmütze und zwei Hochzeitsfotos. Doch von Lars, dem Prinzen, gab es keine weiteren Bilder.

Seine Mutter hatte nicht geweint, als Therkelsen ihr mitgeteilt hatte, dass ihr Sohn tot war. Sie hatte ihn nur angesehen und genickt.

»Wollen Sie nicht hereinkommen?«, hatte sie gefragt.

»Erschossen«, sagte sie, als Therkelsen eingetreten war und erzählt hatte, was passiert war. »Im Grunde habe ich wohl schon lange damit gerechnet. Sie finden es vielleicht seltsam, dass ich nicht weine, aber ich habe so viel wegen dieses Jungen geweint, dass alle Tränen verbraucht sind. Auf eine Weise bin ich froh, dass es so geendet hat. Das von einer Mutter zu hören, erwartet man nicht, aber ich habe immer Angst gehabt, dass er eines Tages … Da ist es schon besser, dass er erschossen worden ist, als dass er eines schönen Tages selbst jemanden erschossen hätte. Ich meine, absichtlich.«

Therkelsen nickte nur. Es bestand kein Grund zu erzählen, dass er nicht glaubte, dass es sich bei dem Schuss damals um einen Querschläger gehandelt hatte. Obwohl es zwei Zeugen gegeben hatte. Brian und den König. Nicht gerade unbescholtene Männer, doch das hatte nichts geändert.

Und jetzt sagte sie ihm, dass er ein guter Junge gewesen war.

Therkelsen sah sie an. Sie erwartete keine Antwort, saß einfach da und starrte in die Ferne.

»Ein sehr guter Junge«, fuhr sie fort.

Therkelsen sagte noch immer nichts. Er sah Lars nicht als guten Jungen an. Ganz im Gegenteil.

Sie richtete den Blick auf ihn. »Als er klein war«, fügte sie hinzu. »Bis er zehn, elf Jahre alt war.« Sie biss sich auf die Lippe und stand schnell auf. »Möchten Sie vielleicht eine Tasse Kaffee?«

Therkelsen nickte. »Ja, danke.«

Sie hatte Mühe, nicht die Beherrschung zu verlieren, merkte er. Sie konnte nicht still sitzen, musste sich beschäftigen. Es würde ihr gut tun, Kaffee zu kochen.

Als sie mit dem Tablett hereinkam, sah er, dass sie geweint hatte. Es waren also doch noch Tränen übrig gewesen, aber sie hatte sich wieder unter Kontrolle. Sie stellte die Tassen auf den Tisch und schenkte ihnen Kaffee ein.

»Wie gut hast du ihn gekannt?«, fragte sie und vergaß, ihn zu siezen.

»Ziemlich gut«, sagte Therkelsen. »Er hat ja mehrmals gesessen.«

Sie nickte. »Ich meine seinen Hintergrund. Sein Vater starb, als er elf war.« Sie nickte zu der Fotografie auf dem Klavier hinüber. »Er wurde dreiundvierzig. Ich hatte gerade das Klavier da bekommen. Er hat es mir zu meinem Vierzigsten geschenkt. Zehn Tage bevor es passierte. Er hat in der Eternitfabrik gearbeitet. Im Schichtdienst. Eines Abends ist er kurz nach elf nach Hause gekommen. Sie sind immer zu dritt gefahren. Wir hatten kein Auto. Sie haben ihn wie üblich an der Ecke abgesetzt. Er hatte nur ein paar Hundert Meter zu gehen. Es war Freitag. Hier an der Ecke ist er auf ein paar junge Typen gestoßen. Rowdys. Sie haben ihn angehalten und wollten Zigaretten. Er hat nicht geraucht. Er hatte aufgehört, um für das Klavier zu sparen, verstehen Sie? Dann sind sie über ihn hergefallen. Drei große Kerle. Haben ihn niedergeschlagen und gegen den Kopf getreten, als er am Boden lag. Sie haben erst aufgehört, als zufällig ein Streifenwagen vorbeikam. Mein Mann wollte nicht ins Krankenhaus. Er ist nach Hause gekommen. Er sah furchtbar aus. Er ist ein paar Tage nicht zur Arbeit gegangen, dann hat er wieder angefangen, obwohl er Kopfschmerzen hatte. Fünf Tage später ist ihm auf der Arbeit schlecht geworden. Er ist umgekippt. Er war bewusstlos, als er ins Krankenhaus kam, und ist nicht mehr aufgewacht. Er hat elf Tage dort gelegen, dann ist er gestorben.

Die Typen, die ihn überfallen haben, wurden wegen fahrlässiger Tötung angeklagt. Für mich war das Mord, aber nein, fahrlässige Tötung, und selbst davon hat man sie freigesprochen. Er könnte doch mit dem Kopf gegen die Bordsteinkante geschlagen sein, hat der Verteidiger gesagt. Sie sind mit einer Anzeige wegen Ruhestörung davongekommen.«

Therkelsen nickte müde. Er hatte diese Geschichte so oft gehört.

»Man sollte meinen, nach diesem Vorfall hätten die

Jungen für den Rest ihres Lebens einen Widerwillen gegen so etwas gehabt, nicht? Gegen Gewalt, Kriminalität und Schlägertypen. Unsere Jungen, meine ich. Zumindest hätte ich das angenommen. Doch das Gegenteil schien der Fall zu sein. Es war, als empfänden sie eine gewisse Verachtung für ihren Vater, weil er nicht gegen die Typen angekommen war. Und für die Polizei und das Gericht. Eigentlich hat der Große damit angefangen. Er ist seine eigenen Wege gegangen und Lars hat ihn sehr bewundert. In gewisser Weise war er so etwas wie eine Vaterfigur für ihn. Der Große ist Mitglied in einer Jungenbande geworden. Ladendiebstähle, Taschendiebstähle und so. Lars hat auch mitgemacht. Später waren es dann Autodiebstähle, immer wieder. Er ist in ein Heim gekommen. Es hat nicht geholfen. Es wurde eher noch schlimmer. Ove, der Große, hat dann aufgehört. Fast von einem Tag auf den anderen. Da war er siebzehn. Er hat bei meinem Schwager eine Lehre gemacht und seitdem hat er sich nichts mehr zu Schulden kommen lassen. Als er mit der Lehre fertig war, hat er studiert, um Ingenieur zu werden, es geht ihm gut. Und dem Mädchen auch. Sie ist Architektin. Ich glaube, Lars fühlte sich von Ove im Stich gelassen. Für ihn war er so etwas wie ein Deserteur. Man konnte nicht mit ihm reden. Lars schien seine Welt mit ihren Gesetzen und Regeln als die richtige anzusehen und zu meinen, dass wir im Unrecht sind. In den letzten Jahren haben die Kinder sich nur noch zu Familienfesten und so gesehen und zuletzt nicht einmal mehr das. Sie wollten Lars nicht dabeihaben. Die Leute kannten ihn und redeten über ihn und er interessierte sich auch nicht für die Familie.«

»Auch nicht für Sie?«, fragte Therkelsen.

»Er ist hin und wieder gekommen und war dann immer

nett und lieb. Aber er kannte meine Meinung. Einmal hat er mir vorgeworfen, dass ich die anderen vorgezogen hätte. Ich habe ihm gesagt, dass das nicht stimmen würde, aber dass ich ihre Art zu leben vorzöge. Das sei dasselbe, meinte er.«

»Was ist mit Mädchen? Hatte er eine feste Freundin?«

Sie schüttelte den Kopf. »Nein, er hatte kein besonderes Glück mit den Mädchen. Vor allem in den letzten Jahren nicht. Als er Anfang zwanzig war, lief es besser. Da waren die Mädchen ja auch noch jünger. Einige dieser jungen Dinger finden es anscheinend spannend, mit einem Typen zusammen zu sein, den jeder kennt, der Motorrad fährt und der eine Lederkluft trägt. Sie sind so naiv, nicht wahr? Sie finden das Klasse. Sie halten ihn für einen tollen Kerl – genau wie er sich selbst. Aber auch sie werden erwachsen und die meisten von ihnen klüger. Die, die er bekommen konnte, haben ihm nicht gefallen. Sie waren ihm zu hart, in ihrer Ausdrucksweise und auch sonst. In gewisser Weise hatte er Angst vor Mädchen. Er hatte wohl ziemliche Minderwertigkeitskomplexe. Vor allem gegenüber seiner Schwester, aber irgendwie schien das auf alle Mädchen abzufärben. Sie war so tüchtig. So fleißig. So zielbewusst. Sie hat in dem Jahr, in dem mein Mann starb, Abitur gemacht. Sein Tod schien sie nur noch mehr anzuspornen. Und als dann auch Ove zu studieren begann ...«, sie seufzte. »Mein Schwager hat es übrigens versucht. Er hat Lars in die Lehre genommen. Aber es hat nicht funktioniert. Er ist im Gefängnis ein und aus gegangen und hat sich nicht einmal Mühe gegeben, dass es klappt. Er war nicht so klug und auch nicht so geschickt mit den Händen wie die beiden anderen. Eigentlich war er in nichts richtig gut. Er hat nie seinen

Platz gefunden. Ich meine, es gibt doch eine Menge Menschen, die über keine besonderen Fähigkeiten verfügen und trotzdem etwas finden. Die Streichholzschachteln und Briefmarken sammeln oder alles über irgendeine Popgruppe wissen. Sie finden etwas, was zu ihnen passt. Aber Lars ... Man kann natürlich sagen, dass auch er seinen Platz gefunden hat, nämlich in dieser Bande. Bei den Blue Devils. Bei denen war er wer. Er kam gleich nach dem Anführer, hat er gesagt. Ich fand nicht, dass das ein Grund zum Prahlen war. Gewalt und Mord und Vergewaltigung und Rauschgift, dafür waren sie bekannt. Ist das ein Grund, stolz zu sein?, habe ich ihn gefragt. Aber er war der Meinung. Als er das letzte Mal hier war, hat er erzählt, dass er jetzt der Anführer ist. Nachdem der König sich quasi zu Tode gefahren hat.«

Sie redete und redete. Therkelsen hatte das Gefühl, dass sie schon jahrelang den Drang verspürt hatte, darüber zu reden. Über den verlorenen Sohn, den sie nicht verstand, dessen Leben sie verabscheute, den sie jedoch nie aufgehört hatte zu lieben. Bestimmt mochte sie nicht mit ihren Freunden und Bekannten über ihn sprechen und seine Geschwister hatten ihn wohl mehr oder weniger abgeschrieben. Aber jetzt war endlich jemand da, einer, mit dem sie reden konnte. Einer, der ihn gekannt hatte und dem sie nichts vormachen musste. Es war schon ein wenig paradox, dass sie sich einen Polizisten für ihre Erinnerungsrede über den Prinzen ausgesucht hatte. Sicher die einzige, die gehalten werden würde.

»Wann war das?«

»Das ist schon lange her. Gleich nach Neujahr. Er war gekommen, um mir ein gutes neues Jahr zu wünschen. Er hat mir eine Platte mitgebracht. Mozart. Ein Klavierkonzert mit Alfred Brendel. An so etwas hat er sich erinnert. Was ich mag und was nicht.« Sie seufzte und biss sich auf die Lippe.

»Und da sagte er, dass er jetzt der Anführer sei?«

Sie nickte.

»Hat er etwas darüber erwähnt, dass andere ihm den Rang streitig machen wollten?«

»Nein, überhaupt nicht. Es klang, als wäre das eine ausgemachte Sache. Darauf war er ... war er richtig stolz. Als wäre das eine Beförderung. Als würde er erwarten, dass ich ebenfalls stolz auf ihn bin.« Sie schüttelte den Kopf. »Stolz zu sein, dass mein Sohn der Anführer einer Gangsterbande ist! Er hat nie begriffen, was ich dabei empfunden habe! Wir lebten in verschiedenen Welten.«

»Was ist mit seinem Bruder?«

»In gewisser Weise hat er ihn wohl am besten verstanden. Er kannte diese Welt schließlich selbst ein bisschen. Aber er hat Abstand zu Lars gehalten. Vielleicht gerade deshalb. In seinem tiefsten Inneren hat er vermutlich ein schlechtes Gewissen, weil er ihn ursprünglich da hineingezogen hat. Er hat nie etwas gesagt, aber ich glaube, dass er das manchmal denkt. Und sich Vorwürfe macht. Aber er war schließlich fast noch ein Kind. Er hat es nicht absichtlich getan. Und er hat überhaupt nicht verstanden, warum Lars nicht auch einfach aufgehört hat. Er hat es schließlich auch geschafft. Für ihn war Lars ein Schlappschwanz. Aber Lars hatte, im Gegensatz zu Ove, nichts anderes, dem er sich zuwenden konnte.«

»Und danach haben Sie ihn nicht mehr gesehen oder gesprochen?«

»Gesehen nicht, aber gesprochen habe ich noch vor einer Woche mit ihm. Er rief manchmal abends an. Von seiner Wohnung da draußen. Wenn er alleine war. Um zu hören, wie es mir geht, oder um ein wenig zu reden.«

»Hat er sich über irgendetwas Sorgen gemacht? Hatte er vor etwas Angst?«

Sie schüttelte resigniert den Kopf. »Angst? Nein, er hatte nie Angst, hätte er die nur gehabt. Vielleicht hatte er auch immer Angst, aber nicht vor den gleichen Dingen wie wir. Ob er sich Sorgen gemacht hat? Nein, das glaube ich nicht. Er sagte etwas davon, dass die Geschäfte jetzt bald richtig in Gang kämen. Er wollte mir eine Reise nach Österreich schenken. Ich wollte so gerne einmal dorthin. Aber nicht von seinem Geld. Ich weiß schließlich, wo es herkommt.«

»Hat er das Thema noch vertieft? Das mit den Geschäften?«

»Daran kann ich mich nicht erinnern. Ich glaube, nicht. Er klang gern, als wäre er wer, aber er war sich schon darüber im Klaren, dass ich von seinen Geschäften mit Rauschgift nichts hören wollte.«

»Wissen Sie, ob er Feinde hatte?«

Die Mutter des Prinzen sah ihn einen Augenblick lang verblüfft an, dann begann sie zu lachen. »Feinde! Doch, ich bin mir sicher, dass er dutzende von Feinden hatte. Dutzende. Vielleicht sogar welche, die auf die Idee kommen könnten, ihn zu erschießen, aber kennen tue ich sie nicht. Sein schlimmster Feind, den einzigen, den ich kenne, das war er selbst. Und Selbstmord war es doch nicht.«

Therkelsen erhob sich.

»Danke für den Kaffee«, sagte er. »Haben Sie jemanden, der ...?«

»Ich fahre zu meiner Schwester und ihrem Mann«, sagte sie. »Wenn ich Ove und Lisbeth angerufen habe.«

Sie begleitete ihn zur Tür.

»Was ist mit dem … Begräbnis?«, fragte sie. »Werden Sie …, dauert es lange, bis …«

Therkelsen schüttelte den Kopf. »Nein. Nur ein paar Tage.«

»Das macht nichts. Er soll in aller Stille beerdigt werden. In einem anonymen Grab.«

»In einem anonymen Grab …?«

»Ja, ich kann ihn doch nicht neben seinen Vater legen, oder? Ich finde, das geht einfach nicht, aber ich weiß nicht …, vielleicht mache ich es doch. Das kommt darauf an, was seine Geschwister sagen.«

»Ja, das tut es wohl«, sagte Therkelsen. »Das tut es wohl.«

»Das Schlimmste ist, dass man sich immer wieder fragt, was man falsch gemacht hat. Wo man versagt hat.«

Therkelsen zuckte mit den Schultern. »Vielleicht hatten Sie einfach nur Pech.«

Sie nickte. »Vielleicht.«

7

Winther und Bach gingen den Feldweg hinauf zur Straße. Bach schleppte einen großen Karton mit den Papieren des Prinzen. Ein paar Polizeibeamte kämmten noch immer das Terrain um die Landstraße herum durch.

»Habt ihr was gefunden?«, fragte Bach.

Einer der Beamten schüttelte den Kopf. »Absolut nichts. Nichts, das zu erwähnen sich lohnt.«

»So gut wie«, sagte der andere.

»So gut wie was?«

»So gut wie nichts«, lachte er. »Das könnte man wohl so sagen.«

»Du kannst es zumindest«, stellte Bach fest. »Was heißt ›so gut wie nichts‹?«

»Nun ja, zu behaupten, dass es hier keine Spuren gibt, wäre gelogen. Man sollte meinen, das sei der Lyngbyvej nach dem Überfall damals. Wir haben Spuren von dem Auto des Prinzen, dem Streifenwagen, dem Postauto und dem Krankenwagen. Ihr habt wenigstens direkt oben an der Straße gehalten. Aber sonst haben wir keine Autospuren gefunden. Dafür haben wir Abdrücke von Fahrradreifen.«

»Von Fahrradreifen?«, lachte Bach ungläubig. »*Der Mörder kam mit dem Fahrrad!* Das klingt wie ein alter Romantitel. Meint ihr nicht, dass die von dem Jungen da sind?«

Er nickte in die Richtung eines Jungen von ungefähr zehn, elf Jahren, der am Ende der Straße über seinem Fahrrad hing und ihnen neugierig mit den Augen folgte.

»Das haben wir überprüft und ein Abdruck ist auch von ihm. Er hat uns erzählt, dass er heute den Feldweg ein Stück heruntergefahren ist, als er den Krankenwagen gehört hat. Aber wir haben zwei verschiedene Reifenspuren.«

»Werdet ihr sehr sauer, wenn ich frage, ob ihr euch versichert habt, dass der Junge nicht zwei verschiedene Reifen an seinem Rad hat?«, fragte Winther.

»Stocksauer!«

»Dann lassen wir das. Ist die Spur frisch?«

Der andere zuckte mit den Schultern. »Vielleicht, vielleicht nicht, seht sie euch selbst an. Da.«

Der Abdruck war fast ganz oben bei der Straße. Jemand schien dort eine Zeit lang gewartet zu haben.

Winther und Bach beugten sich hinunter und sahen ihn sich genauer an.

»Ist er nicht ein bisschen breit? Ich finde, dass sieht wie ein Mopedabdruck aus«, sagte Bach.

»Wann hast du zuletzt ein Moped gesehen?«, lachte einer. »Die haben doch keine Fahrradreifen.«

»Habt ihr Abdrücke genommen?«

»Ja, sicherheitshalber. Ich vermute, dass da jemand auf den Bus gewartet und das Fahrrad einfach hingeworfen hat, als er kam. Das ist hier draußen so üblich. Sie lassen die Fahrräder einfach liegen. Aber sonst haben wir nichts gefunden.«

»Wie ist der Mörder auf das Grundstück gekommen?«

»Keine Ahnung. Es deutet nichts darauf hin, dass jemand eingebrochen oder über den Zaun geklettert ist.«

»Es sieht mehr und mehr so aus, als wäre es einer der eigenen Leute gewesen«, schlussfolgerte Bach. »Nun gut, frohes Schaffen.«

»Gleichfalls.«

Winther und Larsen gingen weiter. Der Junge mit dem Fahrrad stand noch immer da und sah ihnen zu.

Winther ging zu ihm hin. »Hallo, wie heißt du?«, fragte sie.

»Tommy.«

»Wohnst du da?«, Winther zeigte auf den weißen Hof, der an der Straße lag.

Er nickte.

»Hast du den Mann gekannt, der hier gewohnt hat?«

»Lars? Ja, das habe ich. Stimmt es, dass er erschossen worden ist?«

»Ja, ich fürchte schon«, sagte Winther. »Bist du irgendwann einmal da unten gewesen?«

»Meine Mutter hat mir verboten, dorthin zu gehen.«

»Aber manchmal hast du es doch getan?«

Der Junge zögerte und spähte über die Schulter zu dem weißen Hof hin. »Ich durfte das nicht«, wiederholte er.

»Warum nennst du ihn Lars?«, fragte Winther. »Die meisten haben ihn den Prinzen genannt.«

»Ihm war es lieber, wenn ich ihn Lars nannte.«

»Du bist also dort gewesen, stimmt's?«

»Nicht oft«, sagte er. »Sind Sie von der Polizei?«

»Ja«, nickte Winther.

»Ich habe gedacht, dass nur im Fernsehen Frauen dabei sind. Seid ihr Detektive?«

»Das könnte man so sagen.«

Er nickte zufrieden. »Das habe ich mir gedacht. Deshalb tragt ihr auch keine Uniform. Falls ihr jemanden beschatten müsst, nicht?«

»Genau. Dir kann man nichts vormachen, was?«

»Nee.«

»Und du warst also manchmal dort unten.«

»Ja, bei Lars. Als der König da gewohnt hat, bin ich nie hingegangen. Er war immer so schlecht gelaunt. Und er war doof. Er wollte nicht mal, dass wir den Feldweg benutzen. Dabei gehört der uns genauso gut. Auf dieser Seite da gehört das Feld uns.« Er zeigte in die Richtung. »Aber dann ist mein Vater zu einem Anwalt gegangen und danach hat es keinen Ärger mehr gegeben. Lars war überhaupt nicht so. Er war nett. Ich bin ihm mal begegnet, als er mit Tjekka eine Runde gedreht hat. Das ist die Schäferhündin. Danach durfte ich ihn manchmal besuchen. Ich bin auch mit ihm oben im Wald gewesen und habe geschossen. Er hat es mich versuchen lassen. Er wollte mir auch beibringen, wie man sich prügelt.«

»Wie man sich prügelt?«, fragte Winther verblüfft.

»Ja, er hat gesagt, dass man selbst Prügel bezieht, wenn man nicht weiß, wie man prügelt. Aber er wollte es mir beibringen. Ich kannte ihn schon lange, doch erst als der Alte weg war, durfte ich ins Haus.«

»Hattest du keine Angst vor den Hunden?«

»Die haben nichts getan, wenn ich mit ihm zusammen war. Außerdem hatten sie Angst vor Tjekka. Tjekka ist meine Freundin.«

»Was habt ihr gemacht, wenn du ihn besucht hast?«

»Wir haben uns Videos angesehen, Süßigkeiten gegessen und Bier und Cola getrunken. Mich hat er kein Bier trinken lassen. Ich durfte nicht einmal probieren. Bei meinem Vater darf ich das.«

»Was für Videos habt ihr euch angesehen?«

»Ganz verschiedene. Meistens lustige Filme. Er hatte auch viele Gangsterfilme. Keine richtigen Horrorfilme, nur Gangsterfilme. Aber die durfte ich nicht sehen. Das sei nichts für Kinder, hat er gesagt. Horrorfilme auch nicht. Mir war das egal. Manchmal sehe ich mir welche bei einem Freund an. Ich mag sie eigentlich nicht. Nicht, wenn ich danach alleine nach Hause fahren muss.«

»Haben ihn manchmal noch andere Leute besucht?«

»Nicht, wenn ich da war. Aber manchmal sind welche von den Leuten gekommen, die früher hier gewohnt haben. Einer heißt Brian, den kann ich nicht leiden. Ein anderer heißt Martin, der ist auch nett. Es sind noch mehr, aber ich kann mich an die Namen nicht erinnern. Ich habe sie manchmal oben im Wald getroffen, aber ich durfte nicht ins Haus, wenn sie da waren. Lars meinte, dass sie keine Kinder herumrennen haben wollen. Einmal war auch …«

Er schwieg abrupt.

»Was war da?«

»Nichts«, Tommy sah sie mürrisch an.

»Ach, komm schon«, sagte Winther schmeichelnd.

»Manchmal hat er mir auch etwas geschenkt«, sagte Tommy.

»Was?«

»Patronenhülsen und Briefmarken und so. Einmal hat er mir auch Geld gegeben. Aber das fand ich nicht gut. Meine Mutter hätte es entdecken und fragen können, von wem ich das habe. Ich durfte schließlich nicht hierher kommen. Ist Tjekka auch tot?«

»Ja.«

»Das tut mir leid.« Er schwieg kurz und Winther glaubte, er würde anfangen zu weinen. Nicht nur wegen des Hundes, auch wegen des Prinzen.

Er sah sie an. »Aber irgendwie ist es am besten so«, fuhr er altklug fort. »Denn außer ihm kann sich niemand um sie kümmern. Sie war Lars' Hündin. Tjekka ließ nur ihn an sich heran. Sie fraß nur das Futter, das er ihr gab, und sie gehorchte sonst niemandem. Sie wäre bestimmt verhungert.«

»Was wolltest du vorhin sagen?«, horchte Winther ihn aus.

»Meinen Sie über die Sachen, die er mir gegeben hat?«

»Nein, vorher. Du hast gesagt, dass einmal auch …«

»Daran kann ich mich nicht erinnern«, wich er ihr aus. »Dass einmal auch was?«

Winther sah ihn an. Sie wusste, dass er log. Dass er irgendetwas verschwieg. Aber vielleicht hatte es nicht das Geringste zu bedeuten. Sie hatte kein Recht, den Jungen zu verhören. Und falls das doch nötig werden sollte, wäre es nicht das Schlechteste, ein Aufnahmegerät dabeizuhaben.

»Hast du ihn gestern gesehen?«

»Ja, ich war gestern Nachmittag bei ihm. Er hatte versprochen, ein Video auszuleihen, aber er hat es dann doch vergessen, weil er so viel zu tun hatte. Ich war auch nicht lange dort, weil er früh los musste. Er musste in die Stadt.«

»Weißt du, wann er gefahren ist?«

»Nicht genau. Ich bin nach Hause gefahren, als er ins Bad gegangen ist und so. Aber ich habe sein Auto bei uns vorbeikommen sehen. Er hat gehupt. Da war es zwölf vor sechs.«

Winther verbarg ein Lächeln. »Das ist supergut. So genau muss es gar nicht sein. Es reicht, wenn wir so ungefähr wissen, wann das war. Sagen wir Viertel vor sechs, okay?«

Er nickte.

»Hast du ihn gerne besucht?«

»Ja, wir hatten es so ... so gemütlich!«

Winther sah ihn einen Moment verblüfft an. Gemütlich. Dann verstand sie, was er meinte. Sie hatten es sich zusammen nett gemacht. In den bequemen Stühlen vor dem Videorekorder gesessen und Cola und Bier getrunken und Süßigkeiten gegessen, während sie sich von Mann zu Mann unterhalten hatten. Doch, auf seine Weise war es bestimmt gemütlich gewesen.

»Na schön, ich denke, wir müssen jetzt fahren«, sagte sie. »Danke für die Hilfe, Tommy. Es kann durchaus sein, dass wir noch einmal mit dir reden müssen. Du bist ein guter Beobachter, stimmt's?«

»Wer, glauben Sie, hat das getan?«

»Das wissen wir noch nicht, aber wir finden es heraus.«

»Ich glaube nicht, dass es einer von den anderen war. Von denen, die früher hier gewohnt haben. Die waren nämlich Kameraden. Das hat Lars gesagt. Er hat gesagt, dass das das Schöne daran sei, zu so einer Rockerbande zu gehören. Man kann sich immer aufeinander verlassen.«

»Vielleicht«, sagte Bach, als er und Winter sich ins Auto setzten. »Aber es könnte auch sein, dass er sich geirrt hat.«

»Der Junge hat gelogen«, sagte Winther, als sie fuhren.

»Womit?«

»Mit dem, was einmal passiert ist.«

»Das ist nicht sicher. Vielleicht hat er wirklich vergessen, was er sagen sollte, oder nicht verstanden, was du meintest.«

»Nein, ich bin überzeugt, dass er gelogen hat. Ich glaube, man hat ihm gesagt, dass er nichts sagen darf. Und ich möchte darauf wetten, dass er irgendetwas dafür bekommen hat, dass er den Mund hält.«

»Warum glaubst du das?«

»Weil ihm das als Erstes eingefallen ist, als er das Thema wechselte. Dass der Prinz ihm Geschenke gemacht hat. Auch Geld. Irgendetwas war mit dem Geld. Es hat ihn verunsichert. Es war bestimmt zu viel. Und ich glaube, dass es nicht nur daran lag, dass er das zu Hause nicht erklären konnte. Obwohl auch das ein Problem gewesen sein könnte. Ich habe das Gefühl, dass er auf seine Weise gespürt hat, dass er da in etwas verwickelt wurde, was nicht ganz so war, wie es sein sollte.«

»Du meintest es also ernst, als du gesagt hast, dass wir noch einmal mit ihm reden müssen?«

»Vielleicht. Das weiß ich noch nicht. Vermutlich hat es gar nichts zu bedeuten. Zumindest nicht im Zusammenhang mit diesem Fall. Es war übrigens schon merkwürdig zu hören, wie der Junge den Prinzen als guten Kumpel bezeichnet hat, der sich um einen kleinen Jungen kümmert. Das passt nicht so ganz zu dem Bild, das ich von ihm habe.«

»Du darfst nicht vergessen, dass der Kleine auch für ihn so etwas wie ein guter Kumpel war«, sagte Bach trocken. »Das funktionierte in beide Richtungen, verstehst du?«

»Sicher. Vielleicht sollten wir zwei es uns heute Abend auch bei Süßigkeiten und Cola gemütlich machen, während wir den ganzen Mist hier durchgehen.«

Winther schielte nach hinten zu dem Karton mit den Papieren.

»Das werden wir. Da kannst du ganz beruhigt sein.«

»Und dann finden wir des Rätsels Lösung!«

»Wer weiß?«

8

Winther und Bach fanden Therkelsen in seinem Büro, wo er mit einer Tasse Kaffee, einem halb aufgegessenen Käsebrötchen und einer qualmenden Pfeife saß.

»Pfui!«, sagte Winther. »Dass du rauchst, ist schlimm genug, aber dass du rauchst, während du isst, schlägt dem Fass den Boden aus.«

»Hast du noch nie etwas von Räucherkäse gehört?«, lachte Therkelsen. »Habt ihr da draußen etwas Brauchbares gefunden?«

Winther schüttelte den Kopf. »Ich glaube nicht. Bøjsen und Lyngsø sind noch vor Ort. Sie nehmen die ganze Hütte auseinander, aber ich glaube nicht, dass sie noch etwas finden werden.«

»Habt ihr den Safe aufbekommen?«

»Ja, sicher. Kein Problem«, sagte Bach. »Du hast richtig geraten. Die beiden ersten Zahlen waren der Geburtstag des Königs und die nächsten vier die letzten Ziffern seiner Personennummer. Die Leute werden einfach nicht klüger.«

»Ich habe das dringende Bedürfnis nach einer Dusche«, sagte Winther und rümpfte die Nase. »War das ein Mief da draußen!«

»Tja«, sagte Therkelsen. »Aber ihm hat das gefallen. Rumzusitzen und Bier zu trinken und Videos zu sehen.«

»Was hätte er auch sonst da draußen machen sollen?«, sagte Bach.

»Stimmt«, räumte Therkelsen ein. »Es hätte einen seltsamen Eindruck gemacht, wenn er zum Volkstanz gegangen wäre. Das ist nicht mehr in.«

»Willst du gar nicht wissen, was in dem Safe war?«, fragte Winther.

»Wollt ihr meine Vermutung hören? Rauschgift.«

»Ja, aber nicht so viel, wie ich erwartet hatte«, sagte Bach. »Ein bisschen Haschisch, offenbar für den Eigenbedarf. Außerdem haben wir siebenhundert Gramm Amphetamine gefunden. Das klingt viel, doch wenn die Blue Devils noch immer einen beachtlichen Teil des Marktes kontrollieren, ist das so gut wie nichts.«

»Das war im Safe?«

»Ja, und es steht außer Zweifel, dass das Zimmer bis zu dem Unfall dem König gehört hat. Jetzt hat der Prinz es offenbar mit Beschlag belegt. Er hat also praktisch die Rolle des Königs übernommen.«

»Das ist total verrückt!«, Therkelsen schüttelte den Kopf. »Alarmanlagen, ferngesteuerte Schlösser, Scheinwerfer, Schießtürme und ein Arsenal, mit dem sie ihren eigenen privaten Krieg anfangen könnten, und trotzdem haben sie einen Safe. Mit einem Zahlenschloss. Offenbar hat er nicht einmal seinen eigenen Leuten getraut, der König.«

»Er soll in den letzten Jahren ziemlich paranoid geworden sein«, informierte ihn Bach. »Genau wie Stalin. Doch der Prinz war sein Mann. Ihm hat er vertraut. Aber er dürfte auch der Einzige gewesen sein.«

»Was ist mit Bargeld?«

»Ungefähr zwanzigtausend Kronen«, sagte Winther. »Einundzwanzigtausenddreihundert, um genau zu sein.«

»Das ist nicht viel«, sagte Therkelsen nachdenklich. »Und er hatte nur gut dreitausend in der Brieftasche.«

»Ich würde mich für steinreich halten, wenn ich vierundzwanzigtausend Kronen in bar hätte«, wandte Winther ein.

Therkelsen lachte. »Du bist ja auch nur eine arme, unterbezahlte öffentliche Angestellte, die bereitwillig ihre Steuern zahlt. Aber für einen Typen wie den Prinzen waren zwanzigtausend Kleingeld. Okay, er hatte die Amphetamine, aber so furchtbar viel war das nun auch wieder nicht. Und wo ist das Geld, um neue Ware zu kaufen?«

»Vielleicht war bereits ein Kurier unterwegs«, schlug Bach vor.

»Vielleicht.«

»Woran denkst du?«

»Ich hatte die Bande doch in Verbindung mit dem Geldbomben-Coup im Dezember auf dem Kieker«, sagte Therkelsen. »Aber dann hätte mehr Geld da sein müssen. Es sei denn, sie haben bereits in eine neue Lieferung investiert.«

»Ich habe nie daran geglaubt, dass sie das waren«, sagte Bach. »Sie sind einfach nicht clever genug für solch eine Nummer. Vergiss nicht, dass der König zu dem Zeitpunkt bereits außer Gefecht gesetzt war.«

»Er hätte alles lange vor seinem Unfall geplant haben können«, wandte Therkelsen ein. »Auch wenn ich einräumen muss, dass er in dem Fall cleverer war, als ich gedacht habe. Der Geschäftsinhaber war sich sicher, in einem der Männer den Prinzen erkannt zu haben, und auch noch andere Dinge haben auf die Blue Devils hingedeutet. Aber okay, es hat nicht gereicht und sie hatten ein Alibi. Ich bin noch immer der Ansicht, dass das nicht hieb- und stichfest war, aber ...«

»Aber dieser Ansicht war der Richter nicht«, unterbrach ihn Bach. »Wir konnten ihn noch nicht einmal dazu überreden, sie aufgrund dessen, was wir hatten, in Untersuchungshaft zu nehmen. Und ich sehe auch nicht, wie er das hätte anstellen sollen.«

»Ich schon«, protestierte Therkelsen leicht verärgert.

Bach schüttelte den Kopf. »Ihr Rechtsanwalt hat alles, was wir hatten, zerpflückt, und sie hatten nun mal ein Alibi ...«

»Es wundert mich, dass er sie immer noch verteidigt«, sagte Therkelsen. »Sie sind und bleiben eine Bande von Verbrechern und das weiß er ganz genau.«

»Das ist sein Job«, sagte Bach trocken. »Dafür wird er bezahlt.«

»Und vermutlich nicht schlecht«, fügte Therkelsen hinzu. »Aber trotzdem.«

»In diesem Fall war das zumindest kein schwerer Job.«

»Ich glaube nicht, dass es die Blue Devils waren«, sagte Winther. »Sie hätten längst angefangen, mit Geld um sich zu werfen, aber uns ist nichts zu Ohren gekommen. Ganz im Gegenteil.«

»Was meinst du mit ›ganz im Gegenteil‹?«

»Ich habe gehört, dass sie mehr oder weniger pleite sind. Zumindest das Fußvolk. Sie werden regelmäßig beim Sozialamt vorstellig.«

»Das haben sie doch schon immer so gemacht«, wandte Therkelsen ein.

»Wenn ihr euch die Schreibtischschubladen vornehmt, seht nach, ob ihr Belege für Schließfachmieten, Kontoauszüge oder Ähnliches findet. Vielleicht ist woanders noch Geld deponiert.«

»Warum sollten sie es zur Bank bringen, wenn sie selbst ein Fort Knox haben?«, fragte Bach.

Therkelsen lachte kurz auf. »Unseretwegen, Bach. Unseretwegen. Ihr Fort Knox ist vor einer Hausdurchsuchung nicht sicher. Vielleicht haben sie tatsächlich etwas auf der Bank.«

»Jedenfalls nicht auf einem Konto«, sagte Bach. »Es tut mir leid, das sagen zu müssen, aber ich glaube, sie haben mehr Respekt vor dem Finanzamt als vor uns.«

»Wem geht das nicht so?«, seufzte Therkelsen. »Aber die Miete für ein Schließfach könnte doch über ein kleines, unauffälliges Konto bezahlt werden. Vielleicht tauchen unter den Sachen dort Schließfachschlüssel auf.«

»Das wird sich zeigen«, sagte Bach. »Ist übrigens schon etwas an die Presse durchgesickert?«

»Nur dass ein Mann erschossen wurde. Kein Name. Die Familie ist schließlich noch nicht unterrichtet. Von der Mutter einmal abgesehen.«

»Wie hat sie es aufgenommen?«

»Blass, aber gefasst«, sagte Therkelsen. »Es war offenbar keine große Überraschung. Eine sympathische Frau, aber sie wusste nichts, was uns weiterhelfen könnte.«

Er berichtete kurz von seinem Gespräch mit der Mutter des Prinzen.

»Ich erinnere mich gut an den Fall damals«, sagte Bach. Er war für sein phänomenales Gedächtnis bekannt. »Zwei der Typen haben so einen Schrecken bekommen, dass wir nie wieder etwas von ihnen gehört haben. Sie waren erst siebzehn, achtzehn Jahre alt. Der dritte war der Macher. An ihn kannst du dich bestimmt erinnern, oder?«

»Ja, und ob.«

»Aber ich nicht«, sagte Winther.

»Das war auch vor deiner Zeit. Später ist er mehrmals wegen Gewaltdelikten verurteilt worden, einmal wegen fahrlässiger Tötung und einmal wegen Körperverletzung mit Todesfolge. An einem Kleinkind.«

»Das war sein eigenes Kind«, erklärte Therkelsen.

»Nein, das seiner Lebensgefährtin«, berichtigte ihn Bach. »Der Junge war anderthalb Jahre alt. Der Macher ist sauer geworden, als er geschrien hat, und hat ihm mit der Faust in den Magen geschlagen. Daran ist der Kleine gestorben. Jetzt ist er in einer forensischen Klinik und da bleibt er hoffentlich auch. Er ist total verrückt.«

»Wenn sie damals verurteilt worden wären, wäre es vielleicht anders gelaufen«, sagte Winther nachdenklich. »Auch für den Prinzen.«

»Tja«, sagte Bach. »Schon möglich. Aber die beiden anderen haben es geschafft. Das hätten sie vielleicht nicht, wenn sie verurteilt worden wären, und dem Macher hätte es ohnehin nicht geholfen.«

»Was ist mit den anderen Mitgliedern der Blue Devils? Habt ihr die ausfindig gemacht?«, fragte Winther.

»Noch nicht. Aber das muss nicht bedeuten, dass sie untergetaucht sind. Außerdem sind nur ungefähr fünf oder sechs von ihnen auf freiem Fuß.«

»Und die Einzigen, bei denen es sich lohnen könnte, sie sich etwas genauer anzusehen, sind Brian und zur Not noch Martin. Die anderen gehören zum Fußvolk.«

»Es wundert mich, dass sie nur noch so wenige sind«, sagte Therkelsen.

»Das lässt sich leicht erklären«, sagte Bach. »Im Moment dürften ungefähr zehn einsitzen. Ein paar sind ganz abgesprungen und dann haben wir da noch das, was man als *natürlichen Abgang* bezeichnen kann, darunter fällt zum Beispiel der König.«

»Ja, das weiß ich alles, aber warum haben sie keine Neuen angeworben?«

Bach zuckte mit den Schultern. »Die gesamte Szene hat in den letzten Jahren an Prestige eingebüßt und vermutlich hatten sie auch kein Interesse daran, Neue zu rekrutieren. In den alten Tagen war das anders. Da drehte sich alles um ihre *Maschinen* und ihren *Treff*. In den ganz alten Tagen, meine ich. Damals gingen die meisten noch einer bürgerlichen Arbeit nach, aber diese Zeiten sind vorbei. Sie sind alt geworden, und als sie sich erst auf Rauschgift verlegt hatten, hat das Ganze den Charakter gewechselt. Jetzt macht es keinen Sinn mehr, viele Mitglieder zu haben, denn je mehr da sind, desto mehr müssen sich die Beute teilen.«

»Aber sie brauchen noch immer Leute, die ihre Interessen verteidigen. Es gibt Gerüchte, dass sich die Øgade-Bande den größten Teil des Rauschgifthandels unter den Nagel gerissen hat, schon bevor der König abgedankt hat«, wandte Winther ein.

»Umso mehr Grund, keine Neuen anzuwerben. Aber man sollte auch nicht allen Gerüchten Glauben schenken, die man hört«, sagte Therkelsen. »Sie waren zumindest mal viele.«

»Wer erbt?«, fragte Winther.

»Wer beerbt wen?«, Therkelsen funkelte sie an.

»Den Prinzen? Wer beerbt ihn?«

»Das kommt darauf an. Vielleicht hat er ja ein Testament gemacht. Ansonsten seine Mutter. Es sei denn, er hat ein Kind. Oder mehrere.«

»Das müsste seine Muter doch wissen.«

»Warum? Vielleicht hat er nur für sie gezahlt. Wie dem auch sei, ihr solltet euch jedenfalls darauf einstellen, den Abend mit der Durchsicht der Papiere zu verbringen, die ihr da draußen gefunden habt. Und ich würde mir wünschen, dass wir Brian und die anderen bald ausfindig machen.«

In diesem Moment klingelte das Telefon auf seinem Schreibtisch.

Therkelsen nahm den Hörer ab, lauschte einen Augenblick und sagte: »Ausgezeichnet. Ich komme.«

Er legte den Hörer auf.

»Wenn man vom Teufel spricht ...«

»Brian?«

»Nein, einer der kleineren Fische. Martin. Aber das ist immerhin ein Anfang. Hören wir uns an, was er zu erzählen hat.«

9

Martin hatte ihnen gar nichts zu erzählen.

»Ihr habt nichts gegen mich in der Hand.«

»Wir wollen Ihnen nur ein paar Fragen stellen.«

»Dann fragen Sie.«

»Wo waren Sie gestern Abend?«

Martin sah auf seine Hände herunter, ohne etwas zu sagen.

»Sie wollen nicht antworten?«

»Mensch Meier, sind Sie schlau. Sie haben es erraten, was? Stimmt, ich habe nicht vor, zu antworten. Ich habe keine Ahnung, warum ihr mich hierher geschleppt habt, und ich weigere mich, auf so einen Scheiß zu antworten.«

»Dann könnten wir uns gezwungen sehen, Sie festzunehmen!«

»Mich festzunehmen? Dann will ich meinen Anwalt sprechen.«

»Den können Sie gerne anrufen.«

»Heißt das, ich bin festgenommen?«

»Nein, aber rufen Sie ihn ruhig trotzdem an. Es ist nicht das Schlechteste, vorbereitet zu sein, oder? Wer ist es? Immer noch Flemming Rosgård?«

»Ja.«

»Hat er nicht allmählich die Nase von euch voll?«

»Warum sollte er? Wir bezahlen die Butter auf seinem Brot.«

»Nur auf der einen Seite. Wollen Sie ihn anrufen?«

Martin überlegte.

»Was wollten Sie wissen?«

»Wo Sie gestern Abend waren.«

»Ist das alles?«

»Das ist alles.«

»Warum wollen Sie das wissen?«

»Wir wollen es einfach gerne wissen. Es ist eine ganz einfache Frage. Wo – waren – Sie – gestern – Abend?«

»Wann gestern Abend?«

»Den ganzen Abend. Von ... sagen wir sechs Uhr abends bis heute Morgen?«

»Wie soll ich das denn so einfach beantworten, Mann? Ich war hier und da. Wir haben uns gegen fünf im *Zinnmatrosen* getroffen, ich und Brian und Keld. Dann haben wir ein paar Burger gekauft, die haben wir bei Keld zu Hause gegessen und dann haben wir ein paar Bier gekippt, bevor wir wieder losgezogen sind. Wir sind in den *Topf* gegangen und da haben wir den Prinzen und Frank getroffen. Den Rest des Abends waren wir zusammen.«

»Alle?«

»Ja, soweit ich mich erinnere. Wir sind dann nochmal zum *Zinnmatrosen* und haben ein paar Stunden Billard gespielt. Anschließend waren wir mal hier und mal da. Brian ist gegen Mitternacht mit einer Frau, die so groß war wie die Domkirche, verschwunden und kurz darauf ist der Prinz auch gefahren. Ich bin bei irgendeiner Langhaarigen zu Hause gelandet. Ich war so voll, dass ich nicht mehr aus den Augen gucken konnte. Das ist mir am nächsten Tag klar geworden, als ich sie gesehen habe. Meine Fresse, war die hässlich! Ich bin erst gegen Mittag aufgewacht. Da standen ihre beiden Kinder da und starrten mich an, als wäre ich das achte Weltwunder. Zu der Tageszeit und mit dem Kopf hatte ich nicht die Bohne Lust, Vater, Mutter, Kind zu spielen, und schon gar nicht mit den Kindern und mit dieser Schlampe, deshalb bin ich abgehauen. Habe ein Taxi in die Stadt genommen und in der ersten Kneipe, über die ich gestolpert bin, ein paar Bier und Korn zum Frühstück gekippt.«

»Und für all das gibt es Zeugen?«

»Den Prinzen, Brian, Keld und Frank. Und die Domkirche von Brian und die Langhaarige und ihre rotznäsigen Kinder plus vier- oder fünfhundert Kneipengäste. Braucht ihr noch mehr?«

»Nein, das reicht.«

»Was soll das hier? Hat jemand behauptet, dass ich ohne Licht Fahrrad gefahren bin?«

»Es geht nicht um dich persönlich.«

»So, so, aber ich kann für uns alle bürgen, falls irgendjemand irgendetwas behauptet hat. Wir waren von gestern Abend bis gegen drei Uhr morgens zusammen.«

»Bis auf den Prinzen und Brian?«

»Brian hatte mit seiner Braut alle Hände voll zu tun und der Prinz ist garantiert direkt nach Hause gefahren. Gegen eins. Er muss doch morgens raus und die Kühe melken.«

»Wie bitte?«

»Na schön, dann eben die Hunde lüften.«

»Vorhin sagten Sie, er sei gegen zwölf gegangen.«

»Habe ich nicht. Sperren Sie doch die Ohren auf. Oder fragen Sie ihn selbst.«

»Ja, das wäre natürlich einen Versuch wert.«

»Kann ich jetzt gehen?«

»Gleich.«

Therkelsen stand auf und verließ das Zimmer. Martin zündete sich eine Zigarette an, während er den Beamten anstarrte, der ihn nicht aus den Augen ließ.

Therkelsen ging in das Büro, in dem Bach und Winther saßen.

»Er weiß noch nicht, dass der Prinz tot ist. Davon bin ich überzeugt. Und seine Aussage klingt ziemlich glaubhaft. Er hat für den ganzen Abend ein Alibi, sie waren alle zusammen. Aber Brian ist vor dem Prinzen gegangen. Mit einer großen Frau. Versucht herauszufinden, wo sie gewesen sind und wo Brian hingegangen ist und mit wem. Vielleicht ist er noch mit ihr zusammen. Versucht es in den Kneipen. Vielleicht kennt jemand das Mädchen.«

»Lässt du ihn laufen?«

»Ich habe nichts, um ihn festzuhalten. Wir können ihn wegen unerlaubten Waffenbesitzes festnehmen, das ist alles. Ich möchte ihn gerne hier behalten, bis wir die anderen haben. Ich versuche, ihn noch eine Zeit lang mit Reden hinzuhalten, und hoffe, dass die Kollegen in der Zwischenzeit ein paar weitere Bandenmitglieder auftreiben.«

»Wann wirst du ihm sagen, dass der Prinz tot ist?«

»Ich habe mich noch nicht entschieden, ob oder wann ich das tun werde. Es ist besser, wenn die anderen vor dem Verhör nicht wissen, worum es geht, aber es dauert bestimmt nicht mehr lange, bis die Geschichte in der ganzen Stadt rum ist, vielleicht ist sie das auch schon. Nun gut, ich sollte wieder zu ihm gehen.«

Martin war bei der zweiten Zigarette angelangt, als Therkelsen zurückkam. Er wollte aufstehen, doch Therkelsen wies ihn an, sich wieder zu setzen. »Noch einen Augenblick.« Er wandte sich an den Beamten. »Sorgen Sie bitte dafür, dass die Aussage abgetippt wird, damit Martin Bang sie unterschreiben kann.«

Der Beamte erhob sich und verschwand ohne einen Kommentar.

»Was soll das, Therkelsen?«

»Sie wissen doch, wie das heutzutage ist. Ich muss schließlich auch nachweisen, dass ich für mein Geld arbeite. Und das am besten gleich doppelt und dreifach. Wollen Sie eine Tasse Kaffee, während wir warten?«

»Eigentlich hätte ich lieber ein Bier, wenn Ihnen das nichts ausmacht.«

Therkelsen schnalzte bedauernd mit der Zunge. »Das geht nicht, aber ein alkoholfreies können Sie bekommen.«

»Ein alkoholfreies, ach du meine Fresse. Andererseits bin ich so durstig, dass ich an einer toten Ratte saugen könnte.«

»Haben Sie gestern Abend etwas Besonderes gefeiert?«, fragte Therkelsen leichthin, nachdem er telefonisch um zwei Flaschen alkoholfreies Bier gebeten hatte.

»Gefeiert und gefeiert. Das kommt drauf an, wie man es sieht. Es war eine Mischung aus Leichenschmaus und ... wie soll ich sagen ... Chefwechsel.«

»Leichenschmaus? Wer ist denn gestorben?«

»Das darf man nicht so wörtlich nehmen, aber Sie wissen doch auch, dass der König erledigt ist. Wir konnten nicht länger alles so laufen lassen.«

»Aha, und wer ist der neue Chef?«

»Der Prinz. Wer sonst?«

Therkelsen zuckte die Schultern. »Brian oder Sie. Sie sind doch ebenso lange dabei wie der Prinz.«

»Darum geht es doch nicht.«

»Worum geht es dann?«

Martin lachte. »Das würden Sie wohl gerne wissen, was?«

Therkelsen hob abwehrend die Hände. »Nein, ich will Sie nicht aushorchen, aber ich kann, ehrlich gesagt, nicht sehen, was der Prinz hat, was Brian nicht hat. Was sagt Brian dazu?«

»Nichts. Wir haben das nicht diskutiert.«

»Keine Eifersucht?«

»Eifersucht? Worauf wollen Sie hinaus, Mann? Das ist doch Unsinn.«

Das Bier kam, Therkelsen öffnete die Flaschen und schob Martin eine hin, der sie an den Mund setzte und in einem Zug leerte. »Bitte«, sagte Therkelsen. »Nehmen Sie ruhig auch noch das andere.«

»Wollen Sie nicht ...?«

»Nein, ich bleibe beim Kaffee«, sagte Therkelsen. Er goss sich eine weitere Tasse ein, als sich plötzlich eine unbezwingbare Lust auf ein richtiges kaltes Bier meldete.

»Na dann, danke«, sagte Martin und trank einen Schluck. »Wenn es kalt ist und man schnell trinkt, schmeckt es gar nicht so übel.«

»Und? Habt ihr den König ganz abgeschrieben?«

»Wir schreiben doch keinen Kameraden ab. Wir besuchen ihn im Krankenhaus. Er kommt langsam von dem Beatmungsgerät weg. Und er hat die ganze Zeit die Augen auf.«

»Erkennt er euch?«

Martin zuckte mit den Schultern. »Keine Ahnung. Sie behaupten, dass er einen Hirnschaden hat, aber als ich gestern da war, hat er etwas gesagt. Ich konnte es nur nicht verstehen. Vielleicht ist es nicht ganz so schlimm, wie sie sagen. Vielleicht fehlt seinem Kopf doch nichts.«

»Aber er ist gelähmt.«

»Anfangs hieß es auch, dass Erik Gundersen nur noch dahinvegetieren würde. Später haben sie gesagt, dass er auf jeden Fall gelähmt bliebe. Und dann sagten sie, dass er nie mehr Speedway fahren würde und jetzt ist er wieder ganz der Alte. Vielleicht geht es mit dem König genauso. Wenn der Kopf in Ordnung ist, dann wird er schon wieder …«

Therkelsen sollte nicht erfahren, was der König schon wieder würde, denn in diesem Augenblick kam der Beamte mit fünf maschinengeschriebenen Seiten zurück.

»Ach du meine Fresse, so viel habe ich doch gar nicht gesagt«, rief Martin.

Therkelsen lachte. »Das sieht nur so viel aus. Sie können es sich kurz durchlesen.« Er reichte Martin die fünf Bögen und warf in der Zwischenzeit einen Blick auf den Zettel, der obendrauf lag.

Brian und Frank warten nebenan.

Therkelsen atmete erleichtert durch, während er schweigend Martin ansah, der sich durch das Protokoll quälte. »Habe ich gesagt, dass sie groß wie eine Domkirche ist?«, fragte er. »Das ist sie verdammt nochmal auch. Sie ist so groß wie die Freiheitsstatue, Teufel auch. Es ist wirklich ein Wunder, dass sie ihn nicht erdrückt hat. Aber er ist verrückt nach ihr.«

»Ist das in Ordnung so?«, fragte Therkelsen.

»Ja, da steht zum Glück nichts, zu dem ich nicht stehen kann, aber ich will mich nicht auf die Uhrzeiten festnageln lassen.«

»Das sind nur ungefähre Zeiten«, sagte der Beamte.

Martin sah gespielt verblüfft von ihm zu Therkelsen. »Ach du meine Fresse, der kann ja reden!«, lachte er. »Es ist schon fantastisch, was sie heute alles aus Plastik herstellen.«

Der Beamte tat, als hätte er die Bemerkung nicht gehört.

»Danke«, sagte Therkelsen, als Martin unterschrieben hatte. »Das war's. Entschuldigen Sie die Umstände.«

Martin starrte ihn ungläubig an. »Wiederholen Sie das bitte noch einmal. Was haben Sie da gerade gesagt? Kann es sein, dass ich gehört habe, dass Sie sich für die Umstände entschuldigt haben?«

Therkelsen lachte. »Ja, haben Sie nichts darüber gelesen? Das ist unser neuer Stil.«

»Ja, ja, gut, gut. Da steckt doch irgendetwas dahinter, ich weiß nur nicht was. Was sollte das Ganze? Was wollten Sie mir eigentlich anhängen?«

»Einen Mord«, sagte Therkelsen ernst.

»Einen Mord!«, Martin starrte ihn an. »Hören Sie auf, Mann, das meinen Sie doch nicht wirklich?«

»Ich kann Ihnen versichern, dass doch.«

»Einen Mord! Und wen zum Teufel soll ich ermordet haben?«

Therkelsen machte eine Kunstpause, bevor er seinen Trumpf ausspielte.

»Den Prinzen«, sagte er. »Euren neuen Chef!«

»Wie hat er reagiert?«, fragte Winther.

Sie und Bach saßen noch immer über ihren Papierstapeln. Bøjsen und Lyngsø waren aus der Festung zurückgekommen und standen jeder mit einer Tasse Kaffee da.

»Es hat ihm glatt die Beine weggehauen«, sagte Therkelsen. »Er hatte noch keine Ahnung. Er hat fast eine Minute gebraucht, bis ihm aufgegangen ist, dass es nicht das Schlechteste gewesen wäre, wenn er und Brian die Möglichkeit gehabt hätten, miteinander zu reden. Nicht dass er Brian für den Täter hält, aber die sichern sich ja immer ab und jetzt hat die Situation sich plötzlich so grundlegend geändert, dass der Eindruck entstehen könnte, er hätte geplaudert.«

»Wie hast du es geschafft, ihn so lange festzuhalten?«

»Ich habe seine Aussage ins Reine schreiben lassen und Order gegeben, das so weit wie möglich in die Länge zu ziehen. Martin ist ja einigermaßen umgänglich, wenn man mit ihm alleine ist. Eigentlich hatten wir es richtig gemütlich. Wir haben über den König geredet. Sie haben offenbar die Hoffnung noch nicht aufgegeben, dass er ein zweiter Erik Gundersen wird. Nicht unbedingt wieder der König, aber jedenfalls aktiv. Martin hat behauptet, dass der Patient gestern mit ihm oder zu ihm gesprochen hat.«

»Das können sie vergessen«, sagte Winther. »Natürlich kann er Laute von sich geben, so etwas kommt öfter vor, aber ich glaube nicht, dass sie etwas zu bedeuten haben.«

»Woher weißt du das?«

»Mein Nachbar ist Krankenpfleger. Noch dazu im selben Krankenhaus.«

»Nun gut, Brian zu knacken dürfte schwieriger werden. Aber Larsen meint, er wisse noch nicht, dass der Prinz tot ist.«

»Aber er weiß vermutlich, dass ein Mord passiert ist. Das haben sie heute Abend im Radio in den Lokalnachrichten gebracht«, sagte Bøjsen. »Wir haben es auf dem Weg hierher gehört.«

»Sie haben hoffentlich nicht gesagt, wo.«

»Nein, du hast ihnen ja einen Maulkorb verpasst, aber so etwas lässt Leute wie Brian ihre Schlussfolgerungen ziehen – so ganz allgemein.«

»Wo habt ihr die beiden eingesammelt?«

»Im *Zinnmatrosen.* Das ist offenbar ihre Stammkneipe.«

»Was ist mit dem Mädchen? Mit der, die laut Martin so groß wie die Freiheitsstatue ist.«

»Das ist nicht mal gelogen. Sie ist so groß. Sie war auch da. Vielleicht wirkt Brian deshalb ein wenig lädiert.«

»Er wird noch viel lädierter wirken, wenn wir mit ihm fertig sind.«

»Er hat einen Anwalt verlangt.«

»Werden die denn nie klüger?«

»Die sehen zu viele amerikanische Serien.«

»Es wurmt mich ein bisschen, dass das Mädchen dabei war, als wir ihn festgenommen haben. Wenn sie zwei und zwei zusammenzählt, wird sie schnell begreifen, dass er ein Alibi braucht«, sagte Therkelsen. »Na schön, ich nehme ihn mir jetzt vor. Bach, du kannst dich um Frank kümmern. Ihr anderen müsst euch bereithalten, um uns abzulösen.«

Das Verhör zog sich über Stunden hin, doch Brian hielt an seiner Aussage fest. Er war bis gegen Mitternacht mit den anderen zusammen gewesen, dann war er mit der Freiheitsstatue, die in Wirklichkeit Anni hieß, in ihre Wohnung gegangen, wo er sich den Rest der Nacht und den Tag über aufgehalten hatte.

»Den ganzen Tag? Was haben Sie gemacht?«

»Was glauben Sie? *Mensch ärgere dich nicht* gespielt?«

Therkelsen konnte sich einige andere Dinge vorstellen, die er jedoch lieber nicht erwähnen wollte.

»Und Sie haben die Wohnung zwischendurch nicht verlassen?«

»Warum um alles in der Welt hätte ich das tun sollen? Ich habe nicht einmal ihr Bett verlassen.«

»Und dafür haben Sie Zeugen?«

»Na klar. Anni.«

»Sonst niemanden?«

»Doch, das ganze Haus hat uns gehört, als wir gekommen sind, und der Nachbar hat während der Nacht mindestens viermal gegen die Wand geklopft.«

Sie kamen mit ihm nicht weiter. Anni bestätigte seine Aussage, die Hausbewohner bestätigten seine Aussage und der Nachbar konnte sich erinnern, geklopft zu haben, wagte aber nicht zu sagen, wann genau das gewesen war. Vielleicht gegen Morgen, weil er da immer einen leichteren Schlaf hatte.

Therkelsen hatte rote Augen und trank eine Tasse Kaffee. Er hatte Brian Lyngsø überlassen, jedoch keine große Hoffnung, dass der mehr aus ihm herausbekommen würde.

»Wir haben nichts, was wir ihm anhängen können, wir müssen ihn laufen lassen.«

»Weiß er, um was es geht?«

»Ich habe noch nichts gesagt, aber er wird wissen, dass wir uns nicht wegen eines Autodiebstahls die ganze Nacht um die Ohren schlagen. Er ist sich durchaus darüber im Klaren, dass es ernst ist, aber er scheint zu glauben, dass er mit seinem Alibi seine Schäfchen im Trockenen hat.«

»Was machen wir jetzt?«

»Ich versuche es nochmal. Bach, du kommst mit. Jetzt sagen wir es ihm direkt ins Gesicht.«

Lyngsø schüttelte leicht den Kopf, als Therkelsen und Bach hereinkamen und ihn ablösten. Der Beamte, der mitschrieb, sah aus, als könnte auch er eine Ablösung gebrauchen.

»Sie wissen, um was es geht, stimmt's?«

»Nein, ich weiß nicht, um was es geht. Das haben Sie mir nicht gesagt.«

»Um Mord.«

»Ja und? Was wollen Sie von mir? Ich laufe nicht durch die Gegend und erschieße Leute!«

Therkelsen und Bach wechselten einen Blick und schwiegen. Brian wurde klar, dass er einen Fehler begangen hatte, und er versuchte, ihn wieder gutzumachen. »Oder steche Leute mit dem Messer nieder oder was auch immer.«

»Haben Sie heute Abend Radio gehört?«

»Ja, sicher.«

»Dann haben Sie bestimmt auch gehört, dass ein Mann ermordet worden ist. Es wurde allerdings mit keiner Silbe erwähnt, dass er erschossen wurde.«

»Davon bin ich ausgegangen. Aber mich könnt ihr ruhig von der Liste der Verdächtigen streichen. Ich habe ein Alibi und ich laufe immer noch nicht herum und schieße wildfremde Menschen nieder.«

»Das glauben wir auch nicht«, sagte Therkelsen.

Brian sah sie verständnislos an. »Was soll das heißen?«

»Was ich gesagt habe. Dass ich nicht glaube, dass Sie herumlaufen und wildfremde Menschen niederschießen.«

»Warum zum Teufel habt ihr mich dann hierher geschleppt und durch den Fleischwolf gedreht?«

Therkelsen antwortete nicht.

Brian sah von ihm zu Bach und wieder zurück.

»Dafür muss es doch einen Grund geben!«

Therkelsen antwortete noch immer nicht.

»Denken Sie, dass ich den Toten kenne? Das glaube ich nicht. Dann hätte ich davon gehört. Wenn es sich zum Beispiel um meinen Vater handeln würde oder …« Er schwieg und dachte einen Augenblick nach. »Und ich war heute Nacht mit allen Kumpels zusammen, also ...«

Therkelsen und Bach sahen ihn an.

»Es ist der Prinz«, sagte Therkelsen schließlich.

»Der Prinz?«, Brian starrte ihn ungläubig an. »Unser Prinz?«

»Ja. Alias Lars Sørensen. Er ist erschossen worden. Er ist tot, mausetot.«

Brian schwieg und sah auf den Tisch herunter. Dann hob er den Kopf und blickte Therkelsen direkt an. »Das ist eine Lüge!«

»Na, na.«

»Das ist eine Lüge. Ich weiß nicht, worauf Sie aus sind, aber das ist schlichtweg eine Lüge.«

»Warum glauben Sie das?«

»Weil es unmöglich ist.«

»Es ist aber trotzdem so.«

»Das glaube ich nicht. Er ist von der Stadt aus nach Hause gefahren. Er muss nicht einmal aussteigen, um mit dem Auto durch das Tor im Zaun zu kommen. Außer uns kommt niemand dort rein. Außerdem hat er die Hunde und die Alarmanlage, wenn es also doch jemandem gelingen sollte, über den Zaun zu kommen und ... Das ist einfach unmöglich.«

»Die Hunde sind ebenfalls erschossen worden«, sagte Therkelsen. »Er war nicht sofort tot. Aber er wurde erschossen. Von irgendjemandem, der schießen kann. Von irgendjemandem, der wusste, wie man in eure Festung reinkommt, und der auf ihn gewartet hat, als er nach Hause kam.«

Brian war blass geworden, er biss sich fest auf die Innenseite seiner Wangen.

»Wenn du es nicht warst, Brian, hast du dann eine Ahnung, wer es gewesen sein könnte?«

Der andere schüttelte den Kopf.

»Genau das ist das Problem, Brian. Wir nämlich auch nicht.«

10

Carla Neumann saß in dem kleinen Wohnzimmer, die aufgeschlagene Zeitung vor sich auf dem Tisch. Sie hob kaum den Kopf, als sie hörte, wie sich der Schlüssel im Schloss der Eingangstür drehte.

»Bist du das, Norma?«, rief sie, als die Tür aufging.

»Ja«, antwortete eine Frauenstimme aus der Diele, und einen Moment später trat ihre Tochter ins Wohnzimmer. Sie warf einen schnellen Blick auf ihre Mutter und die Zeitung, die vor ihr auf dem Tisch lag.

»Aha, du hast es also gesehen«, stellte sie fest.

Carla Neumann nickte. »Ich habe es schon gestern Abend gehört.«

»Sie haben nicht gesagt, um wen es sich handelt«, wandte ihre Tochter ein.

»Ich habe gewusst, dass er es war«, sagte Carla.

»Ach Mutter, hör doch auf«, sagte die Tochter ärgerlich. Sie mochte es nicht, wenn die Mutter so tat, als hätte sie den siebten Sinn.

»Alles passte, ich wusste, dass er es war.«

»Dann bist du jetzt wohl froh«, sagte die Tochter brüsk.

»Froh? Warum sollte ich froh sein? Er hat bekommen, was er verdient hat, und ich habe immer gewusst, dass es so enden würde. Er hat mein Leben und meine Familie zerstört und meine Tochter umgebracht, aber er war das nicht allein. Nein, ich bin nicht froh, aber alles geht den richtigen Gang. Erst der König, jetzt der Prinz, dann ...«

»Der König ist nicht tot«, unterbrach die Tochter sie.

»Er wird schon noch sterben«, sagte Carla und nickte mit grimmiger Zufriedenheit. »Jetzt sind nur noch zwei übrig.«

»Mutter, ich wünschte ...«

»Du bist spät dran heute«, unterbrach die Mutter sie.

»Ja, es hat länger gedauert bei der Arbeit. Meine Ablösung ist fast eine halbe Stunde zu spät gekommen.« Außer der Lokalzeitung lagen noch ein paar Boulevardzeitungen auf dem Tisch. »Woher hast du die Zeitungen?«

»Wo ich die herhabe? Was für eine seltsame Frage. Der Zeitungsbote hat sie gebracht. Wie gewöhnlich.«

»Er bringt doch nur die Lokalzeitung. Wo hast du die anderen her?«

»Die Pflegerin hat sie mir geholt.«

»Ich dachte, sie dürfte keine Besorgungen mehr für dich machen.«

»Sie tut, was man ihr sagt.«

»Wann war sie hier?«, fragte die Tochter misstrauisch.

»Warum?«

»Nur so. Sie kommt doch gewöhnlich früh.«

»Ja und?«

»Nichts ›und‹.«

Die Tochter wusste, dass das gelogen war. Die Pflegerin hatte die Zeitungen nicht geholt. Sie waren noch nicht herausgekommen, als sie hier war. Sie begriff nur nicht, welchen Sinn es hatte zu lügen.

»Du bist doch nicht selber draußen gewesen, oder?«

»Natürlich bin ich nicht selber draußen gewesen. Du weißt ganz genau, dass …«

Carla Neumann stieß den Rollstuhl vom Tisch ab, damit sie ihn drehen konnte.

»Ich weiß genau, dass du rauskannst, wenn du willst. Ich weiß auch, dass du das manchmal tust. Das ist auch in Ordnung, wenn es dir gut geht. Manchmal geht es dir doch gut, oder?«

»Aber im Moment nicht«, sagte ihre Mutter schroff.

Norma sah sie forschend an. Manchmal fragte sie sich, ob ihre Mutter ihre Invalidität nicht schlimmer machte, als sie war. Es bestand kein Zweifel, dass sie nicht arbeiten konnte. Und nicht gehen, jedenfalls meistens nicht, aber zwischendurch hatte sie gute Tage, an denen sie ohne Rollstuhl und manchmal sogar ohne Krücken auskam. Dann gab es wiederum Tage, an denen sie total hilflos war und kaum aus dem Bett kam. Dann musste sie sich bei allem helfen lassen und konnte noch nicht einmal mit dem Rollstuhl in der Wohnung herumfahren. Doch Norma hatte hin und wieder das Gefühl, dass sie teils auch Komödie spielte und sich nur interessant machen wollte. Sie war immer so gewesen … so dramatisch. Sie liebte es, im Mittelpunkt zu stehen. Wenn auch nur hier in ihrer eigenen kleinen Welt. Und mit ihrer Krankheit zwang sie ihre Umgebung – jedenfalls Norma –, sich nach ihr zu richten. Sich ihr zu fügen.

Norma seufzte müde.

»Ich habe deine Wäsche mitgebracht«, sagte sie. »Soll ich sie für dich einräumen?«

»Ja, danke«, sagte Carla. »Mir geht es heute nicht so gut.«

Norma hätte beinahe gesagt, dass sie auch nicht gut

aussah, beherrschte sich aber. Sie hatte nicht die Kraft, ihre Mutter über ihre Ahnungen reden zu hören, nicht heute. Aber sie sah wirklich nicht gut aus. Sie hatte dunkle Ränder unter den Augen, als hätte sie nicht geschlafen. Na schön, sie hatte ja auch Grund, sich Gedanken zu machen, dachte die Tochter mit einem Ansatz von schlechtem Gewissen. Dieses verdammte Gewissen. Sie bekam immer ein schlechtes Gewissen, wenn sie die Mutter besuchte.

»Gibt es sonst noch etwas Besonderes?«, fragte sie, als sie wieder ins Wohnzimmer kam.

Die Mutter schüttelte den Kopf.

»Wann kommt Onkel Frank?«, fragte Norma. »Hast du noch immer nichts von ihm gehört?«

Carla warf ihr einen misstrauischen Blick zu. »Warum fragst du plötzlich nach ihm?«

»Warum nicht? Darf ich überhaupt noch den Mund aufmachen? Ich weiß nicht, warum du heute so grantig bist. Vor über einem Monat hast du gesagt, dass er bald kommen würde, und er ist immer noch nicht aufgetaucht. Da ist es doch nur natürlich, wenn ich frage, ob du von ihm gehört hast, oder?«

»Das habe ich nicht.«

»Wo ist er jetzt eigentlich?«

Carla zuckte mit den Schultern. »Keine Ahnung.«

»Von wo hat er das letzte Mal geschrieben?«

Carla zögerte kurz. »Von Deutschland, soweit ich mich erinnere.«

»Bist du sicher? Ich meine, du hättest Holland gesagt.«

»Nein, habe ich nicht. Es war Deutschland – oder Frankreich. Ich kann mich erinnern, dass ich überlegt habe, die Briefmarken aufzuheben.«

»Na schön. Soll ich dir etwas holen?«

»Nein danke.«

»Wir können eine Tasse Kaffee trinken, bevor ich gehe«, schlug die Tochter vor und warf verstohlen einen Blick auf die Uhr. Jetzt kam sie wieder so spät nach Hause und Arne würde sauer sein. »Du kannst nicht ihr Leben für sie leben«, sagte er immer zu ihr.

»Das will ich auch nicht«, pflegte sie zu antworten. »Sie hat es eben nicht leicht gehabt.« Und damit waren sie mitten in ihrer üblichen Streiterei. Egal was sie tat, es war falsch. Sie versuchte, alle zufrieden zu stellen, und das Resultat war, dass alle unzufrieden waren.

»Gut, wenn nichts mehr ist, dann gehe ich jetzt.«

»In Ordnung«, sagte ihre Mutter desinteressiert. Sie hielt es für selbstverständlich, dass man ihr zu Willen war.

Die Tochter sah zur Wand. Zu den Bildern. Sie hatte das Gefühl, dass irgendetwas anders war.

»Hast du die Bilder umgehängt?«, fragte sie.

»Ja, warum nicht?«

»Meine Güte noch einmal! Ich habe doch nur gefragt!«

»Hier passiert schließlich nicht so viel. Und wenn es mir denn Spaß macht, sie umzuhängen ... Veränderung tut gut, weißt du.«

»Ja, Mutter«, seufzte sie. Sie wusste bereits, wie es weitergehen würde.

»Frag mal deinen Vater.«

»Ich gehe jetzt, Mutter. Ich schaue morgen zur üblichen Zeit wieder vorbei.«

Was wohl wäre, wenn sie eines Tages sagen würde: »Ich schaue morgen nicht vorbei. Ich schaue die nächsten vierzehn Tage nicht vorbei. Ich weiß ehrlich gesagt nicht, ob ich überhaupt nochmal vorbeischaue.«

Aber natürlich würde sie das nie sagen. Sie liebte ihre Mutter. Wirklich. Manchmal wurde es nur zu viel.

Sie warf noch einen Blick auf die Fotos, als sie aus dem Wohnzimmer ging. Die Seiltänzerin, die Jongleurin, die Kunstreiterin und die Schlangenfrau. Es waren vielleicht nicht die Ringling Brothers gewesen, aber sie waren in vielen großen Zirkussen in Europa aufgetreten. Carla, ihre Eltern und Geschwister. Damals war ihre Mutter jemand gewesen. Die Zirkusprinzessin. Rampenlicht und Beifall. Dann hatte sie Normas Vater kennen gelernt, der nach der Lehre eine Saison lang als Zirkushelfer gearbeitet hatte. Wie er auf diese Idee gekommen war, war ihr noch immer ein Rätsel. Ihr Vater war so bürgerlich und sesshaft, wie man es sich nur vorstellen konnte. Ein ganz gewöhnlicher Handwerker, für den dieser eine Sommer genug Abenteuer für ein ganzes Leben gewesen war. Und eine Frau hatte er ihm auch noch beschert. Carla war Hausfrau und Mutter geworden, aber sie war immer *anders* gewesen. Norma hatte sie immer ein wenig peinlich gefunden. Mit ihren *Zigeunermanieren.* Maria hingegen hatte sie grenzenlos bewundert.

Und jetzt saß sie hier. Allein. Zuerst die Krankheit, die sie langsam zu einer Invalidin gemacht hatte. Schwache Gelenkbänder, sagten die Ärzte. Ob das von ihren Auftritten als Schlangenmensch kam oder ob das vielmehr der Grund war, weshalb sie sich auf alle möglichen Weisen hatte zusammenfalten können, konnten sie nicht sagen. Schwache Gelenkbänder und ein kaputter Rücken. Dann die Geschichte mit Maria, die Scheidung und schließlich … Norma seufzte. Nein, ihre Mutter hatte es nicht leicht gehabt und es brachte absolut nichts, über Schuld und Unschuld zu diskutieren. Es war einfach so.

Und außer ihr, Norma, gab es niemanden, der sich um sie kümmerte. Carlas Eltern waren längst tot. Der eine Bruder war schon in jungen Jahren vom Trapez gestürzt. Er und Onkel Frank waren in einer gemeinsamen Nummer aufgetreten. Sie waren abgestürzt und nur Frank hatte überlebt. Doch seine Karriere als *Abenteurer der Lüfte* war damit beendet. Er war zusammen mit Carla aufgetreten, bis sie geheiratet hatte, dann hatte er eine Clownnummer für sich ausgearbeitet. Er kam ganz gut zurecht. Er schrieb ihr oft und besuchte sie mindestens zweimal im Jahr, aber im Alltag hatte sie nur Norma und die wechselnden Pflegerinnen. Sie war sehr einsam. Die Freunde hatten sich in den schweren Jahren zurückgezogen. Die wenigen, die ihnen geblieben waren, hatten Partei für den Vater ergriffen, als er schließlich eine andere gefunden hatte. Auch ihr älterer Bruder.

»Ich schaffe es nicht, sie zu besuchen«, hatte er zu Norma gesagt. »Sie jammert und klagt nur, von der ersten bis zur letzten Minute. Ich verstehe sehr gut, dass der Alte genug von ihr hatte. Sie ist verrückt. Das war sie schon immer, aber jetzt ist sie total durchgedreht.«

Sie sah ihre Mutter an und empfand eine plötzliche Zärtlichkeit. Sie sah so alt und müde aus, obwohl sie erst in den Fünfzigern war. Sie drehte sich um, ging zurück zu ihr und gab ihr einen Kuss. »Wir sehen uns morgen«, sagte sie. »Pass gut auf dich auf und lauf nachts nicht draußen herum.«

Carla sah schnell auf. »Wie meinst du das?«, fragte sie scharf.

Die Tochter lachte ein wenig überrascht. »Das hast du immer zu mir gesagt. Kannst du dich nicht erinnern? Das war nur Spaß.«

»Ich laufe jedenfalls nirgendwohin.«

»Nein, Mutter, natürlich nicht.«

Norma nahm nicht den Fahrstuhl nach unten. Sie litt an Klaustrophobie. Auf der Treppe machte sie sich Gedanken über die Laune ihrer Mutter. Sie war heute fürchterlich reizbar und misstrauisch gewesen. Es war auch schlimm, dass die alte Geschichte jetzt wieder aufgewühlt wurde. Sie bezweifelte, dass die Zeitungen den Fall wieder ausgraben würden, aber die Gedanken ihrer Mutter würden erneut darum kreisen und die Götter mochten wissen, wie das enden würde. Noch ein Aufenthalt in der Psychiatrischen vielleicht? Sie schämte sich, als sie merkte, dass sie sich das fast wünschte. Dann hätte sie eine Weile frei.

In dem Moment, als sie aus der Haustür trat, fuhr der Bus von der Haltestelle ab. Das hatte ihr gerade noch gefehlt. Der nächste fuhr erst in zwanzig Minuten, aber sie war zumindest um das Kaffeetrinken herumgekommen. Wenn ihre Mutter in dieser Stimmung war, war das kein Vergnügen.

Sie wich erschrocken weiter auf den Bürgersteig zurück, als ein Auto am Straßenrand hielt. Sie blickte sich verstohlen um und sah, wie die Fahrerin sich zur Seite lehnte und das Fenster herunterkurbelte.

»Kann ich dich mitnehmen?«

Sie atmete erleichtert aus. Es war idiotisch, sich so leicht erschrecken zu lassen. Das war ihre Nachbarin, Kriminalkommissarin Winther. Eine Polizistin, in besseren Händen konnte sie gar nicht sein. Sie mochte Winther, auch wenn sie sich nicht richtig an den Gedanken gewöhnen konnte, dass sie Polizistin war.

Sie setzte sich auf den Beifahrersitz. »Danke. Ich habe den Bus nur noch von hinten gesehen. Und Arne wird sauer, wenn er sich abends alleine um die Kinder und alles kümmern muss.«

»Die blaue Stunde«, lächelte Winther. Sie hatte gut lächeln. Sie hatte keine Kinder. Seit einem halben Jahr wohnte sie mit jemandem zusammen. Sie hatten mitbekommen, wie es sich langsam entwickelt hatte. Anfangs war er abends gekommen und im Laufe der Nacht wieder gegangen. Dann war er die ganze Nacht und an den Wochenenden geblieben und jetzt war er offenbar ganz bei ihr eingezogen.

»Ja«, sagte Norma. »So nennt man diese Tageszeit wohl.«

»Ich will nur kurz nach Hause, um mich umzuziehen und Bescheid zu sagen, dass ich heute Abend arbeiten muss«, sagte Winther. »Das wird nicht so gern gesehen.«

»Geht es um den Mord an dem Prinzen?«

»Ja, der wird uns wohl noch eine Weile beschäftigen. Solche Fälle haben die Tendenz, noch eine ganze Reihe kleinerer Sachen ans Licht zu bringen.«

»Wie das?«

»Ach, du weißt schon, unerlaubter Waffenbesitz, Drogen, Hehlerei, alles Mögliche. Das ist schließlich ein ganz spezielles Milieu.«

»Das kann man wohl sagen.«

Winther schielte zu der Frau neben ihr hinüber. Ihre Stimme klang so bitter. »Ist das nicht ein wenig seltsam?«, fuhr sie fort. »Erst der König und jetzt der Prinz.«

Winther zuckte mit den Schultern. »Findest du? Ich eigentlich nicht. Diese Leute leben ein gefährliches Leben. Wie die Sporttaucher, nicht? Man würde sich vielleicht auch wundern, wenn man zwei von denen kennen würde und die dann hintereinander stürben. Aber es gibt nicht so viele und jedes Jahr trifft es ein paar von ihnen, statistisch gesehen ist das also überhaupt nicht seltsam.«

»Das wusste ich nicht.«

»Es ist einfach so. Andererseits hatte der König einen ganz gewöhnlichen Unfall, wenn man das so sagen kann. Außerdem ist er nicht tot. Noch nicht. Er soll sogar angefangen haben zu reden. Und er kommt angeblich jeden Tag einige Minuten ohne Atemgerät aus.«

»Ja, ich weiß. Er braucht es fast gar nicht mehr, aber er wird nie wieder gesund werden.«

»Vielleicht läuft es darauf hinaus, dass er in ein Pflegeheim kommt statt weiter im Krankenhaus zu liegen.«

Norma schüttelte den Kopf. »Das glaube ich nicht. Ich glaube, dass er sterben wird.«

Sie wunderte sich, warum sie das gesagt hatte. Glaubte sie doch an die Vorhersagen ihrer Mutter?

»Das wäre ihm selbst bestimmt auch lieber, wenn er es denn zu bestimmen hätte. Aber er weiß ja nicht einmal, wie es um ihn steht.«

Norma zuckte mit den Schultern. »Es geht ihm wohl so, wie er es verdient hat.«

Winther sah sie leicht verblüfft an. Norma war in der Regel ein friedlicher Mensch, aber jetzt klang sie fast aggressiv.

»Sicher«, sagte sie. »Sicher.«

Sie setzte Norma ab, bevor sie in die Einfahrt einbog und ihr im Rückspiegel hinterherschaute. Sie sah müde aus. Das war auch nicht verwunderlich. Ganztagsjob in einem großen Kaufhaus. Zwei Kinder und ein Mann, der meckerte, wenn die Dinge nicht nach seinem Kopf gingen. Und als wäre das nicht genug, gab es noch eine kranke Mutter, die erwartete, dass sie jeden Tag kam.

Winther seufzte. Sie konnte sich bestimmt nicht beklagen. Aber ihr grauste davor zu erzählen, dass ihre freien Tage – und Abende – in der nächsten Zeit gestrichen waren. Männer waren seltsame Wesen. Statt dass man ihnen leid tat und sie einen aufmunterten, taten sie sich selbst leid, reagierten verletzt und machten einem Vorwürfe. Als machte man absichtlich Überstunden. Manchmal musste sie sich eingestehen, dass es im Grunde genommen leichter gewesen war, als sie noch allein gelebt hatte. Sie liebte ihre Arbeit und wollte darin aufgehen können, aber das war nicht immer einfach. Sie hatte das genossen, als sie noch allein und ihr eigener Herr gewesen war.

Sie wusste nicht einmal richtig, wie es dazu gekommen war, dass er bei ihr eingezogen war. Plötzlich war er da gewesen und eigentlich ließ sich daran nichts mehr ändern.

Es sei denn, sie setzte ihn vor die Tür.

11

Høyer streckte sich im Bett, dass die Matratze unter ihm knackte. Es war nicht das beste Bett, in dem er je gelegen hatte, und es war bestimmt kein Luxushotel, in dem sie abgestiegen waren, doch Høyer kannte es von früher und es lag zentral. Er hatte sich schlichtweg geweigert, in einem modernen Motel zu wohnen. »Hier ist meine Grenze«, hatte er gesagt und Frau Høyer hatte sich klugerweise gefügt. Es war schwer genug, ihn überhaupt dazu zu bewegen zu verreisen, und sie wollte nicht wegen eines Hotels alles aufs Spiel setzen.

In Wirklichkeit fühlte sich Høyer zu Hause am wohlsten. Er zog es vor, sich abends in sein eigenes Bett zu legen und darin am Morgen auch wieder aufzuwachen. In seiner aktiven Zeit hatte er es am meisten gehasst, wenn ein Fall oder ein Seminar ihn zwang, woanders zu übernachten. Was seiner Meinung nach viel zu oft vorgekommen war. In Abständen von vielen Jahren war es seiner Frau immer wieder einmal gelungen, ihn auf Reisen in den Süden mitzuschleppen, aber der wirklich große Erfolg war das nie gewesen. Norwegen ging noch an. Von dort konnte man praktisch nach Hause spucken, in etwa zumindest, aber in seinem eigenen Fett an einem Badestrand im Süden zu schmoren, erschien ihm als das höchste Maß an Idiotie und Zeitvergeudung. Doch jetzt, wo er pensioniert war, musste er zugeben, dass der Winter einem manchmal lang werden konnte, obwohl er ein kleines Pöstchen bei einer Versicherungsgesellschaft angenommen hatte.

Rigmor Høyer hatte geplant, mit ihm alle europäischen Hauptstädte zu besuchen. Und Høyer hatte zugestimmt. Natürlich nicht dem ganzen Plan, denn über den hatte sie ihn wohlweislich nicht informiert. Sondern nur dem Teil, auf den es hier und jetzt ankam – und sie hatte klugerweise Amsterdam als erstes Ziel gewählt. Eine überschaubare Reise, die sie in ihrem eigenen Auto antreten konnten. Høyer war einige Jahre zuvor beruflich in Amsterdam gewesen, sodass sie ihn nicht mit der Stadt gelockt hatte, sondern mit den Tulpenfeldern, den berühmten Blumenparks, dem Keukenhof und den Museen.

»Was für eine schöne Stadt, findest du nicht?«, fragte Rigmor Høyer, als sie sich neben ihn legte.

»Mmmmmm«, sagte Høyer.

Sie waren im Rijksmuseum gewesen, im Museum für moderne Kunst und im Van-Gogh-Museum. Am Abend hatten sie in einem indonesischen Restaurant eine Reistafel gegessen und anschließend einen Spaziergang an den Grachten entlang gemacht.

»Das Rijksmuseum war wirklich beeindruckend, nicht? Rembrandt …«

»Er hat mich enttäuscht«, sagte Høyer. »Also, nicht der Mann selbst, aber die *Nachtwache.*«

»Enttäuscht?«, fragte sie verblüfft. Eigentlich hatte sie geglaubt, dass das Bild ganz seinem Geschmack entsprechen würde. »Warum?«

»Ich weiß es nicht«, sagte Høyer ehrlich. »Es war so … ja, ich hatte vielleicht erwartet, dass ich … dass ich etwas mehr fühlen würde. Irgendeine Art von Erbauung. Aber das habe ich nicht. Ich kam mir einfach wie ein Idiot vor, der in einer Gruppe anderer Idioten dastand und ein Bild anstarrte, von dem ich irgendwie das Gefühl hatte, es schon tausendmal gesehen zu haben. Und das habe ich eigentlich auch. Damals, als er es gemalt hat, hat es die Menschen bestimmt dazu veranlasst, die Augen aufzureißen und zu sagen: ›Ja, das ist wirklich realitätsgetreu!‹ Aber heute ist das nichts Neues mehr. Man hat es schon hunderte von Malen gesehen. Es … es hat mich nicht bewegt. Ich finde es schön, sehr schön sogar, imponierend, aber irgendetwas hat gefehlt.«

»Hm«, sagte seine Frau leicht brüskiert, ein wenig um Rembrandts und ein wenig um ihretwillen, weil sie fast andächtig davor gestanden hatte – zusammen *mit den anderen Idioten.*

»Das Van-Gogh-Museum hingegen, das war etwas, finde ich. Da habe ich wirklich etwas gefühlt. Ich habe gefühlt, dass er etwas gefühlt hat. Wut, Begeisterung, Angst, Ohnmacht und Humor, trotz allem auch Humor. Du kannst sagen, was du willst, aber die *Nachtwache* ist zumindest nicht gerade erheiternd.«

»Das ist van Gogh auch nicht«, protestierte seine Frau. »Das kannst du nicht meinen.«

»Doch, eigentlich schon. Das heißt, erheiternd ist nicht das richtige Wort. Aber der Mann hatte Humor. Ich glaube, ich hätte ihn gemocht, auch wenn ich ihn bestimmt nicht ausgehalten hätte. Und gemalt hat er fantastisch. Allein das Bild mit dem Mohn, findest du nicht?«

Frau Høyer lächelte, ohne etwas zu sagen. Sie konnte sich an das Bild mit dem Mohn nicht erinnern. Es waren so viele Bilder gewesen, aber es war typisch, dass Høyer gerade dieses aufgefallen war.

»Ich finde, dass alles, was wir bisher gesehen haben, schön war«, sagte sie. »Es ist ein schönes Land, aber ich glaube nicht, dass ich hier leben könnte.«

»Warum nicht?«, fragte Høyer.

Sie lachte. »Es ist fast zu schön. Zu geordnet. Ich habe den Eindruck, man wird mit Steinen aus der Stadt vertrieben, wenn man nicht jeden Samstag die Fenster putzt. Und die Wohnzimmer wirken irgendwie zur Schau gestellt. Man kann direkt durch die Häuser hindurchsehen und offenbar gehört es nicht zum guten Ton, Gardinen zu haben oder sie zuzuziehen. Die Nachbarn sollen wissen, dass man nichts Ungehöriges tut.«

»Das tut man dann wohl im Schlafzimmer oder in der Küche.«

»In der Küche?«

»Ja, da essen sie wahrscheinlich oder spielen Karten. Etwas Ungehöriges kann man auf viele Arten tun, Frau.«

»Ich fand das übrigens ziemlich abstoßend mit den Mädchen«, sagte Frau Høyer.

Auf ihrem Abendspaziergang waren sie durch einen Teil des Rotlichtviertels gekommen.

»So etwas findest du in allen großen Städten.«

»Aber nicht so«, protestierte sie. »Nicht wie im Ausverkauf, ohne jegliche beschönigende Verpackung. Sie sitzen da in Unterwäsche und stellen ihre Vorzüge oder Mängel zur Schau und müssen sich damit abfinden, von neugierigen Touristen wie uns, die nicht einmal ihre Dienste kaufen wollen, angeglotzt zu werden, als wären sie Affen in einem Käfig. Ich fühlte mich ihretwegen peinlich berührt. Das ist so entwürdigend.«

»Sie sind nicht die einzigen Prostituierten in Amsterdam«, sagte Høyer. »Deshalb kann man wohl davon ausgehen, dass sie diese Art des Gelderwerbs bevorzugen. Sonst fänden sich bestimmt andere Möglichkeiten. Vielleicht genießen einige es sogar, sich auf diese Weise zur Schau zu stellen.«

»Das kann ich mir nicht vorstellen«, sagte Frau Høyer. »Ich weiß nicht, was ich fühlen würde, Scham, Wut, alles Mögliche, aber genießen würde ich das bestimmt nicht.«

»Und was würdest du genießen?«, fragte Høyer, um sie aufzuziehen.

Sie kicherte. »Weißt du das nicht?«

»Nein«, sagte er.

»Ja, dann hilft es wohl nichts und du musst dich vortasten«, lachte sie und rückte näher an ihn heran.

»I'll do my very best«, versprach er. »Aber vergiss nicht, dass wir morgen früh aufstehen müssen. Ich höre die Blumen rufen.«

Im Krankenhaus war es still. Die langen Gänge wirkten wie ausgestorben. Die Nachtschwester saß in ihrem Büro und hoffte auf eine ruhige Nacht. Hin und wieder schellte jemand und eine Lampe über einer der Türen auf dem Gang leuchtete auf. Ein Patient brauchte das Becken, einer bat um eine Tablette, hatte Schmerzen oder ihm war plötzlich schlecht geworden, doch der größte Teil schlief, ruhig gestellt von den Schlaftabletten, die die meisten mit dem Abendkaffee bekamen, damit er sie nicht wach hielt.

Im Zimmer des Königs brannte das Nachtlicht. Der König schlief. Vielleicht war er auch bewusstlos. Niemand wusste, ob ihm Gedanken durch den Kopf gingen. Vielleicht träumte er. Dass er ein kleiner Junge war, der an einem sonnigen Tag unten am Fjord zusammen mit den anderen Jungen Krabben fing. Oder dass er der König war, der draußen auf der Landstraße mit Vollgas auf seiner Maschine durch die Landschaft donnerte, während der Wind ihm ins Gesicht peitschte und das Motorrad unter ihm vibrierte.

Niemand wusste, ob der König träumte, und niemand wusste, ob er eines Tages aufwachen und ein Wort sagen oder sich irgendwie verständlich machen würde. Seine Kumpel waren sicher, dass das passieren würde. Die Ärzte glaubten nicht daran. Doch die Ärzte konnten sich irren. Es konnte ein Wunder geschehen. Vielleicht würde er eines Tages aufwachen und etwas sagen, was für die, die zuzuhören verstanden, einen Sinn ergab. Keinem Blue Devil würde es in den Sinn kommen zu plaudern, dem König am allerwenigsten, aber er könnte versehentlich etwas sagen, was besser ungesagt blieb.

Die Nachtschwester war in einem der Zimmer gewesen und wieder zurück zu ihrem Strickzeug, ihrem Kreuzworträtsel und dem nur noch lauwarmen Kaffee gegangen. Eine Gestalt in weißem Kittel passierte die Glastür zur Vorhalle und glitt lautlos durch die Tür zu Zimmer vier, in dem der König lag.

Aus dem Zimmer drang nur das schwache Summen des Ventilators. In dem Stativ über dem Bett hing ein Tropf, von dem aus ein Schlauch Nährstoffe in die Adern des Königs pumpte. Einen Augenblick stand die Gestalt regungslos da, dann beugte sie sich vor, eine Kanüle wurde in den Schlauch gesteckt und wenige Sekunden später war der König wieder allein in dem Zimmer.

Die Nachtschwester sah auf, als der Dienst habende Arzt hereinkam. Es war ein junger Assistenzarzt und sie hatte nicht sonderlich viel Respekt vor ihm.

»Spendieren Sie mir einen Kaffee?«, fragte er einschmeichelnd.

»Sie können sich selbst einen nehmen«, sagte sie. »Haben Sie an die Antibiotika für Zimmer vier gedacht?«

Man musste die jungen Kerle immer an alles erinnern.

»Ja, natürlich.«

»Hm«, murmelte sie und schob ihm eine Packung Kekse hin. »Bitte sehr.«

Alte Hexe, dachte der junge Assistenzarzt und goss sich eine Tasse Kaffee ein. In Gedanken war er nicht bei Zimmer vier, dem König oder den Antibiotika. In Gedanken war er bei der kleinen blonden Krankenschwester, die letztes Mal hier gewesen war, als er Dienst gehabt hatte.

»Dass muss ich unbedingt fotografieren!«, rief Høyer und fuhr auf den schmalen Seitenstreifen. »Das ist fantastisch.«

Die Tulpenfelder breiteten sich auf beiden Seiten der Straße aus, so weit das Auge reichte.

»Hier dürfen wir nicht anhalten.«

»Unsinn, das dauert keine Minute.«

Høyer stieg aus und machte sein Foto und jedes Auto, das mit sonntäglich gekleideten Holländern vorbeifuhr, hupte verärgert.

»Da siehst du es«, sagte Rigmor Høyer, als ihr Mann sich wieder ins Auto setzte.

»Haben die meinetwegen gehupt?«, fragte Høyer.

»Ja, ich habe dir doch gesagt, dass wir hier nicht anhalten dürfen.«

»Das kann denen doch egal sein. Ich habe schließlich nicht auf der Straße gehalten, und sie haben gesehen, dass ich nur ein Foto gemacht habe.«

»Vielleicht darf man genau das nicht. Vielleicht haben ein paar Firmen ein Monopol darauf, hier zu fotografieren.«

»Wer weiß. Man könnte meinen, das sei militärisches Sperrgebiet.«

»Genau das habe ich gemeint«, sagte sie. »Man wird mit Steinen aus der Stadt gejagt, wenn man seine Fenster nicht putzt, und es wird gehupt, wenn man anhält, wo es verboten ist. Die Leute hier müssen sehr gesetzestreu sein.«

»Gott steh uns bei!«, sagte Høyer.

»Und das sagst ausgerechnet du. Als ehemaliger Polizist müsste es dir doch gefallen, wenn die Leute gesetzestreu sind.«

»Ich kenne die holländische Kriminalstatistik nicht, aber ich glaube nicht, dass die Holländer gesetzestreuer sind als die meisten anderen. Mich erinnert das an unseren

Klassentugendbold, der immer bereit war aufzuzeigen und zu sagen: ›Niels isst während des Unterrichts!‹«

»Hast du das?«

»Habe ich was?«

»Während des Unterrichts gegessen?«

»Das war ein Bild, meine liebe Frau, aber ich habe es sicher auch getan.«

»Da hinten müssen wir abbiegen«, sagte Rigmor, die die Karte auf dem Schoß hatte. »Richtung Sassenheim.«

»Wir wollen doch nicht in die Stadt, oder?«

»Nein, wir fahren außen herum. Vielleicht war es ein Fehler, dass wir nicht noch eine Woche gewartet haben. Dann hätten wir uns den großen Blumenumzug ansehen können. Der ist nächsten Samstag.«

»Nein, der ist erst am Samstag in vierzehn Tagen und da wird es auch zu Hause langsam Frühling. Das möchte ich nicht verpassen und …«

»… und wir können nicht beides haben«, beendete seine Frau den Satz.

Høyer lachte. »Wir sind zu lange verheiratet.«

»Und jetzt?«, fragte Rigmor Høyer kurz darauf.

»Das weiß ich nicht. Ich fahre nur, du bestimmst.«

»Unsinn. Wir müssen uns entscheiden. Wir können hier abbiegen oder wir fahren nach Bennebroek, wo es einen prächtigen Blumenpark mit Restaurant gibt, oder wir fahren zum Keukenhof.«

Høyer sah auf die Uhr. Es war erst zehn.

»Wie wäre es, wenn wir uns zuerst den Keukenhof ansehen. Dann können wir anschließend in Benbrud, oder wie das heißt, ein spätes Mittagessen einnehmen.«

»Es muss doch auch ein Restaurant im Keukenhof geben.«

»Das hoffe ich doch. Ehrlich gesagt, könnte ich eine Tasse Kaffee ganz gut gebrachen.«

Doch als sie eine Viertelstunde später durch den Park gingen, hatte Høyer den Kaffee total vergessen.

Er sah sich um. »Das ist … das ist unfassbar schön, nicht?«

Sie nickte. Der Park war zauberhaft. Fünfundzwanzig Hektar Land fast ausschließlich mit Zwiebelgewächsen bepflanzt. Gelbe und weiße Narzissen und Tazetten, Tulpen in allen denkbaren und undenkbaren Farben. Rosa, weiße und blaue Traubenhyazinthen. Scilla in verschiedenen Farben und Größen. Duftende Hyazinthen und unscheinbarer Sauerklee. Alle aufeinander und auf die Umgebung abgestimmt. Hier und da versperrte eine Rhododendrongruppe oder ein Strauch den Blick, doch wenn der Weg sich weiterschlängelte, öffneten sich neue Aussichten.

Høyer schüttelte den Kopf. »Jetzt verstehe ich das alles besser.«

»Was verstehst du besser?«

»Alles! Die Natur, die Farben und van Gogh. Ich glaube sogar, ich kann verstehen, dass er wahnsinnig geworden ist. Das Einzige, was ich nicht verstehe, ist, was sie machen, wenn all die Blumen verblüht sind.«

Seine Frau lachte. »Nichts. Sie schließen.«

»Heißt das, dass der Park hier nur ein paar Monate geöffnet ist?«

»Ja.«

»Dann verstehe ich schon eher, warum der Eintritt so gesalzen ist.«

Sie schlenderten langsam Hand in Hand durch den Park, blieben hier und da stehen und guckten, setzten sich zwischendurch kurz auf eine Bank in die Sonne und betrachteten ein Beet. Es war lau. Die Temperatur im Park betrug über zwanzig Grad und es wehte nur eine leichte Brise. Es war nicht wie im Frühling, es war wie im Sommer.

»Man kann hier auch Zwiebeln kaufen«, meinte Høyer interessiert.

»Zu Hause gibt es bestimmt fast die gleichen. Du brauchst sie nur zu bestellen«, sagte seine Frau. »Wenn du ein paar ganz besondere kaufen willst, musst du das natürlich tun, aber ansonsten finde ich das umständlich.«

»Da hast du wohl Recht«, sagte Høyer friedlich.

Er konnte sich kaum satt sehen. Es war fantastisch. Fünfundzwanzig Hektar Land! Nur mit Zwiebeln bepflanzt. Aber weniger reichten ja auch. Ein Zehntel zum Beispiel. Zweieinhalb Hektar Land. Das müsste gehen. Wenn sie das Haus verkauften und eine kleine Häuslerstelle kauften. Man könnte einen halben Hektar mit Frühlingsblumen bepflanzen. Und hätte einen schönen, kleinen Park. Den anzulegen müsste Spaß machen. Er hatte ja jetzt Zeit für so etwas. Und er konnte das Geld, das er zu der Pension hinzuverdiente …

Seine Frau unterbrach seine Gedanken. »Wir machen das nicht«, sagte sie.

»Was machen wir nicht?«

»Wir kaufen kein kleines Haus auf dem Land und pflanzen Zwiebelgewächse an und leben von dem Ertrag des Bodens.«

Høyer lachte. »Wir sind zu lange verheiratet. Bin ich wirklich so leicht zu durchschauen?«

»Zum einen kenne ich dich und zum anderen hat mich der Gedanke selbst einen wahnwitzigen Augenblick lang gestreift. Außerdem läufst du mit diesem verzückten Blick hier herum.«

»Ich war doch noch gar nicht bei den Einnahmen durch die Eintritte angekommen. Aber wer weiß, vielleicht würde es sich ja rechnen.«

»Wir machen es trotzdem nicht und außerdem möchte ich mich bald einmal irgendwo hinsetzen und etwas trinken. Du hast vorhin etwas von Kaffee gesagt, aber vielleicht hast du es dir inzwischen ja anders überlegt?«

»Ich mag mir ja vieles anders überlegen, aber eine Tasse Kaffee zu trinken – niemals!«, sagte Høyer. »Wir sind eben an einem kleinen Café vorbeigekommen, glaube ich. Hinter der Rhododendrongruppe da.«

Wenig später saßen Høyer und seine Frau bei einem Kaffee.

Frau Høyer streifte unter dem Tisch diskret die Schuhe von den Füßen. Sie wunderte sich, dass es sie immer mehr ermüdete, durch Parks und Museen zu schlendern, als im Normalschritt zu gehen.

An einem Tisch auf der anderen Seite des Raums saßen zwei Paare. Ein jüngeres und ein älteres ungefähr in Høyers Alter. Der ältere Mann hatte forschend einige Male zu ihnen herübergesehen.

»Weiß der Himmel, was wir jetzt schon wieder falsch machen«, sagte Rigmor Høyer. »Er starrt uns an.«

Sie waren bei der zweiten Tasse Kaffee angelangt, als der Mann aufstand und zu ihrem Tisch kam.

»Na schön, jetzt werden wir es erfahren«, sagte Frau Høyer. »Er kommt zu uns rüber.«

Høyer verdrehte die Augen und wandte sich halb auf seinem Stuhl um, als der Mann ihren Tisch erreicht hatte.

»Mr. Høyer?«, sagte er auf Englisch.

Rigmor Høyer starrte ihn an. Im ersten Moment verstand sie nicht richtig, doch dann wurde ihr klar, dass das seine ganz eigene Aussprache von ›Høyer‹ war.

Høyer sah ihn einen Augenblick verwirrt an, dann lächelte er, als er sein Gegenüber erkannte.

»Van Dongen, Sie sind es! Rigmor, das ist mein Kollege van Dongen, und das ist meine Frau. Ich habe dir bestimmt erzählt, dass ich van Dongen hier getroffen habe, vor ... langer Zeit.«

»Neun bis zehn Jahre muss das her sein, glaube ich. Aber wir haben uns vor ungefähr sechs Jahren auch in Kopenhagen gesehen. Und Therkelsen habe ich dort auch kennen gelernt. Was führt Sie diesmal nach Holland?«

Høyer lachte. »Die Blumen, mein Freund, die Blumen. Es ist fantastisch hier. Ich habe noch nie etwas Ähnliches gesehen.«

Van Dongen nickte zufrieden, als wäre das sein ganz spezielles Verdienst. »Ja, es ist schön hier. Wir kommen jedes Frühjahr mehrmals hierher. Dieses Jahr hat die Saison früh begonnen. Sie haben Glück, dass Sie jetzt gekommen sind. Sonst wäre schon ein Teil verblüht, auch wenn zwischendurch natürlich viel Neues gepflanzt wird. Das ist etwas anderes als letztes Mal, als Sie hier waren. Da war alles dunkel und trist.«

»Und für Ausflüge hatten wir auch keine Zeit.«

»Dann machen Sie jetzt Urlaub?«

»Das ist zu viel gesagt«, sagte Frau Høyer. »Ein Mini-Urlaub. Wir sind nur vier Tage in Holland.«

»Das ist zu wenig«, sagte van Dongen. »Viel zu wenig.«

»Wir werden bestimmt wiederkommen«, sagte Høyer. »Ich bin total begeistert.«

»Wo wohnen Sie?«

»In Amsterdam. Wir unternehmen von dort aus Tagestouren.«

»Nächstes Mal müssen Sie wirklich ein bisschen mehr Zeit mitbringen«, sagte van Dongen. »Und Sie müssen uns vorher schreiben. Wir hätten Sie und Ihre Frau gerne bei uns begrüßt. Wie läuft die Arbeit?«

»Ich bin pensioniert«, sagte Høyer.

»Pensioniert?«, van Dongen starrte ihn an. »Aber Sie sind doch nicht älter als ich.«

Høyer schüttelte den Kopf. »Nein, aber ich fand es an der Zeit aufzuhören. Das Leben ein wenig zu genießen.«

»Tja, ich glaube nicht, dass ich dazu Lust hätte, auch wenn man bisweilen des Ganzen ein bisschen müde werden kann. Können Sie sich eigentlich noch an den Fall erinnern, an dem wir damals dran waren?«

»Das war einer der Fälle, die einem die Arbeit hin und wieder verleiden können.«

»Ja, es war erschütternd, dass die Typen einfach freigesprochen wurden. Heute hätten wir wohl größere Chancen zu beweisen, wer beteiligt war und wer nicht.«

»Sie denken an die neue Gentechnik?«

»Genau.«

»Arbeiten Sie damit?«

»So allmählich. Wir versprechen uns viel davon. Aber was ich eigentlich erzählen wollte, ist, dass das Schicksal neulich zumindest einen von ihnen eingeholt hat.«

»Ja?«

»Er und ein Kumpel haben die falschen Mädchen vergewaltigt. Sie sind ungeheuer brutal vorgegangen. Gnadenlos. Und dann ist noch eins der Mädchen schwanger geworden. Das allein wäre schon schlimm genug gewesen, aber irgendetwas ist schief gelaufen, als sie das Kind abtreiben lassen wollte. Ob das damit zusammenhing, wie sie zugerichtet worden war, ist unklar. Jedenfalls ist es zweifelhaft, ob sie jemals wieder Kinder bekommen kann. Sie ist noch immer in psychologischer Behandlung, um damit fertig zu werden.«

»Die Geschichte kommt mir nur allzu bekannt vor. Aber diesmal habt ihr ihn gekriegt?«

Van Dongen schüttelte den Kopf. »Er hatte ein bombensicheres Alibi. Mit Zeugen und allem. Wir mussten ihn erst einmal laufen lassen. Aber wir hätten ihn gekriegt. Doch bevor es dazu kam, wurde er erschossen.«

»Erschossen!«

»Ja. Und das auf ziemlich bestialische Weise. Man hat ihm in den Unterleib geschossen, jawohl. Die intimen Teile haben dran glauben müssen, entschuldigen Sie, Frau Høyer.«

»Ach, du meine Güte«, rief Rigmor Høyer. »Ist er tot?«

Van Dongen schüttelte den Kopf. »Nein, aber damit wäre ihm wohl besser gedient gewesen. Die Kugel ist weiter in den Körper eingedrungen und hat den unteren Teil des Rückgrats zerschmettert. Jetzt ist er gelähmt und kastriert.«

»Ich muss zugeben, dass er mir nicht leidtut«, sagte Høyer.

»Mir auch nicht«, sagte van Dongen. »Aber es war unsere Aufgabe, den Täter zu finden.«

»Ist es Ihnen gelungen?«

»Das war nicht schwer. Der Typ hat ihn erkannt, als er auf ihn geschossen hat. Jedenfalls hat er das behauptet. Es war der Vater von einem der Mädchen.«

»Ist er verurteilt worden, der Vater?«

Van Dongen schüttelte den Kopf.

»Die Sache ist nicht einmal vor Gericht gekommen. Es gab sechs Zeugen, alles anständige Bürger, die geschworen haben, den ganzen Abend mit ihm zusammen gewesen zu sein.«

»Aha!«

»Genau, aha. Es waren ein Bruder und eine Schwester des Mädchens sowie die Eltern des anderen Opfers. Wie viel oder wie wenig sie beteiligt waren, weiß ich nicht, aber das Alibi war hieb- und stichfest und wir konnten dem Mann nicht nachweisen, dass er es war. Absolut nicht.«

»Aber Sie glauben, dass er es war?«

»Ja, ich bin mir absolut sicher. Und er hat etwas gesagt, was ich als eine Art Geständnis ansehe. Direkt hat er nichts zugegeben, natürlich nicht, aber es war nicht misszuverstehen. Meiner Meinung nach.«

»Was empfinden Sie dabei?«

»Ich weiß es nicht. Und genau das lässt mich hin und wieder überlegen, ob ich langsam das Pensionsalter erreicht habe. Aber hören Sie, wollen Sie nicht meine Frau und meinen Sohn samt Schwiegertochter begrüßen? Vielleicht können wir ja zusammen Mittag essen.«

»Wir hatten geplant, in Bennebroek zu essen.«

»Eine ganz ausgezeichnete Idee.«

Høyer dachte über das nach, was er gerade gehört hatte, während sie zu dem anderen Tisch hinübergingen, dann verbannte er diese Gedanken aus seinem Kopf. Zum einen war er pensioniert. Und zum anderen war er im Urlaub. Er wollte nicht an Mord, Tod und Unglück denken. Viele Jahre war das sein Leben gewesen, vielleicht zu viele. Aber jetzt war Schluss. Unwiderruflich Schluss. Er beschloss, die ganze Geschichte zu vergessen.

12

Brian lag auf dem Bett und rauchte, während er an die Holzdecke starrte. Er bereute zutiefst, hier herausgefahren zu sein. Er konnte nicht mehrere Wochen hier draußen in dem Ferienhaus sitzen und es war verdammt schwierig von hier fortzukommen. Er hätte Richtung Süden fahren sollen, weit weg. Vielleicht nach Deutschland. Oder nach Holland. Dort hatte er Kumpel, bei denen er wohnen konnte, zumindest eine Zeit lang. Aber er hatte Panik bekommen. Früher hatte er nie selbst denken, nie selbst Pläne schmieden müssen. Zuerst hatte der König bestimmt, was zu geschehen hatte, dann der Prinz. Brian hatte sich nie in der Rolle des Anführers gesehen. Doch jetzt gab es die beiden nicht mehr. Weder den König noch den Prinzen. Was zum Teufel sollte er machen? Er war der Rangnächste und die anderen rechneten offenbar mit ihm. Ihm selbst war dieser Gedanke gar nicht gekommen, nicht bevor Martin ihn heute Nacht angerufen hatte …

»Der König ist tot«, hatte er gesagt. Er hatte fast geflüstert am Telefon.

»Was?!«

»Der König! Er ist tot!«

»Seit wann?«

»Das weiß ich nicht. Seit ein oder zwei Stunden.«

»Warum? Woran ist er gestorben?«

»Woher soll ich das wissen? Er ist einfach gestorben oder vielleicht haben sie auch seine Nieren oder sein Herz oder etwas anderes gebraucht.«

»Halt die Klappe, Mann! Das haben sie nicht. Er war schließlich nicht hirntot, oder? Er hing nicht mehr am Beatmungsgerät. Ich war gestern Abend bei ihm und da ging es ihm gut, haben sie gesagt. Er hatte nur zu hohes Fieber, aber dagegen haben sie ihm etwas gegeben. Penicillin oder so. Sie haben gesagt, dass es bergauf geht.«

»Jedenfalls ist er tot.«

»Woher weißt du das?«

»Ich weiß es einfach. Was sollen wir jetzt tun?«

»Wie meinst du das?«

»Ich meine, was zum Teufel wir jetzt tun sollen?«

»Warum fragst du mich das?«

»Wen sollte ich sonst fragen? Der König ist tot, der Prinz ist tot. Ich und Keld und Frank sind pleite. An dem letzten Abend hat der Prinz gesagt, dass er an einer großen Sache dran sei, aber wir haben seit Monaten keine einzige müde Krone mehr gesehen.«

»Ihr habt doch Hasch und Pillen bekommen.«

»Das ist lange her. Hast *du* Geld?«

Brian schwieg. Nein, verdammt nochmal. Er hatte auch kein Geld. Jedenfalls nicht so viel, dass er auf die Sozialhilfe verzichten konnte. Es reichte kaum, um zurechtzukommen.

»Nein, ich habe auch keins. Ihr habt eure Sozialhilfe. Und eure Hunde.«

»Die können wir auch nicht essen.«

»Ach, halt doch die Klappe. Glaubst du, ich kenne eure Tricks nicht? Ihr bekommt extra Geld für die Hunde und dann klaut ihr ihnen ihr Fressen und bettelt beim Schlachter um Abfälle.«

»Das bisschen Kleingeld. Davon kann man doch nicht leben. Das reicht nur für ein paar zusätzliche Biere. Es ist wohl kaum Sinn der Sache, dass wir wie ein paar gewöhnliche Penner leben. Du musst doch wissen, an welcher Sache er dran war, und du hast Geld, Brian. Du musst Geld haben. Wo zum Teufel ist eigentlich das ganze Geld geblieben? Alles, was wir die letzten Monate eingenommen haben?«

»Ich weiß es nicht. Damit hatte ich nichts zu tun. Darum hat sich der König gekümmert. Und später der Prinz.«

»Mann, was erzählst du da für eine Scheiße. Wenn du uns verarschst, Brian ...«

»Das tue ich nicht und was könntet ihr schon machen?«

»Die anderen kommen bald raus.«

Das stimmte. Aber er wusste nichts. Er war nicht darauf aus, jemanden hereinzulegen. Vielleicht war er selbst hereingelegt worden. Er wusste es nicht.

»Martin. Ich verarsche niemanden, aber ich kann nichts tun. Die Polizei ist hinter mir her. Einer beobachtet das Haus und glotzt die ganze Zeit hier rauf. Sie wollten mich erst gar nicht gehen lassen. Ich brauche ein paar Tage um nachzudenken.«

»Denk nicht zu lange nach. Wir wollen Kohle sehen und zwar bald.«

Er hatte Lust zu schreien, dass das nicht sein Problem sei. Er wusste nicht mehr als sie. Nicht das Geringste. Er musste einen Ausweg finden. Der König war der Alleinherrscher gewesen. Hatte keine Vertrauten gehabt. Bestenfalls den Prinzen, aber auch dessen war er sich nicht sicher. Vielleicht hatte der Prinz in ebenso großen Schwierigkeiten gesteckt wie er jetzt. Andererseits hatte er wirklich gesagt, dass er an was Großem dran sei. Und sie hatten Geld gehabt, verdammt nochmal. Viel Geld. Mehr als die anderen ahnten. Aber wie sollte er herausfinden, wo das geblieben war? Wahrscheinlich war es in die große Sache investiert worden, von der der Prinz am letzten Abend geredet hatte. Er war zu voll gewesen, um genau zuzuhören, und er hatte verdammt nochmal nicht gewusst, dass es der letzte Abend sein würde. Dann hätte er besser hingehört.

»Gib mir ein paar Tage, Martin. Ich lasse mir etwas einfallen.«

»Ein paar Tage, okay. Aber mehr nicht. Und sieh zu, dass die Polizei dich nicht kriegt.«

»Bist du ganz sicher, dass der König tot ist?«

»Natürlich bin ich sicher.«

Brian kam ein Gedanke.

»Du bist sicher, dass niemand bei seinem Tod nachgeholfen hat?«

»Wie meinst du das? Natürlich hat niemand nachgeholfen. Glaubst du, er ist erschossen worden? Im Krankenhaus. Du meine Fresse, Mann.«

Aber war das wirklich so undenkbar? Brian war sich plötzlich nicht mehr so sicher. Natürlich war er nicht erschossen worden, aber es gab andere Wege. Der König war tot. Der Prinz war tot. Und wenn alle jetzt meinten, dass er der Nächste in der Reihe war? Der neue König. Wenn jemand nun Wind von *der großen Sache* bekommen hatte? Der Prinz konnte sich bei einem seiner Mädchen verplappert haben. Oder der Kurier hatte sie hereingelegt. Das war schon früher vorgekommen.

Brian schwitzte. Der König war tot und der Prinz war tot. Fürs Erste war er so damit beschäftigt gewesen, nicht eingelocht zu werden, dass er nicht weiter darüber nachgedacht hatte, wer den Prinzen umgebracht haben könnte. Sie waren davon ausgegangen, dass die Øgade-Bande dahinter steckte. Zum einen, weil sie sich rächen wollten, und zum anderen, weil sie schon lange versuchten, den Blue Devils den Markt für Hasch, Amphetamine und härtere Drogen streitig zu machen. Jetzt wurde ihm plötzlich klar, dass es noch andere Möglichkeiten gab. Und dass der logische Schluss der war, dass er das nächste Opfer sein würde, egal wer dahinter steckte, und das brachte ihn ins Schwitzen.

Es konnte auch mit dem letzten großen Coup zusammenhängen, den der König geplant hatte und den er und der Prinz gemeinsam durchgezogen hatten. Brian wusste, dass noch ein dritter Mann dabei gewesen war. Vielleicht das eigentliche Gehirn der Aktion. Der Prinz hatte gewusst, wer er war, aber nichts verraten. Es war sein Geheimnis gewesen – und das des Königs. Wer war dieser Mann? Hatte er das Geld? Der König hätte es ihm vielleicht sagen können. Wenn er überhaupt jemals wieder aufgewacht wäre. Aber der König war tot. Wie sollte er es jetzt herausfinden?

Er war zurück zu Anni gegangen, die die Augen geöffnet hatte, als er ins Schlafzimmer kam.

»Was ist los?«

»Der König ist tot.«

»Glück für ihn.«

»Ich muss abhauen. Ein paar Tage untertauchen.«

»Warum?«

»Darum.«

»Ich liebe kluge Antworten.«

»Hör auf, auf sauer zu machen.«

»Ich verstehe nur nicht, was es mit dir zu tun hat, dass der König tot ist. Der Mann lag seit einem halben Jahr im Sterben.«

»Mir gefällt das alles nicht. Ich verstehe nicht, dass er gerade jetzt sterben musste. Fast zur gleichen Zeit, zu der der Prinz erschossen wurde. Sie scheinen damit zu rechnen, dass ich alles weiß und alles ordnen kann. Ich weiß überhaupt nichts, aber wenn die anderen auch glauben, dass ich jetzt der Anführer bin, dann …«

»Welche anderen?«

»Die Øgade-Bande zum Beispiel.«

Sie lachte. »Die! Du glaubst doch nicht, dass die dir den Kopf wegblasen, nur um euren Markt zu übernehmen.«

»Es war nicht der Kopf, den sie ihm weggeblasen haben.«

»Nein? Hat er denn noch mit etwas anderem gedacht? Nur warum sollten sie das tun? Den größten Teil kontrollieren sie ohnehin. Ganz mühelos. Der König war eben doch nicht so herausragend, wie ihr alle geglaubt habt.«

»War er doch!«

Er hatte ihr nie etwas von dem letzten großen Plan des Königs erzählt. Einer Frau sollte man nicht zu viel erzählen. Nicht einmal Anni. Wüsste sie davon, müsste sie zugeben, dass der König clever gewesen war.

»Okay, wenn du meinst. Ich kann mich nur an hunderttausend Kronen erinnern, die in die falschen Taschen gewandert sind.«

»Er ist reingelegt worden. Das kann jedem passieren. Man ist gezwungen, seinen Kurieren zu vertrauen, und hin und wieder kommt es vor, dass einer einen reinlegt. Sie werden auch nicht alt.«

Sie lachte wieder. »O doch. Wenn sie es oft genug machen und sich geschickt anstellen, können sie auf einer Insel in der Südsee ohne die geringsten Sorgen sehr, sehr alt werden. Außerdem hattet ihr nur das Wort des Königs. Woher weißt du, dass er sich das Geld nicht unter den Nagel gerissen hat?«

»Er hätte uns nie reingelegt«, protestierte Brian wütend. Ihm war der Gedanke damals selbst gekommen und er war wütend auf sich geworden. So etwas taten die Blue Devils nicht.

»Da wäre ich mir nicht so sicher.«

»Du bist so klug, du könntest glatt ohne Kopf auskommen, was? Aber der Prinz ist erschossen worden. Hast du auch dafür eine Erklärung?«

»Ich könnte mir von einigen Leuten vorstellen, dass sie auf die Idee kommen könnten, den Prinzen zu erschießen. Er war ein Arsch. Und das bist du auch, also geh besser in Deckung.«

Er hatte keine Lust, auf sie zu hören. Sie provozierte ihn, sie liebte es, ihn zu provozieren. Das mochte er an ihr. Unter anderem. Aber diesmal ging er nicht darauf ein.

Er hatte sich angezogen, während sie geredet hatten.

»Du hast noch immer den Schlüssel für die Kellertür gegenüber, nicht?«, sagte er.

»Der hängt an dem Nagel draußen in der Küche. Willst du da lang?«

»Da siehst du mal, wie klug du bist. Du hast nicht einmal gemerkt, dass die Bullen mich den ganzen Tag und den ganzen Abend über beschattet haben.«

»Wo willst du hin?«

Er antwortete nicht.

»Du willst es mir nicht sagen?«

»Nein, du hast gesagt, ich bin ein Arsch. Vielleicht meinst du das ja wirklich. Außerdem bist du zu blöde, um unter allen Umständen die Klappe zu halten.«

»Danke und mach's gut.«

Er ging die Hintertreppe hinunter, ohne Licht zu machen. Bis in den Keller. Er öffnete das Schnappschloss. Schlich sich vorsichtig in den Kellerhals und sah sich kurz um. Er ging nicht die Treppe hinauf, sondern kroch dicht an die Wand gedrückt unter dem Geländer entlang und hielt sich im Schatten, bis er die Kellertür auf der entgegengesetzten Seite erreicht hatte.

Verdammt, waren die Bullen leicht zu überlisten!

Er blieb kurz im Treppenhaus stehen, bis er sicher war, freie Bahn zu haben. Dann trat er auf die Straße hinaus, bog schnell in die erste Seitenstraße rechts ein, kreuzte ein paar weitere Straßen, bis er zu einem Taxistand kam, an dem ein einsames Taxi stand. Er ließ sich in die Nähe des Hauses fahren, in dem seine Eltern wohnten. Das letzte Stück ging er zu Fuß. Das Motorrad stand im Geräteschuppen. Er hatte gerade ein ganzes Wochenende damit verbracht, es nach dem Winter auf Hochglanz zu bringen. Auch das Nummernschild hatte er glücklicherweise wieder angebracht, sonst hätte es leicht passieren können, dass er angehalten wurde. Der Helm und die Stiefel waren auch im Schuppen. Im Dunkeln suchte er seine Sachen zusammen. Der Alte hatte einen leichten Schlaf und es bestand kein Grund, ihn zu wecken. Ein einziger Lichtstrahl von draußen konnte ausreichen, damit er das Bett verließ und mit dem Stock herauskam.

Eine Stunde später war er draußen bei dem Ferienhaus. Er war nicht auf direktem Weg, sondern auf Umwegen hingefahren. Die ganze Zeit hatte er sich des unangenehmen Gefühls nicht erwehren können, beschattet zu werden, obwohl er keine Lichter hinter sich gesehen hatte. Er hatte die Landstraße fast ganz für sich allein gehabt, und als er draußen in dem Ferienhausgebiet angekommen war, hatte alles wie ausgestorben gewirkt. Aus keinem der Häuser drangen Licht oder Geräusche. Er war das letzte Stück den Hang hinuntergerollt und hatte die Maschine bis zu dem Schuppen vor dem Haus geschoben. Er zog das Motorrad hinein und verschloss die Tür mit einem Hängeschloss. Es bestand kein Grund kundzutun, dass im Laufe der Nacht jemand mit einem Motorrad gekommen war.

Er sah sich um. Es war ein hässliches, altes Ferienhaus, möbliert mit hässlichen, alten Möbeln. Aber es gehörte ihm und niemand, absolut niemand hatte die geringste Ahnung, dass dem so war.

Er hatte es niemandem erzählt. Etwas hatte ihm gesagt, dass es nicht schaden konnte, einen Ort zu haben, von dem niemand wusste. Nicht einmal der König und der Prinz hatten etwas gewusst. Er hatte das Ferienhaus von einer unverheirateten Tante geerbt. Er wusste nicht warum. Als Junge war er ihr Liebling gewesen, doch in den letzten Jahren ihres Lebens hatte sie nicht viel von ihm zu sehen bekommen. Er schätzte, sie hatte es ihm vor allem deshalb vererbt, um den Alten zu ärgern. Was ihr auch gelungen war. Er war stinksauer geworden, als er erfahren hatte, dass Brian das Ferienhaus bekommen sollte, während er nur ein paar von Motten zerfressene Möbel und ein Sparbuch mit sechzehntausend Kronen erben würde, von denen der größte Teil laut Testament auf das Begräbnis verwandt werden sollte. Verdammt, war das lustig gewesen.

Er hatte es für eine gute Idee gehalten, hierher zu kommen, doch jetzt bereute er es.

Der Proviant reichte nur für vier, fünf Tage und das

Bier dürfte auch bald ausgetrunken sein. Er würde ein paar Tage warten, bis die Polizei ihn vergessen hatte, und dann Richtung Süden fahren. Das hätte er von Anfang an tun sollen. Sein einziger Trost war, dass er hier in Sicherheit war.

Vor allem und vor allen.

13

»Na schön«, sagte Larsen, als er mit leichter Verspätung in Therkelsens Büro kam. »Der König ist also raus aus dem Spiel.«

Die anderen starrten ihn an.

»Raus aus dem Spiel?«, sagte Therkelsen. »Du meinst, er ist gestorben?«

»Ja«, sagte Larsen. »Heute Nacht.«

»Hm«, brummte Therkelsen. »Das ist nicht gerade ein Verlust, aber eigentlich hatte ich den Eindruck, dass es ihm besser ging.«

»Zumindest erspart das den Steuerzahlern weitere Kosten«, sagte Bach trocken. »Was ist passiert?«

»Wie es aussieht, hat er einfach aufgehört zu atmen.«

»Das klingt unwahrscheinlich«, sagte Therkelsen. »Er hing doch an einem Beatmungsgerät.«

»Nicht mehr«, warf Winther ein. »Sie hatten es gerade abgeschaltet.«

»Hat dir das dein Krankenpfleger erzählt?«

»Ja, das heißt seine Frau.«

»Dann war es wohl das Herz, das zu schlagen aufgehört hat«, meinte Larsen.

»Exakt«, sagte Lyngsø.

Therkelsen seufzte. Warum musste er sich mit diesen beiden Clowns herumschlagen?

»Da wir gerade bei den schlechten Nachrichten sind ...«, fing Bach an.

»Ich würde das nicht gerade als schlechte Nachricht bezeichnen«, wandte Therkelsen ein. »Aber was wolltest du sagen?«

Bach sah Winther an, die ohne großen Erfolg versuchte, ihn aufmunternd anzulächeln. »Brian ist verduftet.«

»Was ist er?«, brüllte Therkelsen. »Hat ihn denn niemand im Auge behalten? Bach? Winther?«

Sie sahen sich an.

»Doch, aber er hat uns ausgetrickst. Er ist von hier aus zu seiner Freundin gefahren. Wir haben ihn und das Haus beschattet. Nichts ist passiert. Samstagabend sind sie in die Kneipe gegangen und danach haben sie sich nicht mehr draußen sehen lassen, bis das Mädchen heute Morgen zur Arbeit gegangen ist. Brians Auto stand auf der Straße vor dem Haus. Zu dem Zeitpunkt war ich da und Winther kam, um mich abzulösen. Wir waren uns einig, dass das Ganze etwas merkwürdig war, und haben der Wohnung einen Besuch abgestattet und dabei festgestellt, dass der Vogel ausgeflogen war.«

Therkelsen begann, langsam und sorgfältig seine Pfeife zu stopfen.

»Okay«, sagte er kurz darauf mit erzwungener Ruhe. »Passiert ist passiert. Aber wie?«

»Durch den Keller«, erklärte Winther. »Der erstreckt sich unter dem ganzen Wohnblock. Und bevor du an die Decke gehst, kann ich dir versichern, dass wir den überprüft hatten. Zwischen den einzelnen Häusern sind Brandtüren und die waren alle abgeschlossen, als wir uns das angesehen haben. Die Türen zum Hof sind in der Regel auch verschlossen. Und das waren sie, als wir da waren.«

»Aber das ist die einzige Möglichkeit«, sagte Bach. »Deshalb muss er auf diesem Weg abgehauen und anschließend in aller Ruhe seiner Wege gegangen sein.«

»Und wo ist er jetzt?«, fragte Therkelsen.

Niemand antwortete. Brian konnte überall sein.

Therkelsen klopfte mit seinem Kugelschreiber auf den Schreibtisch. »Verdammter Mist. Andererseits macht ihn das erheblich interessanter. Wir schicken eine Meldung raus, dass sie die Augen offen halten und ihn festnehmen sollen, wenn er ihnen über den Weg läuft.«

»Er hat ein Motorrad«, sagte Larsen. »Vielleicht hat er bereits das Land verlassen.«

»Vielleicht«, sagte Therkelsen. »Aber lass uns sicherheitshalber die Stammkneipe der Bande überprüfen.«

»Da ist er ganz bestimmt nicht«, sagte Bach. »Wir haben schon viel zu viel Wirbel gemacht, sie haben sicher längst alles und alle in Sicherheit gebracht. Und die kommen nicht zurück, bevor sich alles etwas beruhigt hat.«

»Ich weiß nicht, was ich glauben soll«, sagte Bøjsen nachdenklich. »Aber ich glaube nicht daran, dass Brian den Prinzen erschossen hat. Vielleicht versteckt er sich gar nicht vor uns. Wenn eine konkurrierende Bande den Markt übernehmen will, kann es doch sein, dass er Angst hat, der Nächste auf ihrer Liste zu sein. Und dann ist es nur klug, in Deckung zu gehen. Nicht weil ich mir vorstellen kann, dass sie auch Brian erschießen, wir sind schließlich nicht in Chicago, aber wahrscheinlich fasst er das als Warnung auf und er wäre dumm, wenn er sie nicht ernst nähme.«

»Er ist dumm«, sagte Lyngsø. »Strohdumm!«

»Nicht so dumm«, sagte Therkelsen. »Das wäre also eine Möglichkeit. Aber mir geht einfach der Gedanke nicht aus dem Kopf, dass das Ganze mit dem unaufgeklärten Geldbomben-Überfall zu tun haben könnte. Gut anderthalb Millionen sind viel Geld und wir haben nicht den leisesten Hinweis darauf, dass jemand anders dahinter gesteckt haben könnte. Keine Gerüchte, nichts. Ich habe Høyer gebeten, die Ohren offen zu halten, er hat ja immer noch seine alten Kontakte, aber nichts! Wir haben also nur die Aussage des Geschäftsinhabers, dass es der Prinz war, und eine Personenbeschreibung, die nur zu gut auf Brian passt. Außerdem haben wir die Fingerabdrücke des Prinzen in dem ersten Fluchtauto gefunden.«

»Dafür hatte sein Anwalt auch eine hervorragende Erklärung«, wandte Bach ein.

Bøjsen schüttelte den Kopf. »Ich glaube nicht an deine Theorie, Therkelsen. Das habe ich schon früher gesagt. Die haben einfach nicht genug Grips, um so etwas durchzuziehen, und erst recht nicht genug, um hinterher nicht mit dem Geld um sich zu werfen.«

»Die Idee hätte vom König kommen können«, sagte Therkelsen. »Er wirkte wie ein Neandertaler, aber er war nicht untalentiert.«

»Aber warum sich gegenseitig erschießen?«

Therkelsen zuckte mit den Schultern. »Anderthalb Millionen sind viel Geld, doch wenn man sie durch drei oder vier teilen muss oder sogar mit der ganzen Bande, bleibt nicht mehr viel.«

»Aber was ist mit den anderen?«

»Die wissen vielleicht nichts davon.«

»Bei dem Überfall waren drei Personen dabei«, sagte

Winther. »Und zu dem Zeitpunkt hing der König an einem Beatmungsgerät.«

»Wir sind davon ausgegangen, dass sie zu dritt waren«, sagte Therkelsen. »Aber wir haben dafür keine Beweise. Wir glauben, dass ein Auto mit Fahrer draußen bereitgestanden hat, aber vielleicht stand auch nur ein Auto da.«

»Das wäre zu gefährlich gewesen«, warf Lyngsø ein.

Therkelsen zuckte mit den Schultern. »Vielleicht. Ich habe ja auch die ganze Zeit gesagt, dass das Ganze nicht so genial war, wie ihr gemeint habt. Das einzig Clevere daran war, dass sie bereits im Voraus mehrere Autos bereitgestellt hatten, sodass sie während der Flucht mehrmals das Auto wechseln konnten. Sie haben bestimmt eins ihrer eigenen in Svenstrup stehen gehabt, wo wir das letzte gefunden haben.«

Bøjsen schüttelte den Kopf. »Wenn sie das waren, wie willst du dann erklären, dass sie fünf Minuten nach dem Überfall in einer Kneipe gesehen worden sind? Das war doch der springende Punkt. Wir haben keinen Grund zu glauben, dass eine ganze Kneipe lügt.«

»Das würde mich eigentlich nicht wundern«, sagte Therkelsen mürrisch. »Ich könnte mir gut vorstellen, dass der Prinz die Beute irgendwo versteckt hat und plötzlich auf die Idee gekommen ist, alles zu behalten, und als Brian das kapiert hat, ist …«

»Vergiss es«, sagte Bøjsen.

»Mir bleibt wohl nichts anderes übrig. Was haben wir sonst noch gegen sie vorliegen?«

»Nicht viel. Wir können sie alle wegen unerlaubten Waffenbesitzes einlochen. Wir haben auch etwas Hasch gefunden, aber keine großen Mengen. Amphetamine waren nur im Safe des Prinzen.«

»Und keiner der Nachbarn außerhalb der Festung hat irgendetwas gesehen oder gehört«, sagte Lyngsø.

»Das stimmt nicht ganz«, warf Winther ein. »Dieser kleine Junge, der den Prinzen immer besucht hat, sagt, dass der Prinz gegen sechs Uhr weggefahren ist.«

»Das passt zu dem, was wir über sein Treiben an diesem Abend wissen.«

»Was ist mit ihrem Anwalt, Flemming Rosgård? Hast du mit dem gesprochen?«, fragte Bøjsen.

»Noch nicht«, sagte Therkelsen. »Aber ich gedenke, ihm heute einen Besuch abzustatten. Er war das ganze Wochenende nicht zu erreichen. Vielleicht ist es ganz interessant zu erfahren, wie sie ihre Gelder angelegt haben.«

»Kümmert Flemming Rosgård sich auch um ihre Geldangelegenheiten?«, fragte Larsen.

»Davon gehe ich aus«, sagte Therkelsen. »Er ist schließlich ihr Verteidiger.«

»Es ist nur nicht ganz dasselbe, Verteidiger in Strafsachen oder finanzieller Berater oder *Familienanwalt* zu sein«, warf Bøjsen ein.

»Rosgård kennt sich mit allem aus«, warf Bach ein, der ein Experte in Lebensgeschichten war. Was er über die Leute nicht wusste, war auch nicht wissenswert. »Er ist so eine Art juristisches Wunderkind, mit ihm sind sie gut bedient. Und er ist ein Arbeitstier ohnegleichen. Von der Universität aus ist er fast sofort in diese Firma eingetreten, nur mit einem kurzen Zwischenspiel im Justizministerium. Und die nehmen nur die Besten. Jedenfalls die mit den besten Abschlüssen«, fügte er hinzu. »Aber da hat er sich nicht wohl gefühlt und ist hier zu *Frandsen und Lehmann* gegangen. Es hat nicht lange gedauert, bis er als Teilhaber in die Kanzlei aufgenommen worden ist.

Er hat auch schon eine Zulassung für das Landesgericht und das Oberlandesgericht. Er hat wirklich etwas auf dem Kasten. Nicht alle mögen seine Art ...«

»Ich zum Beispiel«, sagte Therkelsen.

Bach lachte. »Ja, ich weiß.«

Es war kein Geheimnis, dass Rosgård und Therkelsen einige Male vor Gericht aneinander geraten waren.

»Aber man muss ihm lassen, dass er ungeheuer tüchtig ist«, fügte Bach hinzu.

»Das weiß ich«, sagte Therkelsen. »Unter anderem das macht ihn den Geschworenen so sympathisch.«

Bach lachte. Und Therkelsen warf ihm ein schiefes Lächeln zu, während er sich ein weiteres Mal wunderte, wie Bach all diese Informationen über die verschiedensten Leute katalogisieren und abrufen konnte. Böse Zungen behaupteten, dass Frau Bach die Informationen besorgte, doch selbst wenn das zutraf, begriff Therkelsen nicht, wie Bach sie in seinem Kopf archivieren konnte. Er brauchte nur ein Stichwort oder einen Namen und schon spuckte er alles über die entsprechende Person aus.

»Nun gut, ich bin gespannt«, sagte Therkelsen. »Ich habe ihn heute Morgen angerufen. Er hat versprochen, sich eine halbe Stunde Zeit zu nehmen. Gleich um zehn. Ich sollte mich besser auf den Weg machen. Winther und Bach, ihr versucht, das Mädchen aufzutreiben, bei dem Brian gewohnt hat. Vielleicht weiß sie, wo er sich aufhält. Wenn die Beziehung erst neueren Datums ist, wird sie bestimmt keine Lust haben, in etwas hineingezogen zu werden, was mehr und mehr nach einem Mordfall aussieht. Vielleicht könnt ihr sie dazu bringen, den Mund aufzumachen. Wenn sie überhaupt etwas weiß.«

Die Rechtsanwaltskanzlei nahm die gesamte zweite Etage des großen Eckhauses an einer der ältesten Hauptgeschäftsstraßen der Stadt ein. Therkelsen sah sich um, als er in das Vorzimmer trat. Es war unfassbar, dass eine solche Kanzlei Mandanten wie die Blue Devils hatte. Sich den König oder den Prinzen in dieser Umgebung vorzustellen, fiel nicht ganz leicht. Es gab hohe Stuckdecken, tiefblaue Teppiche und dicke, weiß lackierte Türen mit Messingklinken. Die Einrichtung aus Designermöbeln war schlicht und geschmackvoll.

Nachdem Therkelsen sich am Empfang vorgestellt hatte, wurde er von einer älteren, gut gekleideten Dame über einen langen, mit Teppichen ausgelegten Gang in ein großes, helles Büro geführt. Kein Eckbüro, so hoch war Rosgård auf der Rangleiter noch nicht geklettert, aber doch eins mit drei Fenstern.

Flemming Rosgård erhob sich von seinem Platz hinter dem Schreibtisch, als Therkelsen eintrat. Er kam ihm entgegen und reichte ihm die Hand. Therkelsen musste zugeben, dass das einen besseren Eindruck machte, als wenn er sitzen geblieben wäre. Rosgård beherrschte die kleinen Tricks.

»Bitte, nehmen Sie Platz«, sagte der Anwalt und wies mit der Hand auf eine Sofagruppe an der einen Seite des Büros. »Bringen Sie doch bitte eine Tasse für den Kriminalkommissar«, sagte er zu der Sekretärin, die in der Tür stehen geblieben war, um eventuelle Anweisungen entgegenzunehmen. »Und eine Kanne frischen Kaffee«, fügte er hinzu, nachdem er die Thermoskanne angehoben hatte.

Sie verschwand und Rosgård setzte sich Therkelsen gegenüber. »Sie trinken doch sicher eine Tasse Kaffe, oder? Das kann man immer. Ich selbst trinke ihn literweise. Ich bekomme Kopfschmerzen, wenn ich versuche, meinen Konsum zu drosseln.«

Er redet zu viel, dachte Therkelsen und fragte sich, was der Grund dafür sein mochte. Nervosität. Eine Art Nervosität, aber warum? Vielleicht war es ihm unangenehm, Therkelsen nach ihren zahlreichen Kontroversen vor Gericht gegenüberzusitzen, vielleicht steckte aber auch etwas anderes dahinter.

Die Sekretärin kam mit einem Tablett mit Tassen, einer Thermoskanne mit frischem Kaffee und einer kleinen Schale mit Keksen herein.

Sie verschwand wieder und überließ es Rosgård, seinem Gast einzuschenken.

»Die Kekse muss sie Ihnen zu Ehren hingestellt haben«, sagte Flemming Rosgård, während er einschenkte. »Ich esse keine Süßigkeiten.«

Therkelsen betrachtete ihn. Nein, er sah auch nicht aus wie jemand, der Süßigkeiten aß.

Flemming Rosgård war nicht besonders groß und so schlank, dass er fast mager wirkte. Er hatte ein schmales Gesicht mit einer ziemlich großen, leicht gebogenen Nase. Zusammen mit dem dunklen Haar verlieh sie ihm etwas Fremdländisches. Französisch oder eher semitisch oder arabisch. Eigentlich war er ein gut aussehender Typ, dachte Therkelsen, wenn auch nicht gerade der Typ, auf den die Mädchen flogen. Auf seine Weise hatte er etwas Asketisches an sich.

Rosgård sah ihn an und lächelte. »Und, haben Sie sich satt gesehen?«, fragte er und Therkelsen zuckte etwas verlegen die Schultern.

»Es geht um den Prinzen, soweit ich das verstanden habe«, sagte Rosgård.

Therkelsen nickte. »Ja, eigentlich um den Prinzen, den König und um Brian.«

»Um die ganze Königsfamilie also«, nickte Rosgård. »So nennen wir sie hier. Was wollen Sie wissen?«

»Sie haben sie in mehreren Fällen verteidigt. Haben Sie sich auch um ihre anderen juristischen Angelegenheiten gekümmert?«

»Zum Beispiel?«

»Zum Beispiel ihre Immobilienangelegenheiten? Ihnen gehörte unter anderem doch der Hof, auf dem der Prinz ermordet wurde.«

»Ja, darum haben wir uns auch gekümmert. Aber das war vor meiner Zeit. Der Hof gehört ihnen schon seit vielen Jahren.«

»Wer ist der Besitzer?«

»Er gehört ihnen gemeinsam. Nicht nur den dreien, sondern der ganzen Bande. Den Blue Devils. Wenn einer austritt, geht sein Anteil in Gemeinschaftseigentum über. Niemand kann seinen Anteil verkaufen.«

»Wie sieht es mit den finanziellen Verhältnissen der Bandenmitglieder aus?«

»Ich hatte ein wenig mit dem Prinzen zu tun. Er hat gespart und ein Testament hat er auch gemacht. Zu Gunsten seiner Mutter. Kein Vermögen, aber es war schon beachtlich, dass er überhaupt etwas hatte. Soweit ich weiß, haben die anderen ihr Geld genauso schnell ausgegeben, wie sie es verdient haben.«

»Verdient!«, sagte Therkelsen ironisch.

»Nennen Sie es, wie Sie wollen. *Eingenommen,* wenn Ihnen das lieber ist. Der König besaß zum Beispiel nicht eine Krone.«

Therkelsen fiel auf, dass er in der Vergangenheit sprach.

»Jetzt spielt es ja keine Rolle mehr, ob er etwas besessen hat oder nicht. Aber er war immer pleite. Und es ist einiges an Geld durch seine Hände geflossen. Aber er war ein Spieler.«

»Wissen Sie, dass er tot ist?«

Flemming Rosgård sah ihn überrascht an. »Nein, davon wusste ich nichts.«

»Sie haben in der Vergangenheitsform von ihm gesprochen.«

»Habe ich das? Na ja, aber er war doch auch irgendwie … erledigt, nicht? Wann ist er gestorben?«

»Samstagnacht oder besser Sonntagmorgen.«

»Das überrascht mich etwas. Ich hatte gehört, dass es ihm langsam besser ging. Nun gut, ich habe jedenfalls nichts mit seinem Nachlass zu tun. Er besaß nichts. Wie gesagt, er war ein Spieler.«

»Hat er nie gewonnen?«

Rosgård sah ihn an und lächelte nachsichtig. »Es gibt Spieler und es gibt Spieler, Therkelsen. Ich bin auch ein Spieler, aber ich spiele, um zu gewinnen. Wenn ich gewonnen habe, stecke ich meinen Gewinn in die Tasche und gehe nach Hause. Oder ich spekuliere in Aktien, gehe dabei aber keine großen Risiken ein. So machen es die meisten. Wir spielen, um zu gewinnen, und verlieren nicht mehr, als wir uns leisten können. Ich kann Ihnen ein Beispiel geben. Ich hatte einmal eine Mandantin, eine sehr alte und sehr wohlhabende Dame. Sie war nicht in der Lage, in die Kanzlei zu kommen, deshalb habe ich sie zu Hause besucht, wenn etwas geregelt werden musste. Sie besaß ein Gemälde, ein sehr kleines Gemälde, das ich mir jedes Mal, wenn ich bei ihr war, angesehen habe. Ich will nicht behaupten, ein Experte zu sein, aber mit der

Zeit war ich immer fester davon überzeugt, dass es ein van Gogh sein musste. Ihr muss mein Interesse aufgefallen sein, denn eines Tages unterbrach sie plötzlich unser Gespräch und fragte: ›Wollen Sie es kaufen?‹ Ich sagte, dass mir dazu die Mittel fehlten. ›Was bieten Sie?‹, fragte sie. Ich dachte nach, aber nur einen Augenblick, bevor ich hunderttausend sagte.«

Therkelsen starrte ihn an.

»›Sie glauben, das ist ein van Gogh‹, sagte sie dann. ›Das glaube ich auch, aber ich weiß es nicht mit Bestimmtheit. Wagen Sie es, das Risiko einzugehen?‹

Das tat ich. Sie stellte nur die Bedingung, dass das Bild zu einem *angemessenen* Preis an das Van-Gogh-Museum in Amsterdam verkauft werden sollte.«

»War es echt?«

»Natürlich war es echt. Ich bin selbst damit nach Amsterdam gefahren. Das war die spannendste Reise, die ich je unternommen habe.«

»Wie viel haben Sie dafür bekommen?«

»Eine Million. Auf einer der großen Auktionen hätte ich sehr viel mehr bekommen, aber darum ging es nicht. Es war eine Frage von Einsatz – und Gewinn. Ich habe meiner Mandantin angeboten zu teilen, aber das wollte sie nicht. Sie hatte genug Geld und keine Erben. Und ihr hat das Ganze ebenso viel Spaß gemacht wie mir.«

»Und Sie sagen, dass Sie keine Risiken eingehen!«

»Ich war mir zu neunzig Prozent sicher, dass es ein van Gogh *war.* Wie gesagt, ich spiele, um zu gewinnen. Aber der König war ein richtiger Spieler. Für ihn ging es nicht darum zu gewinnen, sondern zu spielen. Sie erkennen diese Menschen immer. Es gibt sie in allen möglichen Ausgaben und in allen Gesellschaftsschichten. Sie sehen sie vor dem einarmigen Banditen stehen und können beobachten, wie sie fast automatisch den Arm heben. Oder Sie treffen sie auf der Rennbahn. Und jetzt, wo es bei uns Spielkasinos gibt, begegnen Sie ihnen auch dort. Man erkennt sie immer.« Er sah aus, als wollte er noch etwas sagen, tat es aber nicht. »Und eins ist sicher, ein richtiger Spieler gewinnt *nie.* Er macht weiter, bis er alles wieder verloren hat, es sei denn das Kasino schließt oder er fällt vor Erschöpfung um.« Er schüttelte den Kopf. »Sie sollten einmal einen Blick in das neue Kasino werfen. Man sieht viel und viele.« Wieder schien etwas ungesagt in der Luft zu hängen.

»Hm«, sagte Therkelsen. »Sie glauben also nicht, dass eins der anderen Bandenmitglieder von dem Tod des Prinzen profitiert?«

»Ihr Anteil an der *Festung* da draußen vergrößert sich ein wenig, aber ich sehe nicht, was ihnen das nützen sollte. Läge Ihnen etwas daran, einen Schuppen auf dem platten Land zu besitzen?«

Therkelsen schüttelte den Kopf.

»Ich kann Ihnen sagen, wie der Steuerberater des Prinzen heißt, aber mehr kann ich nicht für Sie tun.«

»Ich würde unheimlich gern wissen, wo die anderthalb Millionen geblieben sind«, sagte Therkelsen.

»Anderthalb Millionen?«, Rosgård sah auf und warf ihm einen schnellen Blick zu. »Wovon reden Sie?« Dann lächelte er. »Ach das meinen Sie. Sie glauben immer noch, dass die Blue Devils hinter dem Geldbomben-Coup stecken.« Er schüttelte den Kopf. »Das war zu glatt und zu elegant, als dass sie es gewesen sein könnten. Den Gedanken können Sie vergessen, Herr Kriminalkommissar. Dazu bedurfte es eines großen Geistes.« Er schüttelte den

Kopf. »Nein, Therkelsen. Den Täter müssen Sie woanders suchen.«

Therkelsen zuckte mit den Schultern. »Sie können schließlich nichts anderes sagen. Sie sind ihr Verteidiger.«

»Ja, aber es scheint, dass meine Mandanten vor mir sterben«, lächelte er. »Es ist schon komisch und manchmal auch etwas frustrierend. Wir rühmen uns, ein Rechtssystem zu haben, in dem jeder ein Recht auf einen Verteidiger hat, und trotzdem betrachtet ihr uns Strafverteidiger mit einer gewissen Skepsis. Ist das nicht so? Wir sind vielleicht keine Verbrecher, aber so wirklich gesetzestreu sind wir auch nicht, was?«

»Ach Unsinn«, sagte Therkelsen. »Wir wissen doch, dass das ein Job wie jeder andere ist.«

»Trotzdem.«

Therkelsen zuckte mit den Schultern.

Trotzdem. Im Stillen musste er Rosgård Recht geben.

Flemming Rosgård setzte sich wieder hinter seinen Schreibtisch, nachdem er Therkelsen hinausbegleitet hatte, wandte sich aber nicht sofort seiner Arbeit zu. Er dachte über das nach, was er gesagt hatte. War er zu offen gewesen? Auf jeden Fall hatte er zu viel gesagt. Er wusste auch sehr gut, warum. Es war Nervosität. Er wollte, dass Therkelsen ihn trotz ihrer Unstimmigkeiten vor Gericht schätzte. Høyer hatte begriffen, dass Verbrecher zu verteidigen nicht bedeutete, Verbrechen gutzuheißen, und sie hatten ein ausgezeichnetes Verhältnis gehabt. Er wünschte sich, dass auch Therkelsen das begriff. Aber vielleicht war es trotzdem dumm gewesen, die Spielsucht zu erwähnen. Zu sagen, dass er selbst ein Spieler war. Das konnte missverstanden werden. Ihn interessierte das

Phänomen einfach. Der König zum Beispiel. Er war vom Spielen besessen gewesen. Und das hatte ihn alles gekostet, was er eingenommen hatte.

Ein Gedanke drängte sich in den Vordergrund. Ein Gedanke, den er sonst versuchte, in den Hintergrund zu schieben. Er war nicht ganz ehrlich gewesen. Er hatte gesagt, dass kein Spieler jemals gewann, aber das stimmte nicht. Sein Vater war ein Spieler gewesen. Und zum Schluss hatte er gewonnen. Den großen Gewinn gemacht und aufgehört. Er hatte nicht auf Pferde oder Tauben gewettet oder Roulette gespielt. Die Börse war seine Leidenschaft gewesen. Er hatte spekuliert und es war auf und ab gegangen. Ein paarmal hatte es Preisstürze gegeben. Er hatte das vage Gefühl, dass einmal irgendetwas in Verbindung mit dem Job seines Vaters gewesen war. Das Wort Betrug war nie gefallen und er hatte nie gefragt oder weiter gebohrt. Doch jetzt kamen plötzlich einige Erinnerungen an die Oberfläche. Der Bankdirektor, der eines Abends in Gesellschaft einiger ernster Herren aufgetaucht war. Sie hatten sich ins Herrenzimmer zurückgezogen und waren den ganzen Abend dort geblieben. Als das Hausmädchen ihn ins Bett gebracht hatte, waren sie noch immer da. Seine Mutter hatte sich ins Schlafzimmer begeben und nicht gestört werden wollen.

Wie der Vater den Sturm abgewendet hatte, wusste er nicht. Er war jedenfalls weiter in der Bank tätig gewesen und seitdem war mit Sicherheit nichts mehr vorgefallen. Jedenfalls war er geblieben und sogar befördert worden, bevor er mit sechzig Jahren in Pension gegangen war. Aber es hatte andere Episoden gegeben. Er konnte sich erinnern, dass eines Tages ein Möbelwagen vor der Villa gestanden hatte, als er aus der Schule kam. Die Räume waren gähnend leer gewesen. Seine Mutter war mit verweinten Augen herumgelaufen und am Nachmittag war sein Großvater mütterlicherseits gekommen und hatte ihn abgeholt. Es kam ihm so vor, als wäre es während der ganzen Zeit, die er bei den Großeltern verbracht hatte, Sommer gewesen. Er musste lange bei ihnen gewesen sein, denn er konnte sich erinnern, dass er Erdbeeren, Kirschen und Pfirsiche gegessen hatte. Als er nach Hause zurückgekommen war, war die Villa wieder möbliert gewesen und das Klavier seiner Mutter durch einen Flügel ersetzt worden.

Wann war das gewesen? Vor oder nach seinem zehnten Geburtstag? Er erinnerte sich nicht. Vielleicht hatte Tina Recht damit, dass er seine Kindheitserinnerungen verdrängte. Die Streitereien der Eltern, das Weinen der Mutter und die Furcht, plötzlich in ein leeres Zuhause zu kommen. Seltsam, dass diese Erinnerungen jetzt auftauchten.

Als der Vater pensioniert worden war, hatten die Eltern die Villa verkauft und ein Jahr in Frankreich in dem Haus von Bekannten gewohnt. Er hatte zu der Zeit Jura studiert und nicht zu fragen gewagt, ob sie hatten verkaufen *müssen.* Doch kurz darauf hatte sein Vater wirklich den großen Gewinn gemacht. Ein Grundstück, das ihm seit Jahren gehörte, war plötzlich zur Stadtzone, zu Baugrund erklärt worden, und das Geld strömte herein. Soweit er wusste, war das die letzte große Spekulation gewesen, die sein Vater gemacht hatte. Und jetzt würden seine Eltern vermutlich glücklich und sorgenfrei bis ans Ende ihrer Tage leben.

Vielleicht war sein Vater auch kein echter Spieler, wenn man es ganz genau nahm. Vielleicht hatte auch er immer nur gespielt, um zu gewinnen. Sein Spiel war nur etwas gewagter gewesen als das der meisten. Gewagter als sein eigenes jedenfalls. Er selbst spielte nur, wenn er gute Aussichten auf Erfolg hatte.

Doch wie er zu Therkelsen gesagt hatte, es gab Spieler und es gab Spieler. Er erkannte sie, wenn er ihnen begegnete. Vielleicht weil er selbst etwas von einem Spieler hatte. Aber Therkelsen hatte das nicht interessiert. Er war mit Sicherheit kein Spieler.

14

»Warum um alles in der Welt erfahre ich das erst jetzt?«, donnerte der Oberarzt und funkelte erst die beiden jüngeren Ärzte, die ihn gerade mit allzu vielen Worten über den Vorfall informiert hatten, und dann die Krankenschwester Margit Pedersen böse an.

»Ich habe es selbst gerade erst erfahren«, sagte sie schnell.

»Wir waren uns nicht sicher, ob wirklich etwas nicht stimmte. Es hat uns nur gewundert, dass er so plötzlich und ohne ersichtlichen Grund gestorben ist. Wir haben den Pathologen gebeten festzustellen, woran er gestorben ist. Und das war eine Überdosis Morphium.«

»Eine Überdosis! Der Mann sollte überhaupt kein Morphium bekommen. Wer hat das angeordnet?«

Die beiden Ärzte sahen sich an. »Niemand«, sagte der eine.

»Wer hatte Dienst an dem Abend?«

»Morten Westergård. Einer der Assistenzärzte. Aber er hat ihm weder Morphium gegeben noch entsprechende Anordnungen erteilt. Und die Nachtschwester auch nicht.«

»Verstehe ich das richtig, dass Sie bereits mit ihnen gesprochen haben? Bevor Sie zu mir gekommen sind?«

Der Oberarzt sah aus, als bekäme er gleich einen epileptischen Anfall. Der eine der jüngeren Ärzte war nahe daran, ihn an seinen Blutdruck zu erinnern.

»Nein, wir haben nur gefragt, ob sie ihm Morphium gegeben haben, und das haben sie verneint.«

»Sie hatten an dem Abend Dienst?« Der Oberarzt sah Margit Pedersen an.

»Ja.«

»Was ist passiert?«

»Ich ...«, sie zögerte einen Augenblick. Was war eigentlich passiert? Was für eine idiotische Frage. Der Patient war gestorben, das war passiert. Wie und warum wusste sie nicht.

»Ja?«

Sie atmete tief durch. »Ich habe um halb eins nach ihm gesehen und da ging es ihm ausgezeichnet. Der Puls war ein bisschen schnell und er hatte Fieber, aber sonst fehlte ihm nichts. Er hatte eine ruhige Nacht.«

»Das kann man wohl sagen«, sagte der Oberarzt.

»Eine Stunde später habe ich noch einmal nach ihm gesehen. Kurz nachdem Assistenzarzt Westergård bei ihm war und ihm eine Spritze mit Antibiotika gegeben hatte. Auf Anordnung des Oberarztes. Und da ...«

»Hat sonst noch jemand auf der Abteilung in dieser Nacht Antibiotika bekommen?«

»In dieser Nacht nicht.«

»Und Morphium?«

Sie nickte, »Ja, zwei Patienten.«

»Sie haben ihre Spritzen bekommen?«

»Davon gehe ich aus. Westergård sagt, ja.«

Der Oberarzt überlegte. Was für eine verteufelte Geschichte. Und vermutlich ließ sie sich weder aufklären noch vertuschen. Es hatten schon zu viele Wind davon bekommen, früher oder später würden Gerüchte herumschwirren.

Ihm war klar, was passiert war. Der Assistenzarzt hatte das Morphium dem falschen Patienten gegeben. Aber letzten Endes war er der Verantwortliche. Eine verdammt unangenehme Geschichte.

»Wie hoch soll es dosiert gewesen sein, sagen Sie?«

Er guckte verblüfft, als der Assistenzarzt die Zahl nannte. »Das ist ja absurd. Niemand bekommt eine so hohe Dosis.«

»Nein.«

Es wurde immer schlimmer. Sich zu irren und einem Patienten eine falsche Spritze zu geben, konnte man zur Not noch als Versehen bezeichnen. Aber das hier ..., nicht einmal Müdigkeit konnte das entschuldigen.

Margit Pedersen räusperte sich. »Einer der Krankenpfleger ...«, setzte sie vorsichtig an.

»Der Krankenpfleger!«, brüllte der Oberarzt. »Sie wollen mir doch jetzt nicht erzählen, dass das Pflegepersonal hier inzwischen Morphium austeilt.«

Nein, aber einer der Krankenpfleger habe erwähnt, dass in dem Tropfschlauch ein kleines Loch gewesen sei. Ein ganz kleines Loch, als wäre mit einer Nadel hineingestochen worden.

Der Oberarzt sah sie böse an. Was sie damit sagen wolle?

»Ich weiß nicht, aber es wäre doch denkbar, dass jemand ..., das klingt vielleicht merkwürdig, aber könnte nicht jemand Morphium in den Schlauch gespritzt haben, damit ...«

»Wann?«

»Im Laufe der Nacht.«

»Während Sie und Ihre Kollegen Dienst hatten.«

»Es gibt genug Möglichkeiten. Wir sitzen schließlich nicht nur da und behalten den Gang im Auge, ob jemand sich dort herumtreibt.«

»Wie heißt der Krankenpfleger?«

»Arne Christensen.«

»Ist er jetzt da?«

»Nein, er hat diese Woche Nachtdienst.«

Der Oberarzt überlegte. Er brauchte etwas Zeit, um sich das Ganze durch den Kopf gehen zu lassen. Es wäre natürlich für alle Beteiligten und für das Krankenhaus am besten, wenn die Verantwortlichen außerhalb des Krankenhauses zu suchen wären. Nur wäre es dann plötzlich ein Kriminalfall. Aber das war es ohnehin.

»Vorläufig spricht niemand darüber«, sagte er. »Nicht ein Wort.«

»Wir sind keinen Schritt weitergekommen«, stellte Therkelsen am Mittwochvormittag fest. »Martin und Keld sind definitiv aus dem Spiel und Brian ist wie vom Erdboden verschluckt. Niemand hat ihn gesehen oder etwas von ihm gehört. Behaupten seine Kumpel zumindest. Seine Freundin sagt, dass er Sonntagnacht abgehauen ist und dass sie keine Ahnung hat, wohin oder warum er gegangen ist.«

»Glaubst du ihr?«, fragte Bach.

»Ich habe mit ihr gesprochen«, sagte Lyngsø. »Und ich

glaube ihr. Oder richtiger, ich glaube Ersteres, aber nicht Letzteres. Ich bin mir sicher, dass sie weiß, *warum* er sich unsichtbar gemacht hat, aber ich bin mir ebenso sicher, dass sie keine Ahnung hat, *wo* er ist.«

»Warum glaubst du, dass sie weiß, warum er sich unsichtbar gemacht hat?«, fragte Winther.

»Ist das nicht einleuchtend?«, sagte Lyngsø. »Sie hat ihm ein Alibi für die Nacht gegeben, in der der Prinz ermordet wurde. Falls das Alibi falsch ist, weiß sie das am besten, und dann weiß sie auch, dass er die Schüsse abgefeuert hat.«

»Den Schuss«, warf Winther ein.

»Die Schüsse«, berichtigte Lyngsø sie. »Die Hunde wurden doch auch erschossen.«

»Was sollte es Brian bringen, den Prinzen zu töten?«, fragte Bach.

»Was weiß ich«, sagte Lyngsø. »Eine Frage der Erbfolge.«

Therkelsen schüttelte den Kopf. »Das kommt nicht hin. Du glaubst doch selbst nicht, dass die anderen so ohne Weiteres akzeptieren würden, dass Brian den Prinzen erschießt, um selbst ihr Anführer zu werden?«

»Sie könnten es gemeinsam geplant haben. Wir wissen nicht, ob es interne Streitigkeiten gegeben hat.«

Therkelsen winkte ab. »Daran glaube ich nicht. Ich möchte darauf wetten, dass Martin keine Ahnung hatte, als wir ihn Donnerstagabend festgenommen haben. Es war ein Schock für ihn, zu erfahren, dass der Prinz tot ist. Und falls *das* Theater war, würde ich ihn persönlich für den *Oscar* vorschlagen.«

»Und was ist deine Theorie?«, fragte Larsen, der bisher nichts gesagt hatte. »Die Øgade-Bande?«

Therkelsen lachte. »Ich weiß, dass das deine Lieblingstheorie ist, Larsen. Aber das kommt mir genauso unwahrscheinlich vor. Wir wissen mit Bestimmtheit, dass sie sich im wahrsten Sinne des Wortes bis aufs Messer bekämpft haben, aber irgendwie haben sie offenbar die Stadt unter sich aufgeteilt. Sollte jemand sich auf die Füße getreten fühlen, dürften das die Blue Devils sein, denn die Øgade-Bande ist in ihr Territorium eingedrungen.«

»Genau«, sagte Larsen. »Und wenn die Blue Devils sich ein bisschen zu sehr darüber aufgeregt haben, halte ich es nicht für abwegig, dass die Øgade-Bande zeigen wollte, wer der Stärkere ist.«

»Es kann sich doch auch um eine Privatangelegenheit handeln«, sagte Winther.

Die anderen sahen skeptisch aus. »Mit Dumdumgeschossen?«, sagte Bach. »Nein, das sieht ganz nach einem Mord unter Rockern aus.«

»Vielleicht sollte es wie ein Mord unter Rockern aussehen«, beharrte Winther. »Ich wundere mich noch immer, dass er nicht einfach erschossen worden ist. Warum das Risiko eingehen, dass er überlebt oder zumindest noch lange genug lebt, um den Mörder zu verraten.«

»Wer sagt, dass er gewusst hat, wer auf ihn geschossen hat?«, meinte Bach. »Vermutlich hat er ihn gar nicht gesehen.«

»Natürlich gehen wir alle Möglichkeiten durch«, sagte Therkelsen. »Auch die Øgade-Bande. Kümmerst du dich um diese Spur, Larsen? Und du auch, Jønsson. Bis jetzt habt ihr nichts, das eure Theorie untermauert, soweit ich das verstanden habe?«

Larsen schüttelte bedauernd den Kopf.

»Was glaubst du selbst, Therkelsen?«, fragte Winther.

»Ich bin mit Lyngsø einer Meinung, dass Brian unser Mann ist. Aber ich bin nicht im Geringsten der Meinung, dass das etwas mit internen Machtkämpfen zu tun hat. Ich habe noch immer das Gefühl, dass die Blue Devils auf irgendeine Weise hinter dem Geldbomben-Coup stecken, und so gesehen würde es mich auch nicht wundern, wenn Brian in diesem Moment irgendwo am Strand liegt und es sich mit ein paar Millionen gut gehen lässt. Das wäre doch ein handfestes Motiv.«

»Ja, aber …«, setzte Bach an.

»Ich weiß. Alle sagen, dass das eine Nummer zu groß für sie gewesen sei. Selbst Flemming Rosgård hat bei dem Gedanken gelächelt. Aber damit verdient er schließlich sein Geld. Alle betonen, wie ausgeklügelt der Plan gewesen sei. Meiner Meinung nach hatten sie einfach verdammtes Glück. Es ist auf jeden Fall eine gute Idee, noch einmal mit dieser Freiheitsstatue zu reden. Vielleicht können wir sie so mürbe machen, dass sie ihn nicht länger deckt.«

»Sie sieht nicht aus wie jemand, der sich leicht mürbe machen lässt«, warf Lyngsø ein.

»Willst du damit sagen, dass sie dir Angst eingejagt hat?«, lachte Bach.

»Exakt«, sagte Lyngsø.

»Es waren also Dumdumgeschosse?«, fragte Winther.

»Das konnte man mit einem Auge sehen«, behauptete Lyngsø.

»Ja. Wir haben den Obduktionsbericht. Es besteht kein Zweifel. Aber sonst steht nichts Brauchbares drin.« Therkelsen sah Bach und Winther an. »Seid ihr mit seinen privaten Unterlagen, den Bankkonten und allem durch?«

»Da ist nichts. Er hatte fünfzigtausend gespart und er

besaß eine ziemlich wertvolle Briefmarkensammlung. Ziemlich clever. Niemand weiß, wann er die Briefmarken gekauft hat. Sonst würde das Finanzamt wohl auch fragen, woher er das Geld dafür hatte, denn offiziell hat er von der Sozialhilfe gelebt. Aber davon einmal abgesehen, war da nichts. Keine Schlüssel, keine Schließfächer – nichts. Auch zu Hause bei seiner Mutter nicht.«

»Tja«, sagte Therkelsen. »Ich weiß, dass ich mich damit unbeliebt mache, aber ich würde die Protokolle von dem Geldbomben-Coup gern noch einmal durchgehen. Du kannst mir dabei helfen, Bach. Vier Augen …, du weißt schon.«

»Ich möchte eigentlich nochmal mit Tommy reden. Dem kleinen Freund des Prinzen«, sagte Winther. »Er wusste irgendetwas, was er mir nicht erzählen wollte. Er hätte es fast getan, aber dann hat er es sich doch anders überlegt. Es muss nichts zu bedeuten haben, aber ich würde es gerne versuchen.«

»Okay, schlimmstenfalls vergeuden wir unsere Zeit, aber das geht uns ja jetzt schon seit Tagen so.«

Winther reduzierte das Tempo auf fünfzig Stundenkilometer, als sie sich Tommys Zuhause näherte. Sie sah auf die Uhr. Es waren noch zehn Minuten bis zur vereinbarten Zeit. Sie hatte mit Tommys Mutter ausgemacht, dass sie um eins da sein würde, wenn er aus der Schule nach Hause kam. Sie fuhr ein Stück weiter, während sie den Feldweg im Auge behielt, der zu der Festung hinunterführte. Dann ließ sie den Wagen noch hundert Meter bis zu dem kleinen Wäldchen rollen, das eigentlich nur aus einer Gruppe von Bäumen bestand, die hinter der Festung wuchsen, bog auf einen kleinen Weg ab und hielt kurz darauf an. Der Waldboden war so weich, dass sie Gefahr lief, ohne fremde Hilfe nicht mehr hier wegzukommen, wenn sie dem Weg weiter folgte. Außerdem bestand die Gefahr, dass sie mögliche Spuren vernichtete.

Sie stieg aus dem Auto und ging vorsichtig den Weg entlang. Sie ruinierte sich ihre Schuhe in dem Matsch, aber daran verschwendete sie keinen Gedanken. Reifenspuren waren keine zu sehen, und selbst wenn die Temperaturen in der Nacht und in den vorhergehenden Nächten unter null gefallen wären, hätte es kaum so stark gefroren, dass die Erde hart gewesen wäre. Sie ging leicht vornübergebeugt, während sie die Erdoberfläche absuchte. Keine Reifenspuren. Demnach war ihre clevere Idee vielleicht doch nicht so clever. Dafür fand sie Fahrradspuren, die ein gutes Stück den Weg weiterführten und dann plötzlich aufhörten. Als wäre das Fahrrad einfach weggeworfen oder gegen den nächsten Baum gelehnt worden.

Sie ging zum Auto zurück und holte ihren Erste-Hilfe-Koffer. Natürlich war sie keine Technikerin, aber sie wusste genug, um einen Abdruck zu nehmen. Sie hatten bereits Abdrücke von dem Hinter- und dem Vorderrad von Tommys Fahrrad und es könnte sich lohnen, sie mit diesem Abdruck zu vergleichen.

Sie war sehr zufrieden mit sich, als sie zehn Minuten später wieder auf dem Weg zu Tommy war. Sie hatte zumindest etwas getan.

Tommys Mutter stand in der Tür, als sie kam. Eine junge, dunkelhaarige Frau in Winthers Alter.

»Ich habe das Auto gesehen«, sagte sie. »Kommen Sie herein. Er ist zu Hause, und ich habe ihm gesagt, dass Sie kommen. Ihm ist ein wenig mulmig zu Mute.«

»Ich hoffe, das Warten hat es nicht noch schlimmer gemacht«, sagte Winther. »Ich bin aufgehalten worden.«

»Nein, nein, es geht schon.«

Sie führte Winther ins Wohnzimmer, wo Tommy am Esstisch stand und angesichts der Situation leicht bedrückt aussah. Winther lächelte ihn beruhigend an.

»Hallo, Tommy«, sagte sie. »Ich habe dir doch gesagt, dass ich vielleicht noch einmal mit dir reden muss.«

Tommy nickte stumm.

»Darf ich dabei sein?«, fragte die Mutter vorsichtig.

»Ja natürlich«, sagte Winther. »Es handelt sich nur um ein paar Fragen, die Tommy möglicherweise beantworten kann.«

Die Mutter wirkte beunruhigt.

»Möchten Sie eine Tasse Kaffee?«, fragte sie. »Ich habe gerade welchen gemacht.«

»Ja, gerne«, sagte Winther.

»Nehmen Sie Zucker und Sahne?«

»Nein, danke, weder noch, aber gerne etwas Milch, wenn es keine Mühe macht.«

Winther trank ihren Kaffee gewöhnlich schwarz, aber sie brauchte ein paar Minuten mit Tommy allein.

Sobald die Mutter das Zimmer verlassen hatte, sah Tommy sie an. »Müssen Sie erzählen, dass …«

»… dass du den Prinzen manchmal besucht hast? Nein, das muss ich nicht. Aber du solltest mir schnell erzählen, wie du das angestellt hast, ohne gesehen zu werden. Von hier kann man doch den ganzen Feldweg überblicken.«

Er schielte zur Küchentür, dann lächelte er sie verschwörerisch an. »Wir haben uns immer im Wald getroffen und sind dann durch den Wald auf das Feld rausgegangen. Von dort führt eine Art Weg zum Hof runter.

Den hat er auch immer benutzt, wenn er oben im Wald war. Mutter konnte mich nicht sehen, wenn ich dort entlanggegangen bin.«

»Das habe ich mir schon gedacht«, sagte Winther und lächelte.

»Warum wollen Sie das wissen?«

»Nur so. Es hat mich einfach interessiert.« Sie sah ihn an. »Weißt du, ob noch andere diesen Weg benutzt haben? Ich meine, außer dir und dem Prinzen.«

»Ja, die anderen. Der König und alle.«

»Sonst niemand?«

»Das weiß ich nicht«, sagte er ausweichend. Er sah sie an. »Wissen Sie, warum der König der König genannt wurde?«

»Wahrscheinlich weil er ihr Anführer war.«

Er lächelte triumphierend. »Nein. Weil er früher King Kong genannt wurde. Wie der große Affe, verstehen Sie? Haben Sie den schon mal gesehen?«

»Ja.«

»Sie haben ihn natürlich nur so genannt, wenn er nicht dabei war. Aber dann haben sie angefangen, ihn den König zu nennen.«

»Du hast mir noch nicht gesagt, ob noch andere den Weg benutzt haben?«

»Doch, das habe ich. Alle, die dort gewohnt haben.«

»Bist du außer ihnen nie jemandem im Wald begegnet? Oder auf dem Weg?«

»Ich glaube nicht.«

Er sah sie nicht an, als er das sagte.

Seine Mutter kam mit dem Kaffee und schenkte Winther und sich ein. Sie hatte ein Mineralwasser für Tommy mitgebracht. Er sah nicht gerade begeistert aus.

»Danke«, sagte Winther und dachte gerade noch rechtzeitig daran, Milch in den Kaffee zu geben.

»Tommy, deine Eltern haben in der Nacht, in der der Prinz ermordet wurde, nichts gehört, weder Autos noch Schüsse noch sonst etwas. Aber wir haben gar nicht gefragt, ob du vielleicht etwas gehört hast?«

»Ich habe nichts gehört«, sagte er. »Nur die Hunde.«

»Du hast die Hunde gehört?«

»Ja.«

»Bist du sicher?«

»Ja, weil ich aufgewacht bin. Ich bin aufgestanden, um zu sehen, ob La…, der Prinz nach Hause gekommen ist, aber ich konnte nichts sehen. Keine Autoscheinwerfer, nichts. Da habe ich mir gedacht, dass sie vielleicht eine Ratte oder einen Marder entdeckt haben, und dann haben sie zu bellen aufgehört.«

»Auf einmal?«

»Nein, die beiden Wachhunde haben zuerst aufgehört. Ich konnte Tjekka noch eine Weile hören, aber dann hat sie auch aufgehört.«

»Aber du hast keinen Schuss gehört?«

»Nein. Glauben Sie, dass sie da erschossen worden sind?«

»Das weiß ich nicht. Du weiß nicht, wie spät es da war, oder?«

»Nein, aber ich hatte schon etwas geschlafen. Nicht so lange, denn Papa und Mama waren noch auf. Ich konnte den Fernseher hören.«

»Du hast ein gutes Gedächtnis«, sagte Winther anerkennend. »Der Mann, den du einmal auf dem Weg gesehen hast, der in den Wald hochführt, kannst du dich auch an den erinnern?«

»An was für einen Mann?«

»Du hast doch neulich gesagt, dass du einmal einen Mann auf dem Weg gesehen hast«, log Winther.

Er sah sie vorwurfsvoll an. Sie hatte ihn in Schwierigkeiten gebracht, und er wusste, dass sie das wusste.

»War er in Begleitung des Prinzen?«, fuhr sie fort.

»Ja.«

»War er einer von denen, die ihn gewöhnlich besucht haben?«

»Daran kann ich mich nicht erinnern.«

»Doch, du kannst es bestimmt. Du hast doch so ein gutes Gedächtnis. Versuch's.«

»Denk nach, Tommy«, sagte seine Mutter.

Tommy sah aus, als würde er alle Erwachsenen hassen. Er trank einen Schluck von seinem Wasser.

»Und?«, fragte Winther.

»Ich weiß nicht mehr, was Sie gefragt haben«, sagte er mürrisch.

»Natürlich weißt du das, Tommy«, sagte seine Mutter ein wenig verärgert.

Winther wünschte, sie würde sich nicht einmischen.

»Hast du ihn vorher schon einmal gesehen?«

Tommy schüttelte den Kopf.

»War er groß oder klein?«

Um Tommys Mund zuckte es. »Der Prinz hat gesagt, dass man nicht quatschen darf«, flüsterte er.

»Das hat mit Quatschen nichts zu tun. Wir versuchen, den zu finden, der den Prinzen erschossen hat. Dabei willst du uns doch helfen, oder?«

Er nickte.

»War er groß oder klein?«

»Ich glaube, er war groß.«

»So wie dein Vater?«

Er dachte nach. »Er sah ganz anders aus. Die Kleidung und so.«

»Wie?«

Er schielte zu seiner Mutter hin. »Feiner.«

»Schicker?«

»Ja, feiner eben.«

»Kannst du dich an noch mehr erinnern? An seine Haarfarbe zum Beispiel?«

»Nein, die war ganz gewöhnlich.«

»So wie meine?«

»Nein, dunkler.«

»Wie die deiner Mutter?«

»Das kann gut sein.«

»Und sonst kannst du dich an nichts erinnern?«

Tommy schüttelte den Kopf, und seine Mutter machte den Eindruck, als fände sie, dass es langsam genug war.

Winther stand auf. »Wenn dir noch irgendetwas einfällt, sagst du es deiner Mutter, okay? Dann kann sie mich anrufen.« Sie drehte sich zu Tommys Mutter um. »Aber setzen Sie ihn nicht unter Druck. Vielleicht fällt ihm noch etwas ein, vielleicht nicht.«

Tommys Mutter nickte.

Winther stand schon in der Tür, als Tommy den Mund noch einmal aufmachte.

»Er hatte ein Fahrrad dabei.«

Carla Neumann saß wie üblich am Esstisch, als ihre Tochter kam.

Norma stellte verärgert fest, dass sie aus den Karten las. Neben ihr lag die Zeitung mit einer Innenseite nach außen halb zusammengefaltet da.

»Hast du die Anzeige gesehen?«, fragte Carla und schob der Tochter die Zeitung hin.

»Welche?«

»Die dritte in der ersten Spalte.«

»Poul Erik Jensen, geboren am 15.4.1957, gestorben am 15.4. …, nun ja, er ist an seinem Geburtstag gestorben, aber das ist doch nicht so ungewöhnlich.«

»Das meine ich nicht«, sagte Carla ärgerlich. »Da steht sonst nichts. Nur der Name, der Geburtstag, der Todestag und *Die Familie.* Keine Namen. Wer sollte auch Lust haben zu annoncieren, dass er mit ihm verwandt ist?«

»Warum?«

»Dein Gedächtnis lässt zu wünschen übrig, mein Mädchen.«

»Aber Mutter, ich habe keine Ahnung, wer das ist. Ich kenne keinen Poul Erik Jensen.«

»Das ist der König.«

»Ach so, der.«

»Habe ich nicht gesagt, dass er sterben wird?«

»Doch, hast du.«

»Hast du davon gehört? Hat Arne es erzählt?«

»Ja, das hat er.«

»Er ist am Sonntag gestorben. Warum hast du nichts gesagt?«

»Weil ich keine Lust dazu hatte. Ich ertrage es nicht, weiter daran zu denken. Ich ertrage es nicht, davon zu hören. Hörst du, Mutter! Ich ertrage es nicht!«

»Jetzt fehlen nur noch zwei«, sagte ihre Mutter und legte weiter die Karten.

»Hör auf, Mutter! Wenn jemand dich hören könnte, könnte er glauben …«

»Was könnte er glauben?«

»Dass du … dass du total verrückt bist!«

Ihre Mutter lächelte. Ein Lächeln, das Norma die Nägel in die geballten Fäuste pressen ließ. »Das bin ich vielleicht auch«, sagte sie.

15

Flemming Rosgård schielte zu seiner Frau hinüber. Sie sah wie immer reizend aus, wirkte aber geistesabwesend, als wäre sie in Gedanken schon in London.

»Was haben die Kinder dazu gesagt, dass du wieder gefahren bist, nachdem du sie abgeliefert hast?«, fragte er.

Sie lachte. »Kein Wort. Sie hatten kaum Zeit, sich zu verabschieden. Du weißt doch, wie gerne sie bei ihren Großeltern sind.«

Es wunderte ihn, dass sie es so leicht nahm. Und die Kinder auch. Er hasste es, wenn sie nicht da waren. Sowohl die Kinder als auch Tina. Eine Familie sollte zusammen sein und das am besten in ihrem eigenen Heim. Ihm grauste vor den stillen, leeren Räumen, die auf ihn warteten, wenn er nach Hause kam. Er wusste, dass er in seinem tiefsten Innern das Gefühl haben würde, sie seien für immer fort. Dieses Gefühl war lächerlich, da sie nur eine Woche weg waren, doch ungeachtet, wie sehr und wie oft er versuchte, es zu unterdrücken, es tauchte unweigerlich jedes Mal wieder auf.

Sie drehte den Kopf und sah ihn an. »Du kannst doch am Wochenende zu ihnen rausfahren«, sagte sie.

»Ich weiß nicht, ob ich Zeit haben werde«, sagte er.

In Wirklichkeit hatte er keine Lust. Es war nicht dasselbe, wie wenn die Kinder zu Hause waren. Ganz im

Gegenteil. Es verstärkte die Sehnsucht nur noch. Als wären sie nicht mehr seine Kinder, wenn sie bei den Großeltern waren. Als gehörten sie dorthin, während er nur ein zufälliger Gast war.

»Hast du an meine Handtasche gedacht?«, fragte sie.

»Ja, sie liegt auf dem Rücksitz.«

Sie drehte sich halb um, um nachzusehen. Die Tasche war da – natürlich. Sein Instrumentenkoffer lag daneben.

»Spielt ihr heute Abend?«, fragte sie.

»Das machen wir doch jeden Mittwoch.«

»Dafür hast du immer Zeit«, sagte sie spitz. Er fand zumindest, dass es spitz klang.

»Ärgert dich das?«, fragte er.

»Nein, ich finde es gut, dass du noch etwas anderes als deine Arbeit hast. Aber ihr könntet ruhig etwas geselliger sein.«

»Wie meinst du das?«

»Ich bekomme die anderen nie zu Gesicht. Ich habe euch nie spielen hören.«

Er lachte. »Das ist auch besser so. Wir sind nicht gerade gut.«

»Warum spielt ihr dann?« Tina begriff nicht, wie sie Lust zu etwas haben konnten, das zu nichts nütze war. Wenn sie es nicht mussten.

»Es macht uns Spaß.«

»Du könntest sie doch einmal zum Essen einladen. Warum eigentlich nicht?«

»Die drei sind Junggesellen. Ich glaube nicht, dass du sie besonders unterhaltsam finden würdest.«

»Nein, vielleicht nicht«, sagte sie.

Manchmal fragte sie sich, was er in Wirklichkeit jeden Mittwochabend machte. Ob er eine Geliebte hatte. Aber eigentlich interessierte sie das nicht. Falls er eine hatte, bedeutete es nichts für ihre Beziehung. Und vielleicht spielte er ja wirklich.

»Es ist schon komisch«, sagte er unvermittelt. »Du weißt, dass ich immer sage, ich würde mich an nichts aus meiner Kindheit erinnern, doch neulich ist mir plötzlich etwas eingefallen.«

»Ja?«, sagte sie überrascht. Sowohl über die plötzliche Wendung ihres Gesprächs wie über das, was er gesagt hatte. »Und was?«

Er lächelte leicht verlegen. Halb bereute er bereits, es überhaupt erwähnt zu haben. »Ich konnte mich plötzlich erinnern, dass wir einmal Besuch vom Gerichtsvollzieher hatten.«

»Vom Gerichtsvollzieher? Wie schrecklich! Wie ist es denn dazu gekommen?«

Er zuckte mit den Schultern. »Das weiß ich nicht. Meine Eltern hatten vermutlich Schulden. Er hat alles mitnehmen lassen. Es war grauenhaft. Ich bin aus dem Haus gelaufen, aber das war noch schlimmer. Meine Spielkameraden standen draußen und haben geglotzt. Einer der großen Jungen hat gesagt, dass ich jetzt in ein Kinderheim käme.«

Sie sah ihn verwundert an. »Aber deine Eltern waren doch immer wohlhabend?«

»Nicht immer. Es ging auf und ab. Manchmal wurde ich weggeschickt. Dann habe ich bei den Eltern meiner Mutter gewohnt. Ich habe immer geglaubt, irgendetwas wäre nicht in Ordnung, wenn ich sie besuchen sollte. Wer weiß, ob die Kinder nicht auch glauben, dass etwas nicht in Ordnung ist.«

»Warum sollten sie das?«, fragte sie. »Es ist doch alles

in Ordnung. Sie wissen, dass ich in Urlaub fahre. Kinder spüren so etwas.«

Sie sah ihn an. Plötzlich verstand sie vieles besser.

»Wann müssen wir abbiegen?«

»Jetzt.«

»Nicht erst an der nächsten Ecke?«

»Nein. Das glaubst du immer und wir fahren immer falsch. Lone steht bestimmt schon im Mantel da. Du weißt doch, wie pünktlich sie ist. Sie dreht durch, wenn wir zu spät kommen.«

»Es ist noch reichlich Zeit«, sagte er. »Und so schön ist es nun auch wieder nicht, am Flughafen zu warten.«

Er bog aber trotzdem nach ihrer Anweisung ab.

»Und sonst?«, fragte sie.

»Was meinst du?«

»Kannst du dich an noch mehr erinnern?«

Er schüttelte den Kopf. »Nein. Nein, an sonst nichts.«

Sie tätschelte seinen Schenkel. »Du bist süß«, sagte sie.

»Prost, Frau«, sagte Høyer und hob sein Glas.

»Prost, mein Freund.«

Sie waren gegen Abend nach Hause gekommen. Während Rigmor in der Küche ein kleines Essen für sie gerichtet hatte, hatte Høyer eine Runde durch den Garten gedreht. Die Tulpen waren aufgegangen, während sie in Holland gewesen waren; er hatte einen Strauß gepflückt, der jetzt auf dem Tisch stand.

Høyer trank einen Schluck. »Ist es nicht herrlich, wieder zu Hause zu sein?«

»Aber es war eine schöne Reise, nicht?«

»Wunderbar. Das können wir gerne einmal wiederholen«, sagte Høyer bereitwillig.

Seine Frau lächelte, während sie bereits überlegte, wie sie ihn nächstes Jahr nach Rom locken konnte. Rom oder vielleicht Florenz. Dort musste es doch auch Blumen geben.

Høyer sah zu den Tulpen hin. »Ja, ja, wir können das hier auch«, sagte er. »Auch wenn so ein kleiner Strauß gegen die Unzahl, die wir dort gesehen haben, vielleicht ein bisschen armselig wirkt.«

»Du findest mich bestimmt fürchterlich prosaisch. Aber ich muss zugeben, dass ich irgendwann gedacht habe, schreien zu müssen, wenn ich noch mehr Tulpen sehe«, lachte seine Frau. »Aber schön war es doch.«

»Nicht schön. Umwerfend. Das Meiste jedenfalls. Die Blumen, van Gogh und das Mozartkonzert in Amsterdam, das war wunderschön. Aber ihren Käse, ihre aufmüpfigen Frauen und ihren gesalzenen Fisch können sie gerne behalten.«

Rigmor Høyer lachte. »Ich bin froh, dass du nur den Fisch unbedingt probieren musstest. Und sag nicht, dass ich dich nicht gewarnt habe.«

»Ich weiß nicht, was ich erwartet habe. Wahrscheinlich habe ich geglaubt, das sei so eine Art marinierter Hering, und den anderen schien er ja auch zu schmecken. Vielleicht hätte er mir mit einem Bier und einem Schnaps besser geschmeckt. Aber an so einer Würstchenbude, direkt aus der Tonne und ohne etwas dazu, das war schon eine unangenehme Erfahrung.«

»Ich freue mich darauf, Ida von unserer Reise zu erzählen. Du erinnerst dich doch, dass wir sie für Samstag eingeladen haben?«

»Dann hoffe ich, dass die Bilder bis dahin entwickelt sind.«

»Du willst sie doch nicht etwa mit den ganzen Tulpenbildern langweilen?«, rief Rigmor entsetzt.

»Warum nicht? Ida werden sie gefallen und Therkelsen tut es nur gut, einmal etwas anderes als Tod und Unglück zu sehen. Es kann übrigens sein, dass sie noch absagen. Ich habe gerade einen Blick in die Zeitung geworfen und es sieht ganz so aus, als wären sie in dem Mordfall nicht weitergekommen. Er dürfte also alle Hände voll zu tun haben.«

»In welchem Mordfall?«

»Im Prinzen-Fall.«

»Den hatte ich ganz vergessen.«

»Der König ist übrigens auch tot.«

»Du willst doch nicht sagen, dass das in der Zeitung gestanden hat.«

»Doch, in den Todesanzeigen.«

»Ach so, natürlich. Aber in gewisser Weise ist es wohl das Beste so.«

»Auf jeden Fall.«

Im Ferienhaus nebenan wurde gefeiert. Eine Silberhochzeit. Zigarettenrauch wehte aus den offenen Fenstern und die Musik war auf volle Lautstärke gedreht. Am früheren Abend waren Reden gehalten und Lieder gesungen worden, und wenn jetzt die Musik einmal kurz aussetzte, hörte er Menschen reden und lachen, Bruchstücke von Gesang und das Klirren von Gläsern und Flaschen. In gewisser Weise war das beruhigend. Wenn Menschen so in der Nähe waren, zudem noch Menschen, die feierten, konnte ihm nichts passieren.

Sollte er bis morgen früh warten, bevor er Richtung Süden aufbrach?

Nein, es war klüger jetzt loszufahren, während im Haus nebenan noch Lärm war. Dann würde er über alle Berge sein, bevor es hell wurde.

Brian ging ins Schlafzimmer und nahm eine alte Tabakdose aus dem Regal. Er öffnete sie. Darin lagen viertausend Kronen. Das war alles, was er hatte. Aber damit käme er bis Holland.

Er öffnete das letzte Bier. Sobald er das getrunken hatte, wollte er aufbrechen. Er ging ins Schlafzimmer und holte sich einen zusätzlichen Pullover. Dann zog er die Lederjacke über, trank sein Bier aus und ging zur Tür. Er schaltete das Licht aus und zog die Gardinen auf. Man sollte ein Haus nie mit zugezogenen Gardinen zurücklassen, damit lud man nur alles mögliche Gesindel ein. Er klopfte sich auf die Brust. Das war ein Reflex, denn er wusste genau, dass er die Papiere bereits eingesteckt hatte. Pass, Versicherungskarte, Blutgruppennachweis und alles. Man konnte nie wissen. Er war startklar, und wenn er erst in Holland war, würden die Kameraden ihm schon helfen.

Er war auf dem Weg zum Schuppen, als er ein leises »Pssst!« hinter sich hörte.

Er blieb stehen und drehte sich um. Verdammt. Das war bestimmt einer der Idioten von nebenan.

Er hatte nicht einmal Zeit, Angst zu bekommen, da sah er auch schon das Gewehr.

Er begriff nicht, was das zu bedeuten hatte.

Er wollte etwas sagen. Fragen, was das sollte, als die Kugel ihn im Gesicht traf.

Der Mörder blieb noch einen Augenblick stehen und lauschte, doch das Fest ging ungestört weiter. Das Gewehr senkte sich Zentimeter um Zentimeter, bis das Ziel im Visier war. Ein weiterer harter Knall war zu hören und der tote Körper machte einen seltsamen kleinen Satz, als wäre er plötzlich zu neuem Leben erwacht.

16

»Habt ihr überhaupt keine Fotos gemacht?«, fragte Ida.

Sie waren mit dem Essen fertig und hatten es sich mit dem Kaffee und einem frisch importierten französischen Cognac auf dem Sofa gemütlich gemacht.

»Hunderte!«, lachte Rigmor Høyer. »Aber ihr habt Glück. Es sind noch nicht alle entwickelt.«

Therkelsen lachte. Er hatte Rigmor einmal erzählt, dass es nicht zu seinen Lieblingsbeschäftigungen gehörte, sich die Ferienbilder anderer Leute anzusehen.

Während des Essens hatten sie über alles Mögliche geredet. Über Høyers Hollandurlaub, das Wetter, die Weltlage, die Kinder und Høyers Enkelkinder. Therkelsen und Høyer hatten ein stillschweigendes Übereinkommen, nicht über die Arbeit zu reden, jedenfalls nicht über laufende Fälle, es sei denn, Therkelsen brachte sie selbst zur Sprache. Høyer konnte sich noch gut daran erinnern, wie ärgerlich er geworden war, wenn ihn jemand gefragt hatte, wie es so lief. Vor allem wenn es gar nicht lief. Außerdem fand er es etwas anmaßend, zu viel zu fragen. Zumal Therkelsen ihm schlecht die Antwort verweigern konnte und Høyer schließlich nicht mehr zur Truppe gehörte. Er war ein Zivilist wie alle anderen auch.

Eigentlich sahen sie die Therkelsens jetzt häufiger als früher, was bestimmt damit zusammenhing, dass Therkelsens Kinder inzwischen auch aus dem Haus waren. Es hatte eine Unterbrechung von einem halben Jahr gegeben, als Therkelsen sich von Ida getrennt hatte, doch nachdem sie wieder zusammengekommen waren, sahen sie sich fast noch häufiger. Die ersten paar Male nach Therkelsens Eskapade war die Stimmung ein wenig gezwungen gewesen, doch es hatte nicht lange gedauert, bis sie zu ihrem alten Umgangston zurückgefunden hatten. Vielleicht waren sie sich sogar näher gekommen.

Therkelsen hatte von seinem Gespräch mit dem Strafverteidiger Rosgård erzählt. Er hatte schließlich kein Geheimnis aus seinem erfolgreichen Gemäldehandel gemacht und es war eine gute Story.

Personen fielen nicht unter die Schweigepflicht. Und Kollegen auch nicht. Vor allem Kollegen nicht. Ida und Rigmor behaupteten, dass ihre Männer tratschten wie ein paar alte Jungfern.

»Das ist kein Tratsch«, wandte Høyer ein.

»Nein? Wie nennt ihr das dann?«

»Austausch von Informationen.«

»Das klingt zwar besser, aber das Resultat ist dasselbe«, meinte Ida.

»Wie macht sich Winther?«, fragte Høyer.

Winther nahm einen besonderen Platz in seinem Herzen ein. Sie war als ziemlich grüne Polizistin ins Präsidium gekommen und Høyer hatte sie mit einer gewissen Skepsis betrachtet, doch sie hatte gezeigt, dass sie mindestens so viel draufhatte wie die jungen Kerle, die ihnen zugeteilt wurden. Sie war gescheit, effektiv und schnell von Begriff. Und darüber hinaus war sie schön. Ungefähr zur gleichen Zeit, als Høyer in Pension gegangen war, hatte sie zur Kriminalpolizei gewechselt. Zu seinem großen Bedauern.

»Hätte ich das gewusst, wäre ich noch ein paar Jahre geblieben«, hatte er zu ihr gesagt.

Sie hatte gelacht. »Hätte ich gewusst, dass Sie aufhören, hätte ich überhaupt nicht gewechselt.«

»Sie macht sich hervorragend«, sagte Therkelsen. »Hast du etwas anderes erwartet?«

»Nein, sie ist schließlich durch eine gute Schule gegangen«, sagte Høyer. »Ist sie noch immer mit diesem Versicherungsheini liiert?«

Therkelsen lachte. »Ich weiß nicht, wie liiert sie ist, aber zumindest ist er bei ihr eingezogen.«

Høyer schüttelte den Kopf. »Sie ist zu schade für ihn.«

Rigmor und Ida lächelten sich an. Høyer klang ganz so, als spräche ein Vater von seiner Tochter.

»Das finden wir alle«, sagte Therkelsen. »Das Schlimmste ist, dass es wohl darauf hinauslaufen wird, dass sie Kinder bekommen. Kannst du dir eine Kommissarin mit einem dicken Bauch vorstellen, die irgendeinen Typen verhört?«

Ida warf Høyer einen schnellen Blick zu und sagte mit einem schiefen Lächeln: »Einen Kommissar mit dickem Bauch dürftet ihr doch schon öfter gesehen haben. Nehmen wir nur einmal Niels …«

»Ich bin zumindest nicht schwanger«, sagte Høyer.

»Umso schlimmer. Woher kommt der Bauch dann?«

»Von Bier und Dagmartorte«, sagte Rigmor prompt.

»Jetzt geht die Gleichberechtigung aber doch zu weit, Therkelsen«, klagte Høyer. »Was macht der Neue, wie hieß er doch gleich?«

»Jønsson?«

»Nein, der andere.«

»Ach so, Torben Lyngsø.«

»Gewöhnst du dich langsam an ihn?«

Therkelsen zuckte mit den Schultern. »Geht so. Doch, ich habe mich an ihn gewöhnt, er ist inzwischen ja auch ein gutes Jahr bei uns, aber mein Fall wird der nie.«

»Warum nicht?«

»Er regt mich auf. Zum einen kommt er aus Kopenhagen …«

Høyer lachte laut. »Jetzt hör aber auf! Das ist Diskriminierung. Bøjsen kommt doch auch aus Kopenhagen und gegen ihn hast du noch nie etwas gehabt.«

»Nein, aber er war auch nie so … so ein typischer Kopenhagener. Hast du ihn einmal reden gehört?«

»Lyngsø? Nein, ich bin ihm nie begegnet.«

»Äußerlich wirkt er ganz sympathisch, aber er sagt ›exakt‹ anstelle von Ja, macht dumme Witze und gebraucht englische Wörter, wo er nur kann.«

»Aber er ist tüchtig?«

»Zu tüchtig«, räumte Therkelsen düster ein. »Er kann einfach alles. Er hat Bøjsen ein paarmal geholfen, obwohl er eigentlich nicht zur technischen Abteilung gehört, und Bøjsen ist ziemlich begeistert von ihm. Er kann einfach alles. Fotografieren und so. Natürlich kann er auch mit einem PC umgehen. Du weißt schon, er füttert ihn mit Daten und dann kann er uns genau sagen, wo und wie wir etwas falsch gemacht haben. Die Protokolle sprudeln nur so aus ihm heraus, ja, der Typ ist tüchtig, das muss man ihm lassen. Er ist zwanzig Jahre jünger als ich, kann aber doppelt so viel, wie ich in seinem Alter konnte. Sie werden gut ausgebildet heute. Viel besser als zu unserer Zeit.«

Høyer zuckte mit den Schultern. »In einigen Punkten ja. Vielleicht lernen sie dafür andere Dinge nicht.«

»Zum Beispiel?«

»Keine Ahnung. Das wird sich zeigen. Aber langer Rede kurzer Sinn, du hast das Gefühl, seinen Atem im Nacken zu spüren?«

Therkelsen schüttelte resigniert den Kopf. »Seinen Atem? Nein, er bläst mich um. Er ist schließlich der Sache mit dem Geld aus dem Rauschgiftgeschäft auf die Spur gekommen, das hier in der Stadt gewaschen worden ist.«

»Daran waren doch auch die Holländer beteiligt?«

»Genau. Warte es ab, in fünf Jahren ist er derjenige, der alle großen Fälle bearbeitet. Dann stehe ich auf dem Abstellgleis und kümmere mich nur noch um Taschendiebe und dergleichen. Fast hätte er auch bei dem Geldbomben-Coup die Lorbeeren geerntet, aber das war nicht sein Verdienst. Er ist auf dem Weg zum Präsidium zufällig da vorbeigekommen. Er hatte Dienst an dem Abend. Er hat gesehen, wie die beiden Typen mit dem Auto abgehauen sind. Er wusste natürlich nicht, was passiert war, hat sich aber die Nummer aufgeschrieben und Alarm geschlagen, sobald er die beiden Geschäftsleute gefunden hatte.«

»Warum hat er die Täter nicht verfolgt?«, fragte Frau Høyer.

»Er war mit dem Fahrrad unterwegs«, lachte Therkelsen. »Einige von uns tun eben was für ihre Gesundheit.«

»Ich bin auch Fahrrad gefahren«, sagte Høyer.

Therkelsen lachte. »Wie oft? Dreimal?«

»Unsinn, mindestens fünfmal. Nun gut, er ist also nicht dein Fall.«

»Nein. Er studiert auch noch Jura. Das erste Examen hat er bereits bestanden.«

»Das ist doch gut«, sagte Høyer. »Dann ist er nicht auf deinen Job aus. Dann will er höher hinaus. Vielleicht will er Polizeipräsident werden. Du kannst also ganz beruhigt sein.«

»Das wollen wir hoffen«, sagte Therkelsen.

Høyer sah ihn forschend an, während er zum Schreibtisch ging, um die Urlaubsfotos zu holen. Therkelsen sah müde aus. Dieser Mordfall lief offenbar nicht so, wie er sollte.

»Wie um alles in der Welt hat er Zeit dafür?«, fragte Rigmor Høyer. »Zu studieren, während er gleichzeitig arbeitet? Das hättet ihr nicht gekonnt.«

»Nein«, Høyer schüttelte den Kopf. »Aber unsere Arbeitswoche hatte damals auch zehn Stunden mehr.«

Therkelsen nickte. »Und er hat keine Kinder.«

»Das kommt schon noch«, sagte Rigmor tröstend.

»Wohl kaum. Seine Frau ist zehn Jahre älter und macht nicht den Eindruck, als wäre sie auf Kinder eingestellt. Sie hat, soviel ich weiß, auch schon fast erwachsene Kinder.«

»Zehn Jahre Altersunterschied«, sagte Rigmor. »Das ist nicht wenig.«

»Er soll ganz verrückt nach ihr sein, heißt es.«

Høyer kam mit den Bildern und tauschte mit Rigmor den Platz, damit sie ihren Gästen erklären konnte, was sie da sahen. Obwohl das in den meisten Fällen überflüssig war. Die Bilder zeigten Rigmor Høyer an verschiedenen Orten in Holland und Blumen, Blumen und nochmal Blumen.

»Sag mal, warst du gar nicht mit?«, fragte Therkelsen, um Høyer aufzuziehen. »Jetzt haben wir Rigmor in Amsterdam gesehen, Rigmor vor den Tulpenfeldern, Rigmor mit Käse, Rigmor …«

»Hier ist eins mit Niels«, sagte Ida. »Wie siehst du denn da aus?«

»Da seht ihr es, das einzige Mal, das sie mich fotografieren wollte, war, als ich gesalzenen Hering gegessen hatte.«

»Ich hasse Fotografieren«, sagte Rigmor.

Therkelsen unterdrückte ein Gähnen und sah verstohlen zur Uhr.

»Das hier ist im Keukenhof«, sagte Rigmor. »Sie liegen ein bisschen durcheinander.«

Sie reichte Ida die Bilder, die sie weiter an ihren Mann gab. Plötzlich guckte Therkelsen sehr interessiert. »Wer ist das?«, fragte er. »Ich glaube, den kenne ich. Ist er von hier?«

Høyer warf einen Blick auf das Foto.

»Ach, er. Nein, aber du kennst ihn. Siehst du nicht, wer das ist?«

»Ich sehe nur, dass mir irgendetwas an ihm bekannt vorkommt.«

»Du kennst ihn auch nicht so gut wie ich. Aber du hast ihn vor sechs Jahren auf dem Kongress in Kopenhagen getroffen. Das ist van Dongen. Aber du hast Recht. Er ist ein wenig älter geworden.«

»Stimmt. Jetzt erinnere ich mich an ihn. Du hast in der Vergewaltigungssache damals mit ihm zusammengearbeitet, nicht?«

»Zusammengearbeitet ist zu viel gesagt. Ich war mehr eine Art Beobachter. Er hat mir übrigens eine makabre Geschichte von einem der Typen erzählt, die damals unter Anklage gestanden haben.«

Høyer gab van Dongens Bericht wieder.

Therkelsen starrte ihn an, als er fertig war. »Das ist schon sonderbar.«

»Tja, er dürfte nicht der erste Vater sein, der Lust gehabt hat, so einen Typen zu kastrieren. Auch wenn er zweifellos etwas brutal vorgegangen ist.«

»Das habe ich nicht gemeint«, sagte Therkelsen. »Ich musste an den Prinzen denken.«

»An den Prinzen?«

»Du hast doch gehört, dass er erschossen worden ist, oder?«

»Ja, wir haben kurz vor der Reise davon gehört.«

»Er ist auf dieselbe Weise erschossen worden.«

Høyer zog die Brauen hoch. »Das ist wirklich ein seltsamer Zufall! Habt ihr einen Verdächtigen?«

»Ja. Brian. Seinen Nachfolger. Aber er ist untergetaucht.«

Høyer dachte nach. »Sie hatten damals doch Kontakt zu diesen Holländern. Wenn die Verbindung immer noch besteht, wäre es durchaus denkbar, dass sie von der Geschichte gehört haben. Es ist immerhin einige Monate her, seit das passiert ist.«

»Das schon«, sagte Therkelsen. »Aber warum auf diese Weise? Ich finde das nach wie vor sonderbar.«

»Du weißt doch, dass alles der Mode unterworfen ist. Vielleicht ist das ein neuer *Trend*. So heißt das doch, nicht?«

Als Therkelsen ein Viertelstunde später aufbrechen wollte, schellte das Telefon.

Høyer nahm ab, dann drehte er sich zu Therkelsen um. »Es ist für dich«, sagte er.

Die drei anderen unterhielten sich über irgendetwas, um nicht mithören zu müssen, während Therkelsen telefonierte. Das Gespräch war sehr kurz.

»Musst du weg?«, fragte Ida.

»Ja, sie schicken einen Wagen vorbei. Ich kann schließlich nicht selber fahren heute Abend.« Er warf einen Blick auf die Gläser.

Einen Moment stand er schweigend da und stopfte seine Pfeife, dann sah er Høyer an.

»Wie sicher war sich van Dongen, dass es wirklich der Vater war, der das getan hat?«

»Sicher genug. Neunzig Prozent, glaube ich. Vielleicht mehr. Aber das war vor allem Gefühlssache. Er hatte keine Beweise und der Mann hatte ein bombensicheres Alibi. Warum fragst du?«

»Weil sie Brian gefunden haben.«

»Brian?«

»Ja, erschossen. Mit zwei Schüssen. Einer in den Kopf und einer in die Eier!«

Der Mörder lag in seinem Bett und starrte ins Dunkel, ohne schlafen zu können.

Jetzt müssten sie Brian bald finden. Merkwürdig, dass das nicht längst geschehen war. Aber wenn sie ihn fanden, musste jemand anfangen, sich seine Gedanken zu machen. Jemand musste sich erinnern. Und jemand würde zwei und zwei zusammenzählen. Etwas anderes war undenkbar. Doch das machte nichts. Ganz im Gegenteil. Aber es war immer noch einer übrig. Einer noch – dann war es perfekt. Hatten es alle vergessen oder erinnerte sich noch jemand daran? Und würden sie etwas unternehmen, um ihn zu schützen?

Vielleicht. Dann durfte er keine Zeit verlieren. Es musste geschehen, bevor sie etwas unternahmen.

Am Sonntagvormittag saß Therkelsen müde und mit roten Augen im Büro. Sie hatten am Vorabend bei Høyer nicht übermäßig viel getrunken, aber er war auch nicht darauf eingestellt gewesen, die ganze Nacht auf den Beinen zu sein.

Er sah zu Winther, Bach und Larsen hinüber, die ebenso müde aussahen und ebenso rote Augen hatten wie er. Alle hatten mit einem freien Abend und nicht zuletzt mit einem freien Tag gerechnet. Lyngsø hatte Glück gehabt. Er und seine Frau waren übers Wochenende weggefahren und niemand hatte ihn erreichen können.

»Es ist unfassbar, dass er mehrere Tage dort in den Dünen gelegen hat«, sagte Therkelsen. »Und wenn sich nicht ein Hund wie verrückt aufgeführt hätte, läge er vermutlich noch immer da.«

»Donnerstag und Freitag war es ziemlich windig. Er war quasi von einer dünnen Sandschicht verdeckt«, sagte Bach. »Außerdem ist keine Saison und das ist kein mondänes Ferienhausgebiet, wo das ganze Jahr über Leute sind.«

»Wann ist es passiert?«, fragte Larsen.

»Ihr wisst doch, wie die Ärzte sind. Sie sagen lieber zu wenig als zu viel. Aber der Pathologe meint, dass Brian auf jeden Fall seit einigen Tagen tot ist. Vielleicht sogar länger.«

»Mittwoch oder Donnerstag also?«

»Wahrscheinlich.«

»Dann war es also nicht Brian, der den Prinzen erschossen hat«, stellte Bach fest.

»Scheint so«, sagte Therkelsen. Er stopfte langsam seine Pfeife, während er überlegte, ob und wie er den anderen Høyers Geschichte erzählen sollte.

»Ich war gestern Abend bei Høyer«, sagte er. »Er war gerade in Holland.«

Die anderen starrten ihn an und er lächelte schief.

»Ich bin nicht verrückt geworden und ich will euch auch nicht von dem Abendessen erzählen. Obwohl es gut war. Aber Høyer hat mir eine merkwürdige Geschichte erzählt, die vielleicht doch nicht so merkwürdig ist.«

Die anderen schwiegen einen Augenblick, nachdem er die Geschichte erzählt hatte.

»Ich komme da nicht ganz mit«, sagte Winther. »Was hat das mit dem Prinzen und Brian zu tun?«

»Das habe ich vergessen zu sagen, Winther. Das war vor deiner Zeit. Bei dem Fall, bei dem van Dongen und Høyer sich kennen gelernt haben, ging es um Vergewaltigung. Zwei Mädchen hier aus der Stadt sind nach Holland getrampt und dort von einer Bande dänischer und holländischer Rocker vergewaltigt worden. Der Typ, der in Holland erschossen worden ist, war der Anführer der holländischen Bande, und zu den Dänen, die dabei waren, gehörten unter anderem der König, der Prinz und Brian.«

»Was ist damals passiert?«, fragte Winther. »Sind sie verurteilt worden?«

»Sie wurden freigesprochen. Alle. Die Mädchen konnten nicht genau sagen, welcher der Typen was gemacht hat, und man wollte nicht riskieren, *Unschuldige* zu verurteilen.«

»Fantastisch!«

»Es waren zwölf oder dreizehn Typen und die Mädchen meinten, dass mindestens sieben von ihnen bei der Vergewaltigung mitgemacht haben. Aber man hatte ihnen die Blusen über die Köpfe gezogen, deshalb ..., und sie haben alle geleugnet. Niemand hatte etwas gesehen, niemand hatte etwas gehört. Es bestand kein Zweifel, was passiert war, aber man konnte sie nicht drankriegen.«

»Und die Mädchen?«

»Als sie ihrer müde waren, haben sie sie rausgeschmissen. Eine von ihnen war noch Jungfrau und hat entsetzlich geblutet. Einen Schock hatten beide. Ein paar Passanten haben ihnen geholfen und einen Krankenwagen und die Polizei gerufen. Ihnen wäre besser gedient gewesen, wenn die ganze Sache nicht vor Gericht gekommen wäre.«

»Und später? Was ist aus ihnen geworden?«

Therkelsen zuckte mit den Schultern. »Keine Ahnung. Du weißt doch, bei uns ist es wie bei den Ärzten, die die Leute nur zu Gesicht bekommen, wenn sie krank sind.«

»Das ist zehn Jahre her«, sagte Bach.

»Neun«, korrigierte Therkelsen. »Im Sommer sind es neun Jahre.«

»Trotzdem. Ein Mord aus Rache, nein. Ich glaube nicht, dass jemand neun Jahre wartet, um sich zu rächen, du?«

»Das ist zumindest nicht normal«, sagte Larsen. Und Therkelsen fragte sich zum wer weiß wievielten Mal, ob Larsen wirklich dumm war oder ob er manchmal nur so tat.

»Ich glaube gar nichts«, sagte Therkelsen. »Ich wundere mich nur über die Parallelen.«

»Ich habe doch die ganze Zeit gesagt, dass es ein anderes Motiv geben muss«, warf Winther ein. »Warum sonst sollte jemand ihnen in die Eier schießen? Wie im Alten Testament. Auge um Auge, Zahn um Zahn. Irgendetwas in der Richtung.«

»Du glaubst also, das ist das Motiv?«, fragte Bach.

»Es könnte doch sein«, sagte Winther. »Ich könnte mir das gut vorstellen. Aber das hängt vielleicht davon ab, wie es den Mädchen seitdem ergangen ist.«

Therkelsen nickte. »Richtig. Ich habe Høyer gerade angerufen. Vielleicht haben wir etwas im Archiv, aber da es nicht unser Fall war, war es einfacher, ihn anzurufen. Er hat die Namen der Mädchen und ihre damaligen Adressen herausgefunden. Sie können natürlich inzwischen geheiratet und aus der Stadt weggezogen sein.«

»Und es ist Sonntag!«, sagte Bach müde.

Therkelsen zuckte mit den Schultern. »Wir haben zumindest das Telefonbuch.«

»Glaubst du, das hilft uns weiter?«

»Eins der Mädchen wohnte bei seiner Mutter. Sie war Witwe«, sagte Therkelsen. »Sie hatte keine rachsüchtigen großen Brüder, aber sie kann natürlich einen Freund gehabt haben. Ich glaube nicht, dass eine Frau die Schüsse abgefeuert hat, sodass wir uns zuerst einmal für die infrage kommenden Männer interessieren sollten. Väter, Brüder, Freunde.«

17

Sie waren gerade im Aufbruch begriffen, als Lyngsø hereinkam.

»Da bist du ja!«, rief Therkelsen. »Wir haben versucht, dich zu erreichen. Wo zum Teufel hast du gesteckt?«

»Ich hatte doch frei«, sagte Lyngsø pikiert. »Wir waren in Munkebjerg.«

»Unten bei Vejle?«, fragte Bach.

»Exakt. Wir haben das neue Kasino getestet. – Ich habe es im Radio gehört und bin so schnell nach Hause gefahren, wie ich konnte – und durfte. War es Brian?«

»Ja.«

»Und jetzt?«

Therkelsen klärte ihn rasch über den Stand der Dinge auf und Lyngsø stieß einen lang gezogenen Pfiff aus. »Ist das nicht ein bisschen weit hergeholt?«, fragte er skeptisch.

»Vielleicht«, sagte Therkelsen.

»Aber es ist einen Versuch wert«, sagte Winther.

»Habt ihr sie gefunden?«

»Wir denken, ja. Unter der alten Adresse wohnt noch jemand mit Namen Neumann. Wir gehen davon aus, dass es dieselbe Familie ist. Und eine Laila Olsson haben wir auch im Telefonbuch gefunden. Wir hoffen, es ist die Richtige.«

»Dann hat sie nicht geheiratet.«

»Warum? Die meisten Mädchen behalten heute ihren Namen. Vielleicht steht ihr Mann unter einem ganz anderen Namen im Telefonbuch. Oder sie lebt mit jemandem zusammen«, warf Winther ein.

»Ich fahre zu den Neumanns raus«, sagte Therkelsen. »Zusammen mit Winther. Bach und Larsen statten Laila Olsson einen Besuch ab. Wenn es denn die richtige Laila Olsson ist. Und wenn du dich nützlich machen willst, Lyngsø, draußen bei dem Ferienhaus, wo wir Brian gefunden haben, gibt es noch jede Menge zu tun. Es ist Sonntag und somit besteht die Chance, ein paar Zeugen zu finden.«

»Ein Sonntag am Strand – herrlich!«, sagte Lyngsø. »Was hat er dort gemacht?«

»Sich versteckt. Aber offensichtlich nicht gut genug. Das Haus gehörte ihm übrigens. Bøjsen und Jønsson sind draußen, die können dich über alles informieren. Wir sollten besser sehen, dass wir loskommen.«

»Okay, soll Bøjsen mich briefen«, sagte Lyngsø gut gelaunt.

»Briefen!«, kicherte Therkelsen, während er zusammen mit Winther die Treppe hinunterging. »Muss man sich eigentlich so ausdrücken?«

»Ich war total perplex, als ich festgestellt habe, dass das meine Nachbarin ist«, sagte Winther, als sie kurz darauf im Auto saßen und zu Norma Neumann fuhren. »Findest du es klug, dass gerade ich mitkomme?«

»Und ob«, sagte Therkelsen. »Ich halte es für sehr klug, dass du mitkommst. Dann fühlt sie sich bestimmt sicherer. Könnte sie eine Schwester von Maria Neumann sein?«

»Das weiß ich nicht. Sie hat nie eine Schwester erwähnt. Ich hatte den Eindruck, dass es außer ihr niemanden gibt, der sich um die Mutter kümmert. Aber ich kenne sie nicht so gut. Du weißt schon, wir reden miteinander, wenn wir uns im Laden sehen, wie Nachbarn das eben so tun. Sie muss knapp über dreißig sein, würde ich schätzen. Sie hat zwei Kinder.«

Norma Neumann öffnete die Tür und sah leicht verblüfft von Winther zu Therkelsen.

»Ich bin heute dienstlich hier«, sagte Winther und lächelte Norma, wie sie hoffte, beruhigend an. »Das ist mein Kollege, Kriminalkommissar Therkelsen.«

Therkelsen war gerade erst zum Leiter der Abteilung ernannt worden, doch das zu erklären, war zu mühsam.

»Kommt doch rein«, sagte Norma.

Sie ging ihnen voraus ins Wohnzimmer. In einer Ecke stand eine Kiste mit Spielsachen, sonst gab es keine Spuren von Kindern.

»Arne ist gerade mit den Kindern zu seiner Mutter gefahren. Und ich wollte auch gerade gehen. Ich muss nach meiner Mutter sehen.«

»Sie hat früher hier gewohnt, oder?«, fragte Therkelsen.

»Ja, wir haben das Haus übernommen, als sie in eine Wohnung gezogen ist. Sie ist behindert.«

»Und Ihr Vater?«

»Meine Eltern sind geschieden. Das sind sie schon seit vielen Jahren.« Sie dachte nach. »Das muss jetzt sechs Jahre her sein. Er ist zu einer anderen Frau gezogen, Mutter blieb hier wohnen. Die Miete war nicht sehr hoch. Das Haus gehört der Genossenschaft.« Sie sah sie fragend an. »Aber worum geht es eigentlich?«

»Eigentlich um deine Schwester«, sagte Winther.

Norma sah sie verwirrt an. »Um meine Schwester?«

»Ja«, sagte Therkelsen. »Sie haben doch eine Schwester?«

»Ich … doch … in gewisser Weise schon.«

»Wo wohnt sie jetzt?«, fragte Winther.

»Maria? Sie … sie ist doch tot«, brach es aus ihr heraus.

Therkelsen hatte das Gefühl, als bekäme er einen Eimer kaltes Wasser ins Gesicht, und Winther schien peinlich berührt. Hier waren sie wirklich ins Fettnäpfchen getreten.

»Maria ist vor zwei Jahren gestorben«, fuhr Norma fort, als niemand etwas sagte. »Sie hat sich das Leben genommen.«

»Das tut mir leid«, murmelte Winther.

Norma biss sich auf die Lippe. »Ich weiß nicht, ob du weißt, dass …«

»Ja, wir wissen Bescheid«, sagte Therkelsen.

»Sie ist nie richtig darüber hinweggekommen«, sagte Norma und biss sich erneut auf die Lippe. »Wenn Mutter anders reagiert hätte, wäre sie vielleicht …, aber sie kam nicht damit zurecht.«

»Ihre Mutter?«

»Ja, sie ist ein bisschen …, sie ist ein bisschen …« Sie suchte nach dem richtigen Wort. »Eigen. Sie war Zirkuskünstlerin, bevor sie meinen Vater kennen lernte. In ihrer Familie sind sie zur Hälfte Zigeuner und zur Hälfte Spanier. Für sie war das mit Maria eine Schande ohnegleichen. Sie hatte meine Schwester vor der Reise gewarnt. Sie hätte in den Sternen gesehen, was passieren würde. Aber wir haben nicht an den Unsinn geglaubt. Deshalb ist sie trotzdem gefahren.«

»Mit Laila.«

»Das hat es nicht besser gemacht. Laila war ein bisschen wild. Mutter mochte sie nicht. Und dann ist es eben passiert. Mutter war völlig außer sich. Wie wahnsinnig. Ich hatte richtige Angst vor ihr. Ihr einziger Trost war, dass man die Typen festgenommen und vor Gericht gestellt hat. Sie und mein Onkel Frank waren bei der ganzen Verhandlung dabei. Ich glaube, sie hat erwartet, dass sie lebenslang bekämen, mindestens! Das war total unrealistisch. Aber in Wirklichkeit hat sie sich die Todesstrafe für sie gewünscht. Und dann wurden sie freigesprochen! Sie ist völlig zusammengebrochen, als das Urteil verkündet wurde. Sie hat geschworen, dass sie sie eines Tages erwischen würde. Onkel Frank war fast ebenso außer sich. Sie haben ganz andere Vorstellungen von Ehre. In gewisser Weise hat Mutter das mehr beschäftigt als Marias Seelenzustand.«

»Hm«, brummte Therkelsen.

»Natürlich hat ihr Maria leidgetan, aber irgendwie schien sie ihre Nähe nicht mehr zu ertragen. Maria ist immer ihr Liebling gewesen. Sie war schließlich die Jüngste. Aber danach habe ich nie mehr gesehen, dass sie Maria umarmt oder ihr einen Kuss gegeben hätte. Nie. Es war, als hätte sie einen Ausschlag. Sie hat sie nur angefasst, wenn sie krank war.« Sie seufzte. »Deshalb war Maria natürlich immer krank. Ich habe versucht, mit Mutter darüber zu reden, aber entweder hat sie es nicht verstanden oder sie *wollte* es nicht verstehen. Dass mein Vater gegangen ist, hat es nicht besser gemacht. Ihn hat sie auch ganz außen vor gelassen. Ich habe gut verstanden, dass er sich eine andere gesucht hat. Ich glaube, sie war der Meinung, er hätte etwas tun, Marias Ehre verteidigen müssen. Sie rächen müssen. In dem Punkt war sie nicht ganz normal. Ich glaube, sie hat Maria das Gefühl gegeben, dass alles ihre Schuld war, und schließlich … ist es meiner Schwester wohl zu viel geworden. Sie …«

Sie presste die Lippen aufeinander, um nicht zu weinen, aber ein paar Tränen liefen trotzdem ihre Wangen hinunter.

Winther und Therkelsen sagten kein Wort.

Norma schluckte einige Male. »Da war Vater schon ausgezogen und Mutters Behinderung war immer schlimmer geworden. Sie ist total zusammengebrochen. Sie war der Meinung, dass sie Maria auf dem Gewissen hatten. Natürlich kann man das so sehen. Wenn es die Vergewaltigung nicht gegeben hätte, wäre auch all das andere nicht passiert. Aber in gewisser Weise denke ich, dass Mutter ein Teil der Schuld trifft. Ich muss mir immer wieder sagen, dass zumindest nicht sie das Verbrechen begangen hat. Aber es hat Kreise gezogen, verstehen Sie? Wie Kreise im Wasser. Und alles kaputtgemacht.«

»Und dann?«

Norma schüttelte den Kopf. »Mutter war ein halbes Jahr in einer psychiatrischen Klinik, dann ist sie wieder nach Hause gekommen. Damals ist sie in die Wohnung gezogen. Jetzt war sie ja alleine. Aber sie ist noch immer wie besessen von dieser Sache. Es ist entsetzlich, so etwas zu sagen, aber sie ... sie hat sich fast gefreut, als sie von dem Tod des Prinzen gehört hat. Das war schon ein bisschen unheimlich. Und von dem des Königs. Ich glaube, sie wird erst wieder froh, wenn alle tot sind. Sie hat vorausgesagt, dass sie alle eines furchtbaren Todes sterben werden. Die Zigeunerin kommt immer mehr in ihr durch, finde ich. Maria hatte sie damit auch angesteckt. In gewisser Weise verstehe ich sie gut, aber ich kann ihr nicht folgen. Der Einzige, der mit ihr reden kann, ist mein Onkel. Er besucht sie mehrmals im Jahr. Dann sitzen sie zusammen und schmieden Rachepläne. Aber er macht das wohl mehr, um ihr nach dem Mund zu reden. Er ist absolut normal.«

»Wo wohnt er?«

»Nirgendwo. Nicht fest jedenfalls. Er ist Artist. Er wohnt in einem Wagen. Die letzten Jahre war er meistens in Frankreich und Deutschland unterwegs. Und in Spanien. Da haben sie Familie.«

»Was ist mit Holland?«

»In Holland auch. Eine Zeit lang war er oft dort, aber nicht in den letzten Jahren. Ich glaube, da ist es nicht anders als hier. Es gibt nicht mehr so viele Zirkusse. Oder Varietees. Er tritt auch in Varietees auf.«

»War er in letzter Zeit mal hier?«

Sie schüttelte den Kopf. »Nein, er wollte kommen, glaube ich, aber er ist noch nicht aufgetaucht. Vielleicht hat er ein Engagement bekommen.« Sie sah sie an. »Aber warum wollen Sie das alles wissen?« Dann nickte sie. »Weil der Prinz ermordet worden ist, nicht wahr?«

»Und Brian«, sagte Therkelsen.

»Und Brian«, murmelte sie, ohne Überraschung oder Bestürzung zu zeigen. »Dann hat Mutter doch Recht bekommen. Wann?«

»Man hat ihn heute Nacht gefunden«, sagte Therkelsen, »aber vermutlich war er schon einige Tage tot.«

Sie lächelte ein bitteres kleines Lächeln. »Und jetzt haben Sie geglaubt, dass Maria etwas damit zu tun hat?« Sie schüttelte den Kopf. »So etwas hätte sie nie tun können. Deshalb musste sie wohl das andere tun, nicht?«

Sie ließen sich die Adressen der Eltern geben, bevor sie fuhren. Norma schien sich nicht weiter darüber zu wundern, warum sie die haben wollten.

»Mutter wird entzückt sein, von Brians Tod zu hören«, sagte sie müde. »Das wird die froheste Botschaft der Woche. Mein Gott, ich wünschte, das Ganze wäre bald ausgestanden.«

Es fiel weder Therkelsen noch Winther ein zu fragen, was sie damit meinte. Keiner von ihnen verschwendete einen Gedanken an die Tatsache, dass ursprünglich vier Blue Devils in das Verbrechen an Maria Neumann und ihrer Freundin Laila verwickelt gewesen waren.

Doch noch lange nachdem sie gegangen waren, stand Norma am Fenster und starrte mit leerem Blick auf die Straße, während sie mit einem Nagel den Daumen ihrer rechten Hand aufkratzte, bis er blutete.

»Lass uns erst zu dem Vater fahren«, sagte Therkelsen. »Dann kann sie den Besuch bei der Mutter hinter sich bringen, bevor wir angestiefelt kommen.«

»Sie wird ihr bestimmt von Brian erzählen.«

»Das glaube ich nicht«, sagte Therkelsen. »Aber das würde im Übrigen auch nichts machen.«

Peter Neumann wohnte in einem schönen Einfamilienhaus am anderen Ende der Stadt. Seine neue Frau war eine muntere, stark geschminkte Dame mit unnatürlich goldenem Haar. Sie erinnert an eine Gummipuppe, dachte Therkelsen. Man bekam Lust, ihr auf den Bauch zu drücken, um zu hören, ob sie quietscht.

Nein, Peter sei nicht zu Hause, versicherte sie ihnen. Ein Kunde hatte sein neues Auto unbedingt heute haben wollen und natürlich blieb so etwas immer am Werkmeister hängen. Aber sie würden ihn bestimmt in der Werkstatthalle finden. Sie hoffte doch nicht, dass da draußen schon wieder Autos gestohlen worden waren.

Der große Citroën fuhr genau in dem Moment aus der Einfahrt, als sie einbogen.

Peter Neumann stand vor dem Tor der Werkstatthalle und sah ihm nach, während er sich diskret die Hände an einem Putzlappen abwischte.

Er schüttelte den Kopf, als sie näher kamen, und sagte: »Verdammt, manche verdienen so ein Auto einfach nicht.«

»Warum nicht?«, fragte Therkelsen. »Er fuhr doch nicht schlecht.«

»Er wollte Ledersitze haben. Deshalb hat er ihn erst heute bekommen. Natürlich hätte er ihn schon am Freitag haben können, aber da hatte er keine Zeit, ihn abzuholen. Er hat ihn am Montag gekauft. Bar bezahlt. Ein glatter Handel. Er hatte nur die eine Bedingung, dass er Ledersitze haben musste. Wissen Sie warum? Weil die Sitze in dem alten, den er an seinen Sohn abgetreten hat, aus Stoff waren, und die ließen sich verdammt nochmal nicht richtig sauber bürsten, wenn er auf dem Rücksitz einen Sack Zement transportiert hatte. Zementsäcke auf dem Rücksitz! Man sollte ihm verbieten, so ein Auto zu fahren!« Er schüttelte den Kopf und fuhr übergangslos fort: »Sie sind von der Polizei? Worum geht es?«

»Sie sind Peter Neumann?«, fragte Therkelsen sicherheitshalber, obwohl er nicht daran zweifelte.

»In voller Größe«, sagte er. »Und worum geht's?« Sein Gesicht nahm einen gewitzten Ausdruck an. »Nein, lassen Sie mich raten. Der Prinz ist erschossen worden, Sie haben sich festgefahren und jetzt gehen Sie alle Möglichkeiten durch?« Er lächelte sie ironisch an. »Habe ich Recht?«

Therkelsen fand, dass er der Wahrheit zumindest unangenehm nahe gekommen war. »Nun ja«, sagte er leicht pikiert. »Das ist vielleicht ein bisschen vereinfacht.«

»Na gut. Aber Sie möchten gerne wissen, ob ich das war, weil er sich einmal an meiner Tochter vergangen hat. Ich war's nicht. Ich war an dem Abend mit meiner Frau beim Bingo. Und wir sind zusammen nach Hause gegangen. Aber ich gebe gerne zu, dass ich damals Lust dazu gehabt hätte. Ich hätte ihm den Hals umdrehen oder die Eier abreißen können, aber, verdammt, so etwas tut man dann eben doch nicht, stimmt's? Man tut es einfach nicht und jetzt sind so viele Jahre vergangen. Ich gebe aber gerne zu, dass ich Ihnen nicht sagen würde, wer es war, wenn ich es denn wüsste. Er hat meine Familie zerstört und meine Tochter umgebracht. Ich bin jetzt gut verheiratet, das ist es nicht, aber das war verdammt nochmal nicht lustig damals, das gebe ich gerne zu.«

Therkelsen sah ihn an. Ein netter, offener, jovialer

Mann. Ein Mann wie so viele. Konnte er es gewesen sein? In einem Anfall von Wut? Aber nicht nach fast neun Jahren. Auch nicht nach zwei Jahren und vermutlich nicht einmal nach zwei Tagen.

»Brian ist ebenfalls tot«, sagte Therkelsen. »Erschossen. Man hat ihn heute Nacht gefunden. Er war damals auch dabei.«

»Das müssen Sie mir nicht sagen. Ich kann mich gut an die Namen erinnern. An alle. Meine Frau hat dafür gesorgt, dass ich sie nicht vergesse. Marias Mutter, meine ich.« Er schüttelte den Kopf. »Wenn sie die Behinderung nicht hätte, könnte ich mir glatt vorstellen, dass sie es war. Das gebe ich gerne zu. Aber sie kann kaum mehr gehen und stehen, geschweige denn ein Gewehr hochheben.«

»Was ist mit ihrem Bruder?«

Er sah sie überrascht an. »Frank? Was soll mit ihm sein?« Er wischte sich erneut die Hände an dem Putzlappen ab. »Er wohnt ja nicht einmal in Dänemark.« Er steckte den Putzlappen in die Tasche und drehte sich halb um. »Nun gut, wenn Sie sich nicht noch umsehen und ein Auto kaufen wollen, schließe ich jetzt.«

Er verschwand in der Halle. Therkelsen sah Winther an und zuckte mit den Schultern.

»Er wurde auffallend schweigsam, als wir den Bruder erwähnten«, sagte er, als sie fuhren. »Da hat er plötzlich nichts mehr gerne zugegeben.«

»Ich habe daran gedacht ...«, begann Winther, bereute es aber sofort.

»Komm schon! Woran hast du gedacht?«

»Dass der Mörder Brian anschließend in den Kopf geschossen hat.«

»Oder vorher. Wir wissen es nicht.«

»Nein, aber ich meine, er wollte, dass er stirbt. Während der Prinz ...«

»Die Chance, dass der Schuss ihn töten würde, betrug 99,9 Prozent. Du kannst ziemlich sicher sein, dass das auch beabsichtigt war.«

»Der Typ in Holland ist nicht tot.«

»Das war wohl auch so beabsichtigt. Wir kennen den Fall nicht, aber ich habe an van Dongen geschrieben und ihn gebeten, uns die Berichte zu schicken.«

»Es ist schon beängstigend, dass jemand so lange einen Hass mit sich herumtragen kann«, sagte Winther nachdenklich.

»Du darfst nicht vergessen, dass Marias Selbstmord erst zwei Jahre zurückliegt. Das kann wie Benzin auf ein Feuer gewesen sein, das dabei war zu verlöschen«, sagte Therkelsen. »Sowohl für ihre Familie als vielleicht auch für Lailas. Über die zweite vergewaltigte Frau wissen wir schließlich noch gar nichts.«

Bach und Larsen redeten genau in diesem Moment mit ihr. Sie nippte an einem Glas Rotwein. Als sie gehört hatte, was sie wollten, hatte sie zunächst abweisend reagiert.

»Warum um alles in der Welt muss diese alte Geschichte jetzt wieder aufgewärmt werden?«

»Der Prinz ist ermordet worden.«

»Ja, das weiß ich. Aber ich habe ihn nicht erschossen. Ihn zu erschießen wäre zu gut für ihn gewesen. Das ist meine Meinung. Das Gericht war anderer Meinung. Er wurde freigesprochen, nicht? Sie wurden alle freigesprochen. Wir wurden verurteilt.«

Bach wollte protestieren, aber sie ließ ihn nicht zu

Wort kommen. »Doch, das wurden wir. Es hätte uns vielleicht geholfen, wenn sie verurteilt worden wären, aber das wurden sie nicht. Das haben wir zu spüren bekommen. Ein anständiges Mädchen wird nicht vergewaltigt.«

»Das war vielleicht früher einmal so«, versuchte es Bach. »Aber das ist lange her.«

»Ich weiß. Es ist viel besser geworden. Man kann von einem Typen vergewaltigt werden, vielleicht auch von zweien, und ist noch immer ein anständiges Mädchen. Aber von zehn, nein, das ist nun doch zu viel.« Sie trank wütend einen Schluck Rotwein. Bach und Larsen hatten ein Mineralwasser vor sich stehen.

»Hatten Sie damals einen Freund?«

»Nein, und es hat auch einige Jahre gedauert, bis ich einen hatte. Ich hatte sogar mehrere, aber es hat nicht funktioniert. Es ist immer wieder hochgekommen. Auf die eine oder andere Weise. Erst als ich Finn kennen gelernt habe, habe ich mein Leben halbwegs in den Griff bekommen und habe ein bisschen Ruhe gefunden. Er versteht mich und ist nicht so fordernd.«

Sie hatten ihren Mann draußen im Garten gesehen. Ein ruhiger, unscheinbarer Mann, der mindestens zwanzig Jahre älter zu sein schien als sie.

»Haben Sie keine Hilfe bekommen?«, fragte Bach.

»Mir ist psychologische Hilfe angeboten worden. Ich war ein paarmal da, aber das hat mir nichts gebracht. Man hat mir erzählt, dass es nicht meine Schuld war. Aber das war es, verdammt nochmal! Wir hätten nicht mit ihnen mitfahren dürfen. Wäre ich alleine oder mit irgendjemand anderem zusammen gewesen, wäre das nie passiert, aber Maria war so unschuldig und so naiv, dass sie in gewisser

Weise ein Garant dafür war, dass alles in Ordnung war. Sie kannte Lasse schließlich.«

»Lasse?«

»Ja, er hatte uns angesprochen. Maria ist mit ihm zur Schule gegangen. Er war etwas älter als sie, aber ich glaube, sie mochten sich. Und wenn man im Ausland in einer wildfremden Stadt ist, meint man immer, dass sämtliche Dänen, die man trifft, die besten Freunde sind. So ist das. Sie kamen auf ihren großen Maschinen und Lasse hat mit uns geredet. Er machte einen netten Eindruck, und als er fragte, ob wir Lust auf eine Fahrt hätten, hat Maria Ja gesagt.« Sie schüttelte den Kopf. »Ich hätte natürlich Nein sagen müssen. Ich habe schließlich gesehen, was für Typen das waren. Das geht mir immer wieder durch den Kopf. *Warum hast du nicht Nein gesagt?* In meinem tiefsten Inneren habe ich gewusst, dass es absolut schwachsinnig war mitzufahren. Und dafür sind wir verurteilt worden. Dafür, dass wir so schwachsinnig waren. So naiv. Und das waren wir auch. – Es war die reinste Parodie! Wir sollten erklären, wer was wann getan hat. Ich meine nur, wenn du mit dem Arsch in eine Kreissäge gerätst, kannst du dann sagen, welcher Zacken das Loch gebohrt hat?«

»Nein«, sagte Larsen verdattert. Er hatte den Eindruck, als hätte sie ihn angesehen. Aber Laila Olsson beachtete ihn gar nicht.

»Ich weiß nur, dass dieser große, fette Holländer und der König auf jeden Fall mitgemacht haben. Aber ich konnte nicht sagen, dass ich das gesehen hatte. Was den Prinzen anging, war ich mir auch ziemlich sicher. Und dass sie uns sieben Mal vergewaltigt haben. Aber ich kann nicht einmal sagen, ob es sieben verschiedene Typen waren. Und Maria konnte überhaupt nichts sagen. Sie hat wie eine Verrückte geschrien, bis sie ihr einen Lappen in den Mund gestopft haben. Sie wusste nicht mehr, was oben und unten war. Sie war noch Jungfrau. Was für ein Debüt!«

»Sehen Sie sich noch?«

»Wer?«

»Sie und Maria.«

»Das wäre schon *spooky,* wenn wir das täten. Sie ist vor zwei Jahren gestorben. Selbstmord. Nein, wir haben kurz danach aufgehört, uns zu treffen. Wir haben uns nicht gut getan. Und sie war sonderbar geworden. Lasse hat versucht, mit ihr zu reden, sich zu entschuldigen, aber sie wollte ihn nicht sehen. Er ist auch zu mir gekommen, und ich glaube, er hat es aufrichtig gemeint. Ich nehme es ihm ab, dass er keine Ahnung hatte, was passieren würde. Und dass er selbst nicht mitgemacht hat.«

»Aber Sie sagten eben, dass der Prinz …«

»Der Prinz? Was hat der denn damit zu tun?«

»Lars Sørensen. Ist das nicht der Lasse, von dem Sie gesprochen haben?«

»Ach du liebe Güte, haben Sie das wirklich geglaubt? Nein, Lasse war jünger. Er war so eine Art Novize und über das, was passiert ist, so entsetzt, dass er nie Mitglied der Bande geworden ist. Auf ihn bin ich nicht sauer. Er war genauso naiv wie wir. Sie haben ihn ausgenutzt. Das hat er ihnen nie verziehen. Aber er ist trotzdem billiger davongekommen als wir. Er ist übrigens Lehrer geworden und engagiert sich in der Jugendarbeit.«

»Was war mit Maria? Wie stand sie zu Lasse?«

»Sie hat ihn gehasst. Sie hat sie alle gehasst, aber ihn am meisten. Wäre er nicht gewesen, wäre sie schließlich nie mitgefahren. Sie hatte keine Ahnung, mit was für Typen er herumzog. Und ihre Mutter! Es ist ein Wunder, dass sie nicht alle zusammen umgebracht hat.«

Sie hielt sich erschrocken die Hand vor den Mund. »Das habe ich natürlich nicht so gemeint. Ich rede immer zu viel, wenn ich Wein trinke. Und ich trinke immer zu viel Wein.«

»Die Tür ist offen, kommen Sie ruhig herein!«, rief Carla Neumann genau in dem Augenblick, als Therkelsen klingeln wollte.

»Sitzen Sie immer mit offener Tür da?«, fragte er, als Winther und er ins Wohnzimmer traten.

»Nein, aber ich wusste, dass Sie kommen«, sagte sie. »Bitte, setzen Sie sich.« Es klang fast wie ein Befehl. Therkelsen und Winther sahen sich um. »Hier an den Tisch«, sagte sie leicht verärgert und sie setzten sich gehorsam.

»Sie sind also Normas Nachbarin«, stellte sie fest und sah Winther an. »Geben Sie mir Ihre Hand. Die linke.«

Winther schielte zu Therkelsen hinüber, der ihr aufmunternd zuzwinkerte. Sie reichte Carla zögernd ihre Hand.

»Hm«, sagte Carla. »Sie sind nicht verheiratet.«

»Nein«, sagte Winther irritiert. Das war zu leicht zu durchschauen. Das wusste sie natürlich von Norma.

»Aber Sie werden heiraten«, fuhr Carla fort. »Noch vor Jahresende. Einen großen, blonden Mann.«

»Mein Freund hat dunkle Haare«, sagte Winther.

Carla zuckte mit den Schultern. »Dann werden Sie nicht ihn heiraten. Das Jahr ist noch lang. Ich glaube, er ist …«

Sie ließ plötzlich Winthers Hand los und stieß den Rollstuhl ein Stück zurück. Schweiß stand ihr auf der Stirn und der Oberlippe, während sie sich ans Herz griff.

»Was haben Sie?«, fragte Winther erschrocken. »Ist Ihnen schlecht?«

Carla schüttelte den Kopf. »Ich weiß nicht. Es überkam mich plötzlich.«

Alte Komödiantin, dachte Therkelsen.

»Ich hole Ihnen ein Glas Wasser«, sagte Winther.

Während sie draußen war, sah Therkelsen sich die Fotos an der Wand an. Carla Neumann lebte offenbar in der Erinnerung an die Triumphe ihrer Jugend. Und sie war auch ein schönes Mädchen gewesen. Es war nur schwer vorstellbar, dass die unförmige, behinderte Frau mit der Seiltänzerin, der Jongleurin, der Schlangenfrau oder dem Mädchen in dem weißen Indianerkostüm identisch war, das mit einem triumphierenden Lächeln aufrecht auf einem schneeweißen Araberhengst stand.

Carla folgte seinem Blick. »Ich mochte keine Pferde«, sagte sie. »Aber das war am leichtesten. Das und auf dem Seil tanzen. Das können selbst Kinder lernen.«

Winther kam mit dem Wasser und Carla trank einen Schluck.

»Geht es wieder?«, fragte Winther.

Carla nickte. »Aber ich muss mich bald hinlegen. Sie machen es besser kurz. Ich weiß, dass der Prinz tot ist, dass der König tot ist und dass Brian tot ist. Und? Ich habe sie nicht umgebracht, aber ich wusste, dass es so enden würde. Das wusste ich seit Langem.«

»Niemand glaubt, dass Sie das waren«, sagte Therkelsen. »Aber es ist schließlich kein Geheimnis, dass Sie ihnen Rache geschworen haben.«

Sie sah ihn verschlagen an. »Und habe ich die nicht auch bekommen?«

»Wie?«

»Das ist mein Geheimnis.«

»Sie wollen es uns nicht verraten?«, fragte Winther.

Carla lachte. »Hören Sie auf, mit mir zu reden, als wäre ich ein Kind oder total verrückt. Natürlich will ich das nicht verraten. Aber ich habe das entschieden, als Maria ... als Maria gestorben ist. Es hat zwei Jahre gedauert, aber jetzt hat es fast geklappt, nicht?«

»Sie haben einen Bruder, Frau Neumann.«

»Was ist mit ihm?«, fragte sie wachsam.

»War er in letzter Zeit in Dänemark?«

»Nein.«

»Wo ist er?«

Sie ließ den Rollstuhl ein wenig nach hinten rollen, nahm einen Brief, der auf der Anrichte lag, und warf ihn Therkelsen hin. »Da«, sagte sie.

Auf dem Umschlag klebten französische Briefmarken und er war vor vier Tagen in Nizza abgestempelt worden.

»Der ist gestern gekommen. Unser Postwesen könnte davon lernen.«

»Sie haben nicht zufällig ein Foto von ihm?«, fragte Therkelsen.

Ohne zu antworten, rollte sie ins Schlafzimmer. Sie hörten, wie sie eine Schublade herauszog und wieder schloss. Einen Augenblick später kam sie zurück und reichte Therkelsen ein Foto. Er warf einen einzigen Blick darauf, dann steckte er es mit völlig ausdruckslosem Gesicht in die Tasche. »Danke«, sagte er. »Ich darf es doch sicher ausleihen, oder?«

Sie nickte stumm, ohne ihn aus den Augen zu lassen.

Therkelsen gab Winther ein Zeichen und beide erhoben sich.

»Was meinten Sie übrigens damit, dass es fast geklappt hat?«, fragte Winther mit der Hand auf der Türklinke. »Es hat doch geklappt.«

Carla schüttelte den Kopf. »Nicht ganz«, sagte sie. »Nicht ganz. Es waren vier. Einer fehlt noch. Einer fehlt noch immer.«

»Wer?«

»Der, der an allem schuld ist.«

»Und wer ist das?«

»Das wissen Sie nicht? Sie kennen ihn nicht?« Lächelnd schüttelte sie den Kopf. »Und ich habe nicht vor, es Ihnen zu sagen.«

Sie machte eine brüske Bewegung und Therkelsen und Winther verließen die Wohnung.

»Sie ist wirklich speziell«, sagte Winther mit einem leichten Schaudern.

»Sie ist total verrückt«, sagte Therkelsen. »Aber vielleicht hat ihr Wahnsinn ja Methode.«

»Wie sieht ihr Bruder aus?«, fragte Winther neugierig, als sie im Fahrstuhl standen.

Therkelsen lächelte schief, dann zog er das Foto aus der Tasche und reichte es ihr.

Es war das Bild von einem Clown.

18

Therkelsen und Winther waren gerade zurück ins Büro gekommen, als das Telefon klingelte.

Es war Høyer und er kam gleich zur Sache.

»Therkelsen, wenn ihr den Fall von dem Blickwinkel aus aufrollt, den wir gestern Abend besprochen haben, gibt es noch etwas zu bedenken. Ich weiß nicht, wie gut du dich an den Fall erinnerst, du hattest ja nicht so viel damit zu tun, aber es waren damals vier Blue Devils beteiligt, das heißt, noch ein viertes Bandenmitglied.«

»Das ist uns auch gerade klar geworden.«

»Es ist doch nicht ...?«

»Nein, nein, immer mit der Ruhe.«

»Aber du bist dir auch darüber im Klaren, was das bedeutet?«

»Ja, das ist mir gerade aufgegangen. Wer war der Vierte? Kannst du dich an seinen Namen erinnern?«

»Nein, leider nicht«, sagte Høyer bedauernd. »Ich habe in meinem Notizbuch aus der Zeit nachgeschlagen, aber da stehen nur Vorname und Alter. Er hieß Lasse und war damals siebzehn Jahre alt. Das ist alles, was ich habe. Aber im Archiv muss irgendwas sein, auch wenn es nicht unser Fall war. Ich habe jedenfalls ein Protokoll geschrieben, als ich zurück in Dänemark war.«

»Wir finden ihn«, sagte Therkelsen und wünschte, so sicher zu sein, wie er klang.

»Natürlich«, sagte Høyer. Und unterließ es hinzuzufügen, dass das vorzugsweise noch zu Lasses Lebzeiten geschehen solle.

»Wer war das?«, fragte Winther, als Therkelsen den Hörer aufgelegt hatte.

»Høyer«, sagte Therkelsen. »Er wollte uns nur daran erinnern, dass vier von der Bande in den Fall verwickelt waren. Und dass wir ein Problem haben.«

»Wie das?«, fragte Winther, unterbrach sich aber sofort. »Ach du meine Güte!«

»Der Typ heißt Lasse und war damals siebzehn Jahre alt.«

»Wie heißt er weiter?«

»Wenn wir das wüssten. Das würde uns die Sache erheblich erleichtern. Ich versuche, Marias Schwester anzurufen. Sie weiß das bestimmt.«

Aber Norma ging nicht ans Telefon, obwohl Therkelsen es lange klingeln ließ.

Therkelsen sah Winther resigniert an. »Sie geht nicht dran.«

»Versuch es gleich noch einmal. Sie sind bestimmt ...«

Sie wurde von Bach und Larsen unterbrochen, die zur Tür hereinkamen.

»Ihr wart lange weg«, brummte Therkelsen.

Sie sahen ihn verwundert an. Irgendetwas musste schief gelaufen sein, denn sie waren nicht lange fort gewesen.

»Wir haben mit Laila Olsson gesprochen und anschließend mit ihrem Mann. Wir haben vorsichtshalber auch ihre Alibis überprüft«, erklärte Bach. »Die beiden können wir ausschließen.«

»Das ist doch wenigstens was«, sagte Therkelsen ein wenig milder gestimmt.

»Dafür hat sie etwas gesagt, was möglicherweise wichtig sein könnte. Es war noch ein vierter Blue Devil dabei. Und der war mehr oder weniger schuldlos die Ursache des Ganzen.«

»Das wissen wir«, sagte Therkelsen. »Er heißt Lasse und war damals siebzehn Jahre alt.«

»Und jetzt ist er sechsundzwanzig, heißt Lasse Bang und ist Lehrer«, sagte Bach. »Er ist ein Vetter von Martin. Was machen wir mit ihm?«

»Dir ist also auch klar, was das bedeutet?«

»Klar. Das schreit doch zum Himmel. Erst der König, dann der Prinz und dann Brian. Und jetzt ist nur noch einer übrig.«

»Den König können wir genau genommen nicht mitrechnen«, wandte Larsen ein. »Er hat sich mehr oder weniger selbst erledigt.«

»Das stimmt zwar, kann aber trotzdem der Auslöser für die folgenden Morde gewesen sein«, sagte Bach. »Wenn ich Rachepläne hegte, würde ich schon überlegen, sie in die Tat umzusetzen, wenn mir plötzlich klar würde, dass meine Opfer an Unfällen, Krankheiten oder Altersschwäche sterben könnten, bevor ich mich aufgeschwungen habe, etwas zu unternehmen.«

»Und was machen wir jetzt?«, fragte Winther.

»Wir stellen ihn unter Bewachung«, schlug Larsen vor. »Rund um die Uhr.«

»Aber zuerst müssen wir den Typen finden und mit ihm reden«, sagte Therkelsen. »Er kann immerhin in Tibet oder auf Bornholm oder wer weiß wo sein.«

»Dann dürfen wir keine Zeit verlieren«, sagte Bach.

»Wir?«, rief Winther. Schon allein der Gedanke ließ sie völlig erschöpft aussehen. Keiner von ihnen war in der vergangenen Nacht ins Bett gekommen und jetzt hatten sie Nachmittag.

Therkelsen grinste sie an. »Ja, ich rechne damit, dass du die Wache von jetzt bis morgen früh übernimmst.«

»Nein, das …!«, setzte Winther an und wurde rot, als die anderen in Gelächter ausbrachen.

Therkelsen griff zum Telefon, wählte die Auskunft und ließ sich die Nummer von Lasse Bang geben. Sobald er sie hatte, rief er ihn an.

»Er ist zu Hause«, sagte er einen Augenblick später.

»Und erwartet uns.« Er sah von einem zum anderen. »Bach, du siehst noch am frischesten aus. Du kannst mitfahren und dir die Lokalitäten ansehen, während ich mit ihm rede. Diesmal werden wir uns nicht von Speicher- oder Kellertreppen austricksen lassen. Und von Balkonen oder Feuerleitern besser auch nicht. Und Winther und Larsen, ihr fahrt nach Hause und seht zu, dass ihr etwas Schlaf bekommt. In der nächsten Woche können ein paar lange Tage auf uns zukommen.«

»Was ist mit den anderen?«, fragte Winther.

Therkelsen lächelte. Winther war so solidarisch, dass es fast schon wehtat.

»Ich gebe dem Dienst habenden Beamten Bescheid«, sagte er. »Die brauchen auch ihren Schönheitsschlaf. Mit Ausnahme von Lyngsø. Der war ja heute Nacht nicht dabei.«

»Er hat bestimmt auch nicht mehr geschlafen als wir«, sagte Bach. »Die haben doch jetzt ein Kasino da unten.«

»Sicher, aber das könnte mich auch nicht von meinem Schlaf abhalten«, sagte Therkelsen.

»Bestimmt nicht«, sagte Bach und fügte mit einem Blick auf Therkelsens Pfeife hinzu, »jedem sein eigenes Laster.«

Sie nahmen Bachs Auto. Es war besser als Therkelsens. Bach hatte keine Kinder, worunter er und seine Frau sehr litten. Therkelsen pflegte ihn damit zu trösten, dass es ihnen so finanziell besser ging.

»Auf wen tippst du?«, fragte Bach.

»Auf den Vater oder den Onkel. Marias Vater oder Onkel. Neumann behauptet, an dem Abend, an dem der Prinz erschossen wurde, beim Bingo gewesen zu sein. Das lässt sich ziemlich leicht bestätigen, spricht aber nicht dagegen, dass er es getan haben kann. Der Prinz war nicht vor ein Uhr zu Hause.«

»Aber wenn wir der Aussage des Jungen Glauben schenken können, wurden die Hunde möglicherweise bereits gegen zehn, halb elf erschossen.«

»Ja, aber können wir das?«, Therkelsen rieb sich das Gesicht, um die Müdigkeit zu vertreiben. »Andererseits fällt es mir schwer, Peter Neumann als einen von Rache besessenen Menschen zu sehen. Er macht so einen völlig durchschnittlichen Eindruck.«

»Wenn man den Leuten ansehen könnte ...«, setzte Bach an.

»Ich weiß, das gehört zum Grundwissen. Aber trotzdem. Ich tippe auf den Onkel. Es dürfte nur höllisch schwer werden zu beweisen, dass er zu den fraglichen Zeiten im Land war und dass er in Holland war, als ...«

»Ich habe darüber nachgedacht«, sagte Bach. »Der Mord in Holland wurde vielleicht wirklich von dem Vater des Mädchens begangen, genau wie van Dongen meint. Aber er kann zu den Morden hier inspiriert haben.«

»Jetzt musst du dich aber entscheiden«, sagte Therkelsen. »Vorhin hast du noch gesagt, dass der Unfall des Königs dazu inspiriert haben soll.«

»Ich weiß, aber es kann doch beides zusammen gewesen sein.«

Therkelsen schwieg und dachte nach. »Aber das bringt uns wieder zurück zu dem Onkel. Er kann in einer niederländischen Zeitung über den Fall gelesen haben. Es ist dagegen ziemlich unwahrscheinlich, dass Neumann etwas von der Geschichte gehört hat.«

»Was weißt du über den Onkel?«

»Dass er Artist ist, in einem Campingwagen lebt und

seiner Schwester sehr nahe steht, mit der er Rachepläne schmiedet. Er ist halb Zigeuner, halb Spanier und in diesen Artistenfamilien geht die Familie über alles.«

Bach warf ihm einen Blick zu.

»Habe ich gehört«, sagte Therkelsen.

»Wie heißt er?«

»Frank. Oder richtiger: Francesco Hernandez. Er hat noch eine Reihe anderer Namen, aber das sind die wichtigsten.«

»Frank? Und er ist mit seiner Schwester zusammen aufgetreten?«

»Ja. Warum?«

»Ich bin früher oft in den Zirkus gegangen. Aber mir sagt das nichts. Carla und Frank. Du hast kein Bild von ihm?«

Therkelsen lächelte schief, steckte die Hand in die Tasche und reichte Bach das Foto, das Carla ihm gegeben hatte.

Bach wandte einen Moment die Augen von der Fahrbahn und sah es an.

»Ach du meine Fresse!«, rief er. »Ein Clown.«

Lasse Bang ging ein paarmal im Wohnzimmer auf und ab, blieb dann stehen und sah aus dem Fenster, bevor er sich zu Therkelsen umdrehte.

»Das ist doch lächerlich. Der Gedanke ist vollkommen grotesk!«

Therkelsen zuckte mit den Schultern. »Nichtsdestotrotz sind der Prinz und Brian erschossen worden. Auf dieselbe Art und Weise und höchstwahrscheinlich mit demselben Gewehr. Wir können das natürlich erst mit Sicherheit sagen, wenn die ballistischen Untersuchungen abgeschlossen sind, aber bis auf Weiteres gehen wir davon aus.«

Lasse fasste sich an den Kopf. »Das ist neun Jahre her! Ich könnte verstehen, wenn es unmittelbar danach passiert wäre. Ich hatte ja selbst Lust dazu. Ich war so verknallt in das Mädchen, und dann habe ausgerechnet ich sie in diese Falle gelockt. Und ich war zu feige, etwas zu unternehmen, als mir klar wurde, worauf die Typen aus waren. Ich habe draußen auf dem Klo gestanden und fast die ganze Zeit gekotzt.«

»Wie sind Sie überhaupt mit der Bande zusammengekommen?«

»Ich kannte einen von ihnen und ein bisschen wild war ich auch. Ich hatte mir gerade ein Motorrad gekauft, obwohl ich erst zwei Monate später achtzehn wurde. Ich fand es cool, mit einer ganzen Horde Jungs auf den Maschinen herumzufahren und die Leute zu Tode zu erschrecken. Ich habe mir damals im Fernsehen immer die Serie *Die wilden Engel* angeschaut. Darin konkurrierten die *wilden Engel* mit ein paar ganz gewöhnlichen Typen. Und sie waren natürlich die Helden. Von Dingen, die sonst noch liefen, hatte ich keine Ahnung. Ein paar Schlägereien mit anderen Banden, okay. Gegen eine Prügelei hatte ich nichts einzuwenden. Aber das da ...«

Er schüttelte den Kopf.

»Und dann?«

»Dann? Ich bin nie in die Bande aufgenommen worden. Ich wollte nicht. Ich glaube auch nicht, dass sie mich genommen hätten. Ich hatte ja nicht gerade eine gute Figur abgegeben. Auch wenn ich nicht gesungen habe, als wir vor Gericht standen. Das hatte ich zumindest gelernt. Aber das war so eklig, so brutal, dass ...«

»Haben Sie irgendeine Idee, wer die Morde begangen haben könnte, falls ...«

»Nein, ich weigere mich noch immer, das zu glauben. Wie gesagt, das Ganze ist neun Jahre her und ...«

»Aber es ist erst zwei Jahre her, dass Maria Selbstmord begangen hat, was eine direkte Folge davon war.«

»Was wollen Sie, dass ich sage? Entschuldigung?« Er ballte die Hände zu Fäusten und schüttelte sie. »Entschuldigung! Entschuldigung! Entschuldigung!«, schrie er, während ihm der Schweiß das Gesicht hinunterlief. »Sind Sie jetzt zufrieden?«

Therkelsen sah ihn an. Dieser Typ war mit Sicherheit auch ein Fall für den Therapeuten. Ebenfalls ein Vergewaltigungsopfer. Auch wenn die Frauenbewegung lauthals protestieren würde.

»Immer mit der Ruhe«, sagte Therkelsen. »So war das nicht gemeint. Ich habe nur festgestellt, dass es erst zwei Jahre her ist und dass es Zeit braucht, Pläne zu schmieden. Vielleicht zwei Jahre.«

»Entschuldigung«, murmelte Lasse. Er setzte sich auf das Sofa und beugte sich einen Moment vornüber, das Gesicht in die Hände gestützt. Dann richtete er sich auf. »Okay«, sagte er. »Vielleicht haben Sie Recht. Sie haben sicher Recht. Und was kann ich tun?«

Der Mörder pustete etwas Metallstaub weg und betrachtete die beiden Bleiprojektile mit den frisch gebohrten Löchern. Zwei mussten reichen. Irgendwie sahen sie jetzt viel ungefährlicher aus. Sein Mund verzog sich zu einem kleinen Lächeln. Denn sie waren absolut nicht ungefährlich. Und alles lief wie geplant. Sie wussten jetzt, dass es noch einen gab. Und was würden sie jetzt tun? Zuerst mussten sie herausfinden, wer er war, und anschließend würden sie ihn natürlich Tag und Nacht unter Polizeischutz stellen. Es würden immer Polizisten in seiner Nähe sein. Jede Minute, rund um die Uhr. Aber in Wirklichkeit war das nur von Vorteil. Er musste das lediglich in seine Planung einbeziehen. Ihnen einige Züge voraus sein. Das Lächeln wurde breiter.

Lasse Bang war bereits so gut wie tot.

19

Norma kam zu ihr ans Auto, als Winther aus der Einfahrt fuhr. »Nimmst du mich mit in die Stadt?«, fragte sie.

Winther nickte und Norma ging um das Auto herum und setzte sich neben Winther. Winther blickte zu ihr hinüber. Norma hatte noch nie darum gebeten, mitgenommen zu werden. Tat sie es, weil sie jetzt das Gefühl hatte, dass sie sich besser kannten, oder wollte sie sie aushorchen?

Norma war trotz allem Marias Schwester, Carlas Tochter und die Nichte ihres Hauptverdächtigen.

»Fährst du zur Arbeit?«, fragte Norma.

»Ja, und du?«

»Ich habe montags frei. Ich dachte, du hättest auch frei. Hast du nicht gestern Abend gearbeitet?«

Eine ganz unschuldige Frage. Oder doch nicht?

»Ja«, sagte Winther kurz angebunden.

Therkelsen hatte sie angerufen und sie hatte den Abend mit Lasse Bang in dessen Wohnung verbracht. Sie hatten Tee getrunken und geredet, bis Bach sie gegen Mitternacht abgelöst hatte. Sie hatten sich gut unterhalten. Sie hatten festgestellt, dass sie nicht nur über ihre Arbeit viele Berührungspunkte hatten, sondern auch in vielem einer Meinung waren. Im Grunde genommen hatte sie besser mit ihm reden können als mit ihrem Freund, dachte sie und spürte ein völlig unbegründetes Schuldgefühl, während gleichzeitig die Wut wie ein harter Klumpen in ihrem Magen wuchs. Natürlich war er wieder sauer geworden, weil sie abends hatte arbeiten müssen. »Du hast die ganze Nacht und den ganzen Vormittag gearbeitet und jetzt musst du schon wieder weg. Denken die überhaupt nicht daran, dass du auch ein Privatleben hast?«

»Wer?«, hatte sie irritiert gefragt. »Die Mörder?«

Norma schien nicht zu bemerken, dass sie etwas kurz angebunden war. Sie war offensichtlich mit ihren eigenen Gedanken beschäftigt.

»Was hältst du von meiner Mutter?«, fragte sie.

»Sie ist etwas ... speziell«, antwortete Winther diplomatisch.

»Ich habe ja gesagt, dass sie etwas von einer Zigeunerin hat. Nicht dass ich etwas gegen Zigeuner hätte. Schließlich bin ich selbst eine Viertelzigeunerin. Ich kann es nur nicht ertragen, wenn sie so tut, als könnte sie hellsehen oder den Leuten die Zukunft vorhersagen. Das kommt mir so ... so mittelalterlich vor, verstehst du? Eigentlich auch ein bisschen verrückt. Aber sie glaubt daran.«

»Sie hat mir die Zukunft vorausgesagt«, sagte Winther und wurde rot, als sie an Carlas Vorhersage dachte, dass sie noch vor Ende des Jahres einen großen, blonden Mann heiraten würde. Ihr fiel ein, dass Lasse Bang groß und blond war, und sie wurde auf sich selbst wütend. So dachte man nicht, wenn man bei der Polizei war. Auch nicht, wenn man eine Frau war und der Typ gut aussah.

»Das glaube ich gerne«, sagte Norma trocken. »Sie muss sich immer interessant machen. Hör mal, Beth, ich habe mich gefragt, warum sich dieser Kriminalkommissar so für meinen Onkel interessiert?«

»Keine Ahnung«, sagte Winther. »Er interessiert sich für alles.«

Norma nickte und gab es auf, mehr zu erfahren. Falls es das war, was sie gewollt hatte.

»Kann er nicht einfach untertauchen?«, fragte Winther kurz darauf, als sie zusammen mit Lyngsø und Bach zu einem *Briefing,* wie Lyngsø das nannte, in Therkelsens Büro saß.

»Nein, es ist wichtig, dass er so weiterlebt wie bisher«, sagte Therkelsen. »Glücklicherweise hat er einigermaßen feste Gewohnheiten, das macht es uns leichter, ihn zu schützen.«

»Das macht es unserem Unbekannten auch leichter, zu planen«, sagte Bach.

»Zugegeben«, sagte Therkelsen. »Aber das sehe ich eher als Vorteil an.«

»Warum?«, fragte Winther.

»Desto größer ist die Chance, dass er es bald versucht. Wir können Lasse Bang schließlich nicht bis in alle Ewigkeit bewachen. Dafür haben wir ganz einfach nicht genug Leute. Und deshalb sollte er auch nicht untertauchen.«

»Mit anderen Worten, er soll den Lockvogel spielen«, stellte Winther fest.

Therkelsen zuckte mit den Schultern. »Könnte man so sagen. Aber wenn der Typ nicht zum Zug kommt, kann Bang sich nie mehr sicher fühlen. Was, glaubst du, ist ihm selbst am liebsten?«

Winther dachte einen Augenblick nach. »Es hinter sich zu bringen«, räumte sie mit einem leichten Seufzen ein.

»Die Schutzpolizei stellt die notwendigen Leute zur Verfügung. Die Bewachung ist ihre Aufgabe, aber wir wollen auch einen Mörder dingfest machen und das ist unsere Aufgabe. Deshalb teilen wir die Arbeit zwischen uns auf. Wir glauben nicht, dass der Mörder tagsüber, wenn Lasse in der Schule ist, einen Versuch unternehmen wird. Vermutlich auch nicht auf dem Weg zur Schule. Der ist stark befahren. Das dürfte ihm zu gefährlich sein. Wir halten es für am wahrscheinlichsten, dass er es entweder am späten Nachmittag in der Nähe seiner Wohnung oder, und zu dieser Theorie neige ich, abends auf seiner Joggingrunde versuchen wird.«

»Joggt er jeden Abend?«, fragte Lyngsø.

»Nein, nur montags, mittwochs und freitags. Und da ist er meiner Meinung nach am ehesten in Gefahr.«

»Läuft er immer denselben Weg?«

»Ja, immer den Trimmpfad draußen bei Skovbakken. Da haben wir für zusätzliche Bewachung gesorgt.«

»Wie?«, fragte Bach.

»Ein paar Leute von der Schutzpolizei kontrollieren die Strecke, kurz bevor er losläuft, und halten sich mit Walkie-Talkies in der Nähe auf. Wir lassen einen Mann eine Minute vor Bang dieselbe Strecke laufen und einen ungefähr eine Minute nach ihm.« Therkelsen sah Winther an. »Du passt doch ohnehin abends auf ihn auf, was sagst du dazu?«

»Ausgezeichnet. Wer läuft voraus?«

»Lyngsø«, sagte Therkelsen. »Er ist so sportlich. Jedenfalls der Jüngste und Sportlichste von uns – mit Ausnahme von dir.«

»Exakt«, sagte Lyngsø. »Ich laufe sowieso, nur in der Regel morgens.«

»Das kann ich mir vorstellen«, sagte Therkelsen trocken. »Wenn dir etwas Verdächtiges auffällt, hast du eine Minute, um zu reagieren. Unsere Aufgabe ist es auch, zu verhindern, dass Bang etwas passiert.«

»Das ist das Wichtigste«, murmelte Winther und wurde rot, als Therkelsen sie forschend ansah.

»Die Leute von der Schutzpolizei wechseln wir jedes Mal aus«, fuhr Therkelsen fort. »Und alle arbeiten natürlich in Joggingklamotten. Ihr trefft euch mit den anderen, sobald wir hier fertig sind. Es ist geplant, die Strecke heute Nachmittag abzulaufen. Verstanden?«

»Was ist, wenn er Lyngsø mit Bang verwechselt?«, fragte Bach.

Therkelsen lächelte schief. »Die Chance dürfte nicht groß sein.«

»Du meinst das Risiko«, sagte Lyngsø.

»Na schön, dann habe ich eben das gemeint. Jedenfalls hat Lyngsø dunkle Haare – Lasse Bang ist blond. Ihr müsst eben beide darauf achten, keine Mütze zu tragen. Ehrlich gesagt, mache ich mir mehr Sorgen um Winther.«

Bach schüttelte den Kopf. »Dazu besteht kein Grund. Unser Mann ist ein guter Schütze.«

»Exakt«, sagte Lyngsø. »Genau das macht mir Sorgen.«

»Sonst noch was?«, fragte Bach und gähnte.

Therkelsen sah ihn an. »Warum bist du überhaupt hier, Bach? Du hast doch heute Nacht auf Bang aufgepasst. Du solltest sehen, dass du nach Hause kommst und etwas schläfst, heute Nacht musst du wieder hin.«

»Ich will dir etwas zeigen. Aber das kann warten, bis du fertig bist.«

»Streber«, lachte Winther.

»Ich bin gleich so weit. Wir verfahren nach dem Bewachungsplan, den wir gestern ausgearbeitet haben, nur mit der kleinen Änderung, dass Lyngsø auch an den drei Abenden eingetragen wird. Aber das ist jedes Mal nur eine Stunde. Larsen übernimmt den Vormittag, Lyngsø den Nachmittag, Winther den Abend und Bach die Nacht.«

»Herrlich!«, sagte Bach zu Winther. »Da bekommen wir reichlich Überstunden zusammen, wir beide.«

Winther lächelte schief. »Ich habe bereits zweihundert Stunden gut. Wenn das so weitergeht, muss ich mich vorzeitig pensionieren lassen, um die abzufeiern.«

»Außerdem sind, wie gesagt, immer ein paar Leute von der Schutzpolizei in der Nähe«, fuhr Therkelsen fort.

»Around the clock?«, fragte Lyngsø.

Therkelsen sah ihn irritiert an. »Ja, rund um die Uhr. Und ich habe eine erste Schätzung der Ärzte, wann Brian erschossen wurde. Sie meinen, es muss in der Nacht von Mittwoch auf Donnerstag passiert sein. Das passt auch gut zu den Zeugenaussagen, die wir von da draußen haben. Die Nachbarn haben am Mittwoch im Ferienhaus ihre Silberhochzeit gefeiert und sind die ganze Woche über dort geblieben. Sie sagen, dass Mittwochabend Licht im Haus nebenan war, sie anschließend aber nicht mehr das geringste Lebenszeichen im und um das Haus bemerkt haben.«

»Mittwoch«, sagte Winther nachdenklich. »Der Prinz wurde auch an einem Mittwoch erschossen.«

»Stimmt«, sagte Bach.

»Das ist sicher ein Zufall«, sagte Therkelsen. »Aber sobald wir ein bisschen mehr über Frank Hernandez und seinen Aufenthaltsort wissen, können wir überprüfen, ob es an dem Donnerstagmorgen irgendwelche günstigen Reiseangebote gab. Anfragen nach ihm laufen in allen europäischen Ländern. Vor allem in Frankreich. Außerdem wurde Brian – genau wie der Prinz – mit ausgebohrten Projektilen, das heißt mit Dumdumkugeln erschossen. Vermutlich mit einem ganz gewöhnlichen Gewehr, Kaliber 22.«

Therkelsen sah sich um. »Das war's. Noch Fragen?«

»Ja. Hat sich Bøjsen die Abdrücke angesehen, die ich genommen habe?«, fragte Winther.

Therkelsen nickte. »Hat er. Sie stammen jedenfalls nicht von dem Fahrrad des Jungen. Aber ich sehe nicht richtig, wofür sie gut sein sollen. Gott und die Welt fahren Fahrrad. Bach fährt Fahrrad, Lyngsø fährt Fahrrad, ich fahre Fahrrad – manchmal.«

Winther zuckte mit den Schultern. Man konnte nie wissen.

Sie und Lyngsø standen auf und verließen das Büro, um sich mit ihrer Arbeitsgruppe zu treffen.

»So, Bach«, fuhr Therkelsen fort. Er klang erstaunlich gut gelaunt. »Jetzt bist du dran.«

»Also«, setzte Bach an und steckte die Hand in die Innentasche seiner Jacke. »Ich habe dir doch erzählt ...«

In diesem Moment klingelte das Telefon.

»Mist!«, rief Therkelsen, als er den Hörer wieder aufgelegt hatte. »Das war der Chef. Ich muss die Sitzung unterbrechen. Er will mit mir reden.«

»Na dann Prost!«, sagte Bach. »War er sauer?«

»Eigentlich nicht. Aber es kann gut sein, dass er mir einen Vortrag hält. Er will Resultate sehen.«

»Die kommen schon noch«, sagte Bach. »Ich glaube,

wir sind jetzt auf der richtigen Spur. Ich gehe runter in die Kantine und hole uns etwas zum Frühstück, dann komme ich wieder zu dir hoch.«

Der Polizeipräsident spielte mit seinem Brieföffner. Schweigend beobachtete er Therkelsen, der ihm gegenübersaß und den Brief las, den der Polizeipräsident ihm gegeben hatte, noch bevor er Platz genommen hatte.

Therkelsen ließ den Brief sinken und sah auf. »Warum haben wir den erst jetzt bekommen?«

»Das war auch mein erster Gedanke«, sagte der Polizeipräsident. »Ich habe den Oberarzt angerufen. Er hat gesagt, dass er erst Mittwoch von der Sache erfahren hat. Er hat den ganzen Abend gebraucht, um zu überlegen, was er tun soll, und hat Donnerstagmorgen den Brief an uns abgeschickt. Mit der Post. Es wäre cleverer gewesen, ihn per Boten zu schicken. Das habe ich ihm auch gesagt.«

»Aber wir hätten ihn auch so am Freitag bekommen müssen.«

»Er hat ihn an mich persönlich adressiert und ich war Freitag bei einem Treffen beim Chef der Reichspolizei und bin das Wochenende über in Kopenhagen geblieben. Ich habe den Brief erst heute Morgen gesehen, als ich die Post durchgegangen bin, und sofort angerufen.«

»Das ist eine traurige Geschichte«, sagte Therkelsen.

»Ich kann Ihnen versichern, dass der Oberarzt da ganz unserer Meinung ist.«

»Im Moment haben wir mehr als genug um die Ohren.«

»Ich weiß. Die Frage ist, ob dieser Vorfall eine Verbindung zu den anderen Morden haben kann?«

Therkelsen schüttelte den Kopf. »Das kommt mir völlig unwahrscheinlich vor. Ich glaube, dass der Assistenzarzt übermüdet oder betrunken war und dem König eine Spritze gegeben hat, die für einen anderen Patienten bestimmt war.«

»Aber die Dosis war in jedem Fall zu hoch.«

»Umso schlimmer. Wie genau lässt sich das bestimmen?«

»Keine Ahnung. Was halten Sie von der Aussage des Krankenpflegers?«

»Darauf würde ich nicht zu viel geben. Wir haben weder den Schlauch noch den Tropf, wir haben gar nichts. Vielleicht hat er etwas gesehen oder glaubt, etwas gesehen zu haben, vielleicht hat er die ganze Geschichte aber auch erfunden, um den Assistenzarzt zu decken.«

»Das könnte sein. Aber wir müssen eine Untersuchung einleiten, was darauf hinauslaufen kann, dass wir den Arzt der fahrlässigen Tötung beschuldigen müssen.«

Therkelsen lächelte schief. »Glauben Sie daran? Wenn die Ärzte erst ihre Köpfe zusammenstecken, läuft es bestimmt auf einen *unverschuldeten Unfall* hinaus.«

»Wen können Sie hinschicken?«

Therkelsen dachte nach. »Das muss einer vom Fußvolk machen. Von den anderen kann ich im Augenblick niemanden entbehren, aber der Fall ist schließlich auch nicht so kompliziert.«

»Sorgen Sie dafür, dass er diskret vorgeht«, sagte der Polizeipräsident. »Suchen Sie einen diskreten Mann aus.«

»Was ist mit der Presse?«

»Vorläufig noch nichts, aber wir können das nicht lange geheim halten. Die Gerüchteküche brodelt schon.«

Therkelsen schüttelte den Kopf. »Das sieht dem König ähnlich! Selbst nach seinem Tod bereitet er uns noch Probleme.«

Bach wartete im Büro, als Therkelsen zurückkam.

»Dich hatte ich ganz vergessen«, sagte Therkelsen. »Was wolltest du mir zeigen?«

Bach reichte ihm ein vergilbtes Theaterprogramm.

»Das hier«, sagte er. »Du weißt doch, dass ich dir erzählt habe, dass ich früher oft in den Zirkus gegangen bin. Das war sozusagen mein Hobby, seit ich ein großer Junge war. Ich habe mir alle Zirkusse angesehen, die in die Stadt gekommen sind, und damals kamen viele.«

»Woher hattest du das Geld dafür?«

»Mein Vater war Friseur«, sagte Bach erklärend, und als er Therkelsens verständnislose Miene sah, fügte er hinzu, »die Plakate. Sie durften immer ihre Plakate bei uns aufhängen und dafür habe ich eine Freikarte bekommen.«

»Ach so.«

»Und ich habe die Programme gesammelt. Das hier ist von 1952. Sieh es dir einmal an.«

Therkelsen blätterte langsam das Programm durch und Bach sah ihn erwartungsvoll an.

Plötzlich stieß Therkelsen einen lang gezogenen Pfiff aus. »Na bitte. *Annie get your gun!* Carla und Frank Hernandez als Annie Oakley und Frank Butler.«

Therkelsen sah die Wand mit den Fotos in Carlas Wohnung wieder vor sich. Nicht ein einziges Bild von ihr als Annie Oakley hatte dort gehangen. Mit einem Gewehr. Und Norma hatte es auch nicht erwähnt.

»Kannst du dich an die Nummer erinnern?«, fragte Bach.

»Ja, sobald ich das Bild dort sah. Sie haben natürlich geschossen. Beide. Und sie waren fantastisch gut darin. Zumindest fand ich das damals. Sie waren schnell und äußerst präzise. Sie war natürlich am besten. Das musste sie schließlich auch sein. Aber sie waren beide gute Schützen.«

»Das ist ja interessant«, sagte Therkelsen. »Sehr interessant.«

Bach räusperte sich. »Da ist noch etwas, worüber ich nachgedacht habe, seit ich das Programm gestern Abend gefunden habe.«

»Ja?«

»Das war wie gesagt 1952. Ich möchte wetten, dass Carla damals knapp über zwanzig war. Mir kam sie jedenfalls wie eine erwachsene Frau vor. Er war etwas älter. Vielleicht Ende zwanzig. Das heißt, dass er jetzt Ende sechzig sein muss.«

»Ende sechzig?«

»Auf jeden Fall Mitte sechzig.«

Therkelsen schwieg eine Weile. Er hatte sich keinen alten Mann vorgestellt. Andererseits sah man hin und wieder alte Artisten, die so sicher und gewandt waren wie ganz gewöhnliche jüngere Menschen. Sein Alter musste kein Hindernis sein. Ganz im Gegenteil.

Er sah Bach an.

»Wäre es vorstellbar, dass er gerade deshalb so an den alten Sitten und Traditionen hängt? Und damit auch an der Tradition der Rache?«

20

Winther stellte die Teetasse ab und beugte sich leicht vor, um ihre schmerzenden Beinmuskeln zu massieren.

»Tut es weh?«, fragte Lasse mit einem kleinen Lächeln.

Winther nickte und schnitt eine Grimasse. »Meine Kondition ist offenbar doch nicht so gut, wie ich dachte. Zu meiner Entschuldigung kann ich anführen, dass ich die Strecke gestern zweimal gelaufen bin. Aber in den Beinen merke ich es erst heute.«

»Das ist ganz normal«, sagte Lasse.

Sie waren die Strecke gestern Nachmittag mit einem Polizisten abgelaufen, der die Rolle von Lasse Bang eingenommen hatte. Sie hatten auch eine Art Generalprobe für ein mögliches Attentat gemacht, obwohl sich alle durchaus darüber im Klaren waren, dass das ziemlich nutzlos war. Niemand wusste, wie, wann oder wo es stattfinden würde.

Um sieben Uhr abends hatten sie die Vorstellung wiederholt, nur dass diesmal Lasse selbst die Hauptperson gewesen war.

Das Joggen war völlig ereignislos verlaufen. *Trivial pursuit* hatte Lyngsø es genannt, und wäre da nicht die Tatsache, dass der Mörder irgendwo auf der Strecke lauern *konnte,* hätte er Recht gehabt. Aber der zweite Durchlauf hatte ihr die Möglichkeit gegeben, sich die einzelnen Etappen der Strecke besser einzuprägen. In Wirklichkeit gab es nicht viele Stellen, die einem Schützen ideale Möglichkeiten boten. Er brauchte Deckung und Zeit, um anzulegen und zu zielen. Ihrer Einschätzung nach gab es nur drei Stellen, die infrage kamen, und sie wusste genau, welche davon sie wählen würde. Hier führte der Weg schnurgerade über eine Strecke von fast hundert Metern und bog dann verhältnismäßig scharf nach rechts ab. Das dichte, aber nicht undurchdringliche Gebüsch, das bereits Blätter hatte, gab gute Deckung. Das war einfach *die* Stelle. Wenn sie das nächste Mal dort vorbeiliefen, wollte sie gegen alle Regeln etwas schneller laufen, um den Abstand zwischen sich und Lasse zu verringern, und die Pistole schussbereit halten, damit sie sie im Ernstfall nicht erst aus dem Hosenbund ziehen musste. Lasse sollte zwar den Lockvogel spielen, aber er musste auch nicht niedergeschossen werden, wenn sie das verhindern konnte. Sie würde ihn für einige Sekunden aus den Augen verlieren, doch mit Lyngsø unmittelbar vor ihnen dürfte ihr Widersacher nicht die Zeit haben, etwas zu unternehmen, bevor auch sie die gerade Strecke erreicht hatte.

»In gewisser Weise finde ich, dass ich den Tod verdient habe«, unterbrach Lasse plötzlich ihre Gedanken.

Sie richtete sich abrupt auf und sah ihn wütend an. »Wie kann man nur so etwas Idiotisches von sich geben!«

Sie *war* wütend. Die halbe Polizei war auf den Beinen, um ihn zu beschützen, und der Mann saß da und sagte, dass er den Tod verdient hatte. Wie konnte er nur!

»Es war schließlich meine Schuld.«

»Sie konnten doch nicht wissen, worauf die aus waren.«

»Ich hätte es aber wissen müssen. Und ich hätte es verhindern müssen.«

»Wie denn? Seien Sie nicht blöde!«

»Sie hat Selbstmord begangen.«

»Ja, ich weiß. Das war auch nicht Ihre Schuld. Haben Sie mal mit einem Psychologen darüber gesprochen?«

»Nein.«

»Ich denke, das sollten Sie tun.«

»Wir hätten verurteilt werden müssen.«

»Da haben Sie Recht.«

Er sah sie verblüfft an. »Dann sind Sie also einer Meinung mit mir?«

»Natürlich. Ich finde auch, dass man Sie alle hätte verurteilen müssen, aber nicht indem man Ihnen den Kopf wegbläst.«

»Stimmt«, sagte er ein wenig zweifelnd.

»Liegt es an diesem verdammten Schuldgefühl, dass Sie sich in der Jugendarbeit engagieren?«

»Vielleicht. Aber nicht nur. Es macht mir auch Spaß.«

»Das ist doch was.«

Sie schwiegen, während Winter ihnen noch einmal Tee einschenkte.

»Haben Sie Angst vor dem Tod?«, fragte er.

Sie sah ihn an. Die Gefahr schwebte über *seinem* Haupt. »Und Sie?«

Er lächelte leicht. »Ich habe zuerst gefragt.«

»Ja«, sagte sie. »Das habe ich.«

»Wovor haben Sie Angst? Schmerzen zu haben oder …«

»Nein, vor dem Tod selbst. Davor, tot zu sein. Weil ich das nicht verstehe. Wenn ich …«

Ihr Funkgerät piepste. »Gerade hat jemand das Treppenhaus betreten«, sagte eine metallene Stimme. »Wahrscheinlich ein Mann. Wir sind bereit.«

»Okay, ich auch.«

Sie lächelte Lasse schief an. »Die scheinen nicht allzu helle zu sein. Wahrscheinlich ein Mann! Das müssen sie doch sehen. Na schön, es kann ja sein, dass die fragliche Person jemanden auf einer anderen Etage besuchen will.«

Jetzt hörten sie Schritte auf der Treppe. Sie bewegten sich nach oben. Winther griff nach der Pistole und stand auf. Jetzt hatten die Schritte ihre Etage erreicht. Dann schellte es.

»Jetzt weiß ich, was wir vergessen haben. Einen Türspion«, sagte Winther.

Es schellte erneut.

»Erwarten Sie jemanden?«, fragte Winther.

Lasse schüttelte den Kopf.

Winther stand auf der Innenseite der Tür, die Pistole schussbereit. »Wer ist da?«, fragte sie.

»Merete.«

Winther sah Lasse an, der nickte. »Das ist in Ordnung.«

Winther öffnete die Tür. Das Mädchen, das draußen stand, war sehr groß, fast einen Kopf größer als Winther. Sie trug einen langen, altmodischen Trenchcoat und hatte einen alten Herrenhut auf dem Kopf. Vielleicht war es entschuldbar, dass die Typen da unten sich nicht sicher gewesen waren, welchen Geschlechts diese Person war.

Sie starrte Winther überrascht und neugierig an.

»Ein bisschen spät für einen Besuch«, sagte Winther und sah auf die Uhr.

»Ich wollte nur reden«, sagte das Mädchen schüchtern. »Aber vielleicht ist das ja jetzt nicht so gut.«

»Stimmt«, sagte Winther. »Das ist jetzt wirklich nicht so gut.«

»Na schön, dann gehe ich wieder!«, sagte das Mädchen. »Grüßen Sie Lasse.«

Winther schloss die Tür und drehte sich zu Lasse um. »Habe ich Ihnen jetzt was kaputt gemacht?«

Er schüttelte den Kopf.

»Sie können es ihr erklären, wenn das hier ausgestanden ist.«

»Das ist nicht nötig. Sie kommt hin und wieder, um zu reden, wenn sie deprimiert ist. Ich habe keine Freundin. Ich hatte eine, aber das ist seit einem Jahr vorbei.«

Winther fühlte sich unangemessen erleichtert, was sie selbst nicht verstand. Es konnte ihr doch völlig gleichgültig sein, ob er eine Freundin hatte oder nicht.

»Es ist gleich zwölf«, sagte sie. »Wollen Sie nicht schlafen gehen? Morgen ist auch noch ein Tag.«

Er schüttelte den Kopf. »Ich warte, bis Bach kommt. Ich sitze gerne hier und rede mit Ihnen.«

Høyer konnte nicht schlafen. Er drehte sich von einer Seite auf die andere. Jedes Mal wenn er glaubte, einen Zipfel vom Schlaf erhascht zu haben und über sich ziehen zu können wie eine Decke, wurde er ihm wieder fortgerissen. Schließlich gab er auf und schlich sich vorsichtig aus dem Bett, um Rigmor nicht zu wecken.

Er holte die Whiskyflasche aus dem Wohnzimmer und ging damit in die Küche, um sich einen dünnen Whisky mit Wasser aus dem Wasserhahn zu mixen.

Dann kehrte er ins Wohnzimmer zurück und setzte sich an den Schreibtisch, während er an dem Glas nippte. Bis auf eine Schreibtischlampe lag das Zimmer im Dunkeln. Høyer dachte nach. Er dachte an van Dongen, an den alten Fall aus Holland, den König, den Prinzen und an Brian, und er wurde immer besorgter.

Er wusste nicht, wie lange er dort gesessen hatte, als er Rigmors leichte Schritte in der Diele hörte. Einen Moment später stand sie in ihrem langen, weißen Nachthemd und in Pantoffeln in der Tür und blinzelte ins Licht.

Høyer drehte sich zu ihr um. »Da haben wir ja Rigmor in allem Glanz und aller Herrlichkeit!«, sagte er lächelnd.

»Du sitzt hier und trinkst Whisky?«, fragte sie.

»Ich trinke Whisky und denke nach.«

Sie stellte sich hinter ihn und massierte ihm Nacken und Schultern.

»O ja«, sagte er, »das hilft.«

»Wobei?«

»Ich mache mir Sorgen.«

»Niels, das ist nicht dein Fall. Du hast nichts damit zu tun. Du bist nicht mehr bei der Polizei. Du bist pensioniert! Hast du das vergessen? Du solltest nachts schlafen, statt dich aus dem Bett zu schleichen, um nachzudenken und Whisky zu trinken.«

»Woher weißt du, woran ich gedacht habe?«

»Ich habe es den ganzen Abend über gespürt.«

»Rigmor Høyer. Du bist nicht mit einem Polizisten verheiratet, du bist mit einem Rentner verheiratet. Du solltest nachts schlafen, statt dich aus dem Bett zu schleichen und deinen Mann zu stören, wenn er nachdenkt und Whisky trinkt, denn du weißt doch, dass er sich nicht über irgendwelche Fälle Gedanken macht.«

Sie lachte. »Mir kannst du nichts vormachen. Worüber machst du dir Sorgen?«

»Du hast Recht. Es ist dieser Fall. Ich bereue, dass ich Therkelsen van Dongens Geschichte erzählt habe. Je mehr ich darüber nachdenke, desto sicherer bin ich mir, dass ich ihn auf eine falsche Fährte gelockt habe.«

»Was willst du jetzt tun?«

»Ich werde gleich morgen früh mit ihm reden.«

»Glaubst du, dass bereits etwas passiert ist? Etwas Unwiderrufliches?«

Høyer trank einen Schluck Whisky und lachte. »Nein, das ist das Absurde daran. Vielleicht ist dadurch sogar ein Mord verhindert worden.«

21

»Was meinst du damit, dass du mich auf eine falsche Fährte gelockt hast?«, fragte Therkelsen, während er Kaffee nachschenkte. Høyer hatte etwas zu essen mitgebracht. Vor ihnen stand ein Pappkarton mit einer Dagmartorte. Es war fast wie in den alten Tagen. Fast. Høyer betrachtete mit Abscheu den Plastikbecher. Zu seiner Zeit hatte er dafür gesorgt, dass es richtige Tassen gab. Der Standard war im Sinken begriffen.

»Ich meine, als ich dir die Geschichte erzählt habe, die ich von van Dongen gehört habe, hatte ich nicht die leiseste Ahnung von den näheren Umständen um den Tod des Prinzen. Davon habe ich erst später gehört, und als dann Brian auf dieselbe Weise erschossen wurde – einmal abgesehen davon, dass man ihn auch noch in den Kopf geschossen hat –, war es nahe liegend, den vielleicht voreiligen Schluss zu ziehen, dass es sich auch hier um einen Racheakt in Zusammenhang mit der alten Vergewaltigungsgeschichte handeln könnte.«

»Hm«, Therkelsen sah seinen früheren Vorgesetzten an, während er langsam seine Pfeife stopfte. »Aber das glaubst du nicht mehr. Warum?«

»Sieh dir die Fakten an. Zum einen ist die Sache neun Jahre her und Marias Selbstmord liegt inzwischen auch zwei Jahre zurück. Das ist zu lange. Zum anderen wurde auf den Prinzen zwar auf dieselbe Weise geschossen wie auf den Typen in van Dongens Geschichte, aber der Vater hat damals nicht geschossen, um zu töten. Er hat geschossen, um ihn zu kastrieren.«

»Der Prinz war auch nicht sofort tot.«

»Nein, aber ich möchte behaupten, dass die Chance beziehungsweise das Risiko, dass er überlebte, unter einem Prozent lag. An dem Ort, zu der Zeit. Bei Brian war das anders. Hier war das Risiko, dass er noch rechtzeitig von den Silberhochzeitsgästen entdeckt wurde, zu groß. Selbst wenn sie laut und ganz mit ihrer Feier beschäftigt waren, würde ich sagen, dass es fünfzig zu fünfzig stand.« Therkelsen runzelte die Brauen, als wollte er einen flüchtigen Gedanken oder eine Idee aufgreifen, aber Høyer fuhr fort: »Also hat man ihm auch noch in den Kopf geschossen.«

»Hm«, brummte Therkelsen. »Aber wenn es einzig und allein darum ging, die beiden zu töten, warum dann der ganze Hokuspokus? Warum ihnen in die Eier schießen? Wäre das nur bei dem Prinzen der Fall gewesen, könnte man vermuten, dass der Mörder falsch gezielt und sich gedacht hat, verdammt, er stirbt ohnehin. Aber bei Brian? Das war absolut unnötig.«

Høyer schüttelte den Kopf. »Ganz im Gegenteil. Das war äußerst nötig. Der Mörder wollte, dass du oder ihr oder wir zu genau diesem Schluss kommen, zu dem wir gekommen sind.«

Therkelsen schüttelte mit einem ungläubigen Lächeln den Kopf. »Nein, das ist zu weit hergeholt, Høyer. Er konnte schließlich nicht wissen, dass du nach Holland wolltest. Er konnte schon gar nicht wissen, dass du van Dongen treffen würdest, und er konnte erst recht nicht wissen, dass van Dongen dir genau diese Geschichte erzählen würde.«

»Stimmt. Aber er hätte eure Aufmerksamkeit schon irgendwie auf diese Geschichte gelenkt. Auf die eine oder andere Weise. Es war – vielleicht – sein Glück, dass ich zufällig darauf gestoßen bin. Von welchen Theorien seit ihr ausgegangen, bevor ich aufgetaucht bin und euch Sand ins Getriebe gestreut habe?«

»Von verschiedenen. Von der Øgade-Bande zum Beispiel.«

Høyer lachte. »Ich meine, Larsens subtilen Gedankengang zu ahnen.«

Therkelsen lächelte schief. »Na ja, du kennst ihn doch.«

Høyer sah ihn forschend an. »Aber das ist nicht deine Theorie.«

»Nein«, seufzte Therkelsen. »Das ist es nicht. Und wenn ich dir meine erzähle, wirst du wie alle anderen sagen, dass ich das vergessen kann. Ich habe das Gefühl, dass es mit dem unaufgeklärten Geldbomben-Coup zusammenhängt.«

Høyer lächelte. Nun gut, jetzt hatte Therkelsen also auch seine Gefühle. Ein gutes Zeichen. Wenn man ein Gefühl hatte, das einen nicht losließ, sollte man es ernst nehmen. Das hatte er selbst immer getan und verblüffend oft mit gutem Resultat.

»Du solltest deinen Gefühlen trauen«, sagte er zu Therkelsen. »Was haben die anderen gegen die Theorie?«

Therkelsen zuckte mit den Schultern. »Nur die winzige Kleinigkeit, dass die Blue Devils den Raub nicht begangen haben können. Du erinnerst dich doch, wie es abgelaufen ist. Der Ladeninhaber und einer der Lagerarbeiter wollten die Tageseinnahmen im Nachttresor deponieren. Ungefähr auf Höhe der Bank kommen zwei maskierte Typen auf sie zu, bedrohen sie mit einem abgesägten Jagdgewehr und einer Pistole, fordern sie auf, die Geldbomben herauszugeben, und schlagen sie nieder.«

»Nicht besonders freundlich.«

»Das war ziemlich unfreundlich. Sie haben hart zugeschlagen. Der Geschäftsinhaber hatte eine leichte Gehirnerschütterung, der andere einen Schädelbruch. Trotzdem haben wir ihren Hintergrund genauestens überprüft, aber es bestand absolut keine Grundlage zu der Annahme, dass sie selbst beteiligt waren. Die beiden Räuber flüchteten und hier kommt Lyngsø ins Bild. Er hat sie flüchten sehen, wie ich dir neulich erzählt habe. Doch zum einen wusste er da noch nicht, was passiert war, und zum anderen war er mit dem Fahrrad unterwegs. Sobald er begriffen hatte, dass es sich um einen Raubüberfall handelte, hat er uns und den Krankenwagen alarmiert. Wir haben den genauen Zeitpunkt und genau zur selben Zeit betraten der Prinz und Brian ihre damalige Stammkneipe. Und dafür hatten sie um die fünfzig Zeugen.«

»Die nicht alle bestochen oder bedroht worden sein können. Nein, mir ist schon klar, dass dieses Alibi nicht so ohne Weiteres zu widerlegen ist. Warum glaubst du dann noch immer, dass sie es waren?«

»Aus mehreren Gründen. Der wichtigste ist vielleicht der, dass sich der Geschäftsinhaber hundertprozentig sicher ist, den Prinzen erkannt zu haben.«

»Sie waren maskiert.«

»Trotzdem. Er hat sich vor allem an die Stimme erinnert. Wir haben ihm ein paar Proben vom Tonband vorgespielt und er hat jedes Mal auf die richtige Stimme getippt. Und dann ist da noch mein Gefühl.«

»Und wenn sie nun zu dritt waren …«, setzte Høyer an und Therkelsen brach in Gelächter aus.

»Das haben wir auch durchgespielt. Dass ein Dritter das Auto gefahren, den Prinzen und Brian gleich wieder abgesetzt hat und mit der Beute verschwunden ist. Wir haben das zeitlich überprüft und es wäre vielleicht möglich, aber der Zeitrahmen wäre sehr knapp gewesen, eigentlich zu knapp. Das ist das eine. Das andere ist, dass die ganze restliche Bande in der Kneipe saß, als sie kamen.«

»Alle?«

»Jeder Einzelne, der nicht im Gefängnis saß oder an einem Beatmungsgerät hing.«

»Irgendwie auffällig, nicht?«

»Sehr auffällig. Es wirkt gestellt. Aber wenn sie es waren, haben wir die Nuss zumindest nicht knacken können.«

Høyer dachte nach. »Wäre es vorstellbar, dass es jemand war, der nicht zu der Bande gehört? Ein völlig Außenstehender?«

Therkelsen lachte. »Natürlich. Wir sind das alles durchgegangen, Høyer. Wir haben sie noch über mehrere Monate nach dem Überfall beobachtet. Sie haben sich mit absolut niemandem getroffen, der nicht zu der Bande gehört. Außerdem haben wir das Telefon des Prinzen eine Zeit lang abgehört. Das Ergebnis war gleich null.« Er formte mit Daumen und Zeigefinger einen Kreis.

Høyer nahm sich geistesabwesend noch ein Stück Kuchen. Er kaute kurz darauf herum, bevor er etwas sagte.

»Wenn du sagst, dass sie sich mit absolut niemandem getroffen haben, der nicht zu der Bande gehört, dann stimmt das nicht ganz, richtig?«

»Doch, ich versichere es dir. Sie haben sich nicht einmal für eine Minute mit jemandem getroffen, von dem man sich vorstellen könnte, dass er ihnen bei dem Überfall geholfen hat.«

»Genau.«

»Wie meinst du das?«

»Dass man sich vielleicht nach jemandem umsehen sollte, von dem man sich das nicht vorstellen kann.«

Therkelsen schwieg lange, dann sah er Høyer an. »Sprichst du von einem *anständigen Mann?*«

»Zum Beispiel«, sagte Høyer. »Einer, der sie von früher kennt. Einer, der vielleicht über seine Verhältnisse gelebt hat. Einer, der das Ganze vielleicht geplant hat. Einer, der Angst hat, sein gutes Image aufs Spiel zu setzen, falls sie trotzdem nicht dichthalten sollten. Geldgier kann auch eine Rolle gespielt haben. Einer, der ihre Vorgeschichte kennt und der von der Geschichte, die van Dongen erzählt hat, gehört oder gelesen haben kann.« Er sah Therkelsen forschend an. »Ich sehe, dass dir bereits jemand eingefallen ist. Wer? Du musst es mir nicht sagen, wenn das ein Polizeigeheimnis ist.«

»Ach, sei doch still, Høyer«, sagte Therkelsen. »Ich glaube übrigens, du weißt, wen ich meine.«

»Nein«, sagte Høyer, »eigentlich nicht.«

»Flemming Rosgård«, sagte Therkelsen.

»Flemming Rosgård?«, Høyer sah etwas verwundert aus.

»Er hat sich mit ihnen getroffen. Und erinnerst du dich nicht an die Geschichte mit dem Gemälde? Vielleicht war das nur ein Märchen. Eine plausible Erklärung, falls jemand sich für seine Finanzen interessieren sollte. Und er hat selbst erzählt, dass er in Holland war.«

»Jaa, schon.« Høyer schien seine Zweifel zu haben.

»Und noch eins. Mir kam der Gedanke, als du das mit den Risiken erwähnt hast. Er ist ein Spieler. Er hat mir selbst erzählt, dass er gerne spielt. Aber nur wenn es nicht mit zu vielen Risiken verbunden ist. Verstehst du?«

»Ich muss zugeben, dass ich das nicht richtig verstehe.«

»Ich schon«, sagte Therkelsen. »Und ich denke, ich

werde ihm einen Besuch abstatten, und diesmal wird der Ton nicht so herzlich ausfallen.«

»Du hast ihn nie wirklich gemocht, nicht?«

»Nie wirklich, nein.«

»Ich glaube, du irrst dich.« Høyer lächelte. »Aber das ist nur ein Gefühl.«

»Übrigens«, sagte Therkelsen, »soll das heißen, dass du der Meinung bist, wir können die Bewachung von Lasse Bang abblasen?«

»Um Himmels willen, nein!«, rief Høyer entsetzt.

»Aber er hatte doch nichts mit dem Geldbomben…«, Therkelsen schwieg abrupt.

»Da siehst du es selbst. Lasse Bang ist die Krönung des Werks. Die uns endgültig davon überzeugen soll, dass es um Rache für die alte Geschichte geht. Warum hast du dich eigentlich so leicht davon überzeugen lassen, dass das wirklich eine falsche Fährte ist?«

»Weil die Polizei von Nizza sich gerade gemeldet hat. Frank Hernandez, der frühere Meisterschütze, tritt dort in einem Varietee auf und das schon seit drei Wochen. Jeden Abend zweimal, außer sonntags.«

»Aha!«

»Ganz recht, aha!«

Høyer ging zur Tür. »Ich habe übrigens Bach getroffen, als ich kam. Er wollte nach Hause und schlafen. Er hat mir erzählt, dass Lasse Bang sich in einen seiner Aufpasser verliebt hat.«

»In Bach?«

Høyer lachte. »Nein, verdammt! In Winther.«

»Sie hat einen Freund.«

»Ja, aber er ist ein Langweiler. Wie habt ihr die Bewachung organisiert?«

»Wenn du Zeit hast, dich mit Bach und mir um sechs bei *Frikadellen-Ruth* zu treffen, erzähle ich es dir, wenn wir eine ruhige Ecke finden.«

»Ich habe keine Zeit, aber ich komme trotzdem. Das interessiert mich.«

Flemming Rosgård war äußerst höflich und äußerst kooperativ. Er suchte die Quittung über den Kauf des Gemäldes von der alten Dame heraus und eine weitere über den Verkauf an das Van-Gogh-Museum.

Eine Million. Genau wie er gesagt hatte. Aber in Gulden. Das hatte er nicht erwähnt.

»Wo ist das Geld jetzt?«, fragte Therkelsen.

»Das muss ich Ihnen eigentlich nicht sagen, aber es ist noch immer in Holland. Ich habe in holländische Aktien investiert. Ich habe bestimmt erzählt, dass ich etwas von einem Spieler habe.« Er lächelte. »Ich gehe davon aus, dass das hier einen Grund hat, und ich bin natürlich neugierig, aber zu höflich, um zu fragen.«

»Ich möchte gerne wissen, wo Sie am letzten Mittwochabend waren.«

»Ja, ich wusste doch, worauf Sie hinauswollen. Ich muss Sie enttäuschen. Mittwochabend ist mein Musikabend. Jeden Mittwoch. Ich habe also sowohl für den Abend, als Brian ermordet wurde, als auch für den, an dem den Prinzen das gleiche Schicksal ereilt hat, ein Alibi.«

»Sie machen Musik?«

»Ja, Jazz. Alten Jazz. Ich spiele mit drei anderen zusammen.«

»Was spielen Sie?«

»Klarinette.«

»Und die drei können bestätigen, dass Sie da waren?«

»Sicher.«

»Von wann bis wann?«

»Wir fangen um acht an und ich gehe immer genau um eins.«

»Das ist lange.«

Flemming Rosgård lächelte erneut. »Ja, und da ich weiß, dass Sie anfangen werden zu graben und zu bohren, kann ich auch gleich gestehen, dass wir nur eine Stunde Jazz spielen. Anschließend spielen wir Karten.«

»Um Geld?«

»Natürlich.«

»Poker?«

»Mauscheln.«

»Mauscheln? Ist das nicht ein Kinderspiel?«

»Ich glaube, Sie sollten einmal mitkommen.«

»Warum haben Sie gesagt, dass das Ihr Musikabend ist?«

»Weil ich das meiner Frau sage. Sie weiß nicht, dass ich einmal die Woche Karten spiele. Sie würde das nicht verstehen. Und schon gar nicht, dass wir um hohe Summen spielen.«

»Wie hoch?«

»Unter uns gesagt, ziemlich hoch. Einmal habe ich zwölftausend Kronen verloren. Aber normalerweise gewinne ich. Ich habe Ihnen doch erzählt, dass ich spiele, um zu gewinnen. Deshalb gehe ich immer um eins. Wenn ich noch klar denken kann.«

»Wir werden das natürlich überprüfen.«

»Bitte sehr. Aber wie kommen Sie auf mich?« Er sah Therkelsen nachdenklich an. »Ich glaube, ich weiß. Der Geldbomben-Coup spukt Ihnen noch immer im Kopf herum. Komischerweise habe ich mir auch meine Gedanken darüber gemacht. Ich habe gewusst, dass ein klügerer Kopf dahinter gestanden haben muss, als meine Mandanten – meine verstorbenen Mandanten – ihn hatten. Das glaube ich noch immer, aber sie können benutzt worden sein, nicht? Sie sind zu dem gleichen Schluss gekommen, wie ich sehe. Ich weiß nicht, ob ich mich geschmeichelt fühlen soll, dass Sie auf mich gekommen sind. Ich war es nicht, aber Sie haben sicher Recht damit, dass der Täter ein Spieler sein muss. Aber ein richtiger Spieler. Ich würde nie gegen die Polizei spielen. Das Risiko ist mir zu hoch.« Er zögerte kurz. »Aber wenn Sie sich ein wenig umsehen, glaube ich, dass die Lösung Ihnen plötzlich ins Auge springt.«

Therkelsen sah ihn fragend an. Genau wie letztes Mal hatte er das Gefühl, dass Rosgård versuchte, ihm etwas zu erzählen, ohne es direkt sagen zu wollen.

Winther schaute am Mittwochabend kurz im Präsidium herein, bevor sie zu Lasse fuhr.

»Haben Sie etwas für mich?«, fragte sie den Dienst habenden Beamten.

»Ja, eine Frau hat angerufen. Ich soll nur sagen, dass sie Tommys Mutter ist. Hier, ich habe die Nachricht aufgeschrieben.« Er gab ihr einen zusammengefalteten Zettel und Winther steckte ihn in die Tasche. Sie konnte ihn sich nachher ansehen. Sie war spät dran.

Winther nahm ihre Tasche mit den Kleidern zum Wechseln und ging schnell zu ihrem Auto.

Als einzige der vier Schutzengel ging sie einfach ins Haus und hoch zu Lasse Bang. Wenn jemand sie beobachtete, würde er meinen, sie sei seine neue Freundin.

Und noch dazu ein äußerst anständiges Mädchen, das um sechs Uhr kam und Punkt zwölf wieder ging. Sie wünschte, die verdammte Joggingrunde wäre schon überstanden. Wünschte, dass sie schon wieder zu Hause bei einer Tasse Tee in seinem Wohnzimmer säßen und redeten. Ihr würden diese Abende ein bisschen fehlen, wenn es überstanden war. Nicht ein bisschen. Sie würden ihr sehr fehlen.

Høyer stellte sich Punkt sechs bei *Frikadellen-Ruth* ein. Therkelsen und Bach kamen etwas später.

Therkelsen schüttelte zu Høyers unausgesprochener Frage den Kopf.

»Nix. Er war es nicht. Der Handel war absolut in Ordnung und er hat ein hieb- und stichfestes Alibi. Die anderen Musiker haben das bestätigt.«

»Musiker?«

»Ja, offiziell treffen sie sich, um Jazz zu spielen.«

»Und inoffiziell?«

»Mauscheln.«

»Das kann teuer werden«, sagte Bach.

»Das kann man wohl sagen«, bestätigte Therkelsen trocken.

Die Frikadellen kamen und sie sprachen über alles Mögliche, während Frikadellen-Ruth in eigener Person dafür Sorge trug, dass es ihnen an nichts fehlte.

Als sie wieder allein waren, setzten Bach und Therkelsen Høyer über den Plan zur Bewachung von Lasse Bang in Kenntnis.

»Falls etwas passiert, wird es beim Joggen passieren«, sagte Therkelsen. »Ich habe mir die Runde am Montag selbst angesehen und will eigentlich heute Abend rausfahren. Du kannst mitkommen, wenn du Lust hast.«

»Lyngsø gibt ihm kaum eine Chance«, sagte Bach. »Er setzt achtzig zu zwanzig, dass der Typ ihn kriegt. Auf keinen Fall mehr als fünfzig zu fünfzig.«

»Er hat offenbar nicht viel Vertrauen in uns«, zischte Therkelsen. »Ich hoffe nicht, dass er Recht behält.«

»Habt ihr wirklich gewettet?«, fragte Høyer.

»Natürlich nicht! Ich finde das unmoralisch.«

Es war nach sieben, als sie nach Skovbakken rausfuhren. Høyer wirkte ein wenig zerstreut während der Fahrt. Therkelsen fragte sich, ob er es bereute, mitgefahren zu sein. Andererseits spitzte so ein altes Zirkuspferd einfach die Ohren, wenn es Musik hörte.

»Das ist unser Wachposten«, sagte Therkelsen, als sie an einem anonym aussehenden Auto vorbeifuhren. »Alle in dem Auto haben ein Funkgerät und die Anweisung, es so wenig wie möglich zu benutzen.«

»Wie lang ist die Strecke?«

»Sie laufen sie in einer Dreiviertelstunde.« Therkelsen lachte. »Wir anderen würden vermutlich die doppelte Zeit brauchen. Ich schalte das Funkgerät ein, dann können wir verfolgen, was sich tut.«

Während Winther den Weg entlanglief, versuchte sie, die ganze Zeit dasselbe Tempo zu halten. Sie waren in derselben Reihenfolge wie letztes Mal losgelaufen. Erst Lyngsø, neunzig Sekunden später Lasse und sechzig Sekunden später sie. Sie hatte die Wartezeit genutzt, um die Nachricht von Tommys Mutter zu lesen. »Tommy sagt, dass der Mann einen lustigen Ring mit einem Hundekopf hatte.«

Wer weiß, ob das stimmte. Ein Hundekopf. Niemand hatte einen Ring mit einem Hundekopf. Sie spürte, dass ihre Muskeln vom Montag noch immer leicht steif waren. Wenn sie nur nicht zu stark zurückfiel. Nein, sie sah für einen Moment Lasses blondes Haar. Der Abstand war in Ordnung. Nun kamen ein paar Kurven, in denen sie ihn aus dem Blick verlor, dann sah sie noch einmal kurz sein Haar und jetzt waren es nur noch ein paar hundert Meter bis zu der *Stelle.*

»Rosgård meint, dass unser Mann ein Spieler ist«, sagte Therkelsen zerstreut. Er war auf die kurzen Mitteilungen konzentriert, die jetzt hin und wieder über Funk kamen.

»Warum?«

»Er hat es nicht begründet, aber zu diesem Schluss waren wir ja auch gekommen.«

»Hm«, sagte Høyer. Er machte einen sehr düsteren Eindruck.

»Er hat auch gesagt, dass mir die Lösung in die Augen springen würde, wenn ich mich umsähe.«

»Hat er das!«, rief Høyer.

Therkelsen sah ihn verblüfft an.

»Was ist?«

»Flemming Rosgård war uns einen Schritt voraus, aber ich bin zu demselben Schluss gekommen. Sag mal, habt ihr noch etwas anderes als Lyngsøs Erklärung, was das Fluchtauto angeht? Haben es noch andere gesehen?«

»Es ist kurz darauf gefunden worden. Sie haben es gegen ein anderes ausgetauscht. Das haben sie mehrmals gemacht.«

»Ich glaube, sie haben von vornherein an den verschiedenen Stellen Autos abgestellt. Und nicht ein einziges benutzt. Da hast du die Erklärung für ihr Alibi.«

»Unmöglich.«

»Nicht die Spur. Lyngsø hat die Geldbomben versteckt, bevor er angerufen hat. Zu dem von ihm gewählten Zeitpunkt, verstehst du?«

»Høyer, du bist verrückt! Er ist Polizist.«

»Genau. Er war über alles informiert, was ihr unternommen habt. Er wusste von der Beschattung und der Telefonüberwachung. Er hat Verbindung zu Kreisen in Holland und er kannte den König, den Prinzen und Brian.«

»Und er ist ein Spieler«, fügte Bach hinzu. »Ich dachte, das wüsstest du.«

»Er wird es nicht wagen, hier etwas zu versuchen«, sagte Therkelsen. »Er weiß schließlich, dass hier überall Polizei ist.«

»Wollen wir wetten?«, fragte Høyer trocken.

Lasse Bang lief nicht so unbeschwert wie sonst. Er hatte Schwierigkeiten, seinen Atem unter Kontrolle zu bekommen, und die Muskeln fühlten sich hart an und schmerzten. Er wusste, dass das auf seine Nervosität zurückzuführen war. Zu viel Adrenalin im Körper. Stand wirklich irgendwo jemand mit einem Gewehr und wartete darauf, den tödlichen Schuss auf ihn abzufeuern? Der Weg führte um eine Kurve und vor ihm lag eine lange gerade Strecke. Er war ungefähr dreißig Meter gelaufen, als er plötzlich über eine Baumwurzel stolperte. Normalerweise hätte sie ihm bestimmt nichts anhaben können, aber heute fiel er der Länge nach hin und blieb liegen – völlig ausgepumpt. Er hatte das Gefühl, nie mehr aufstehen zu können.

Winther erreichte die *Stelle* einige Sekunden später. Sie sah Lasse fallen, spürte aber im selben Moment ein Projektil dicht an ihrem Ohr vorbeisausen. Sie wusste instinktiv, dass Lasse nicht getroffen worden war. Sie lief zu ihm, beugte sich kurz über ihn, drückte seinen Kopf auf den Boden und flüsterte: »Liegen bleiben!«, bevor sie weiterspurtete. Genau an der Stelle, wo der Weg wieder eine Biegung machte, lief sie Lyngsø, der aus dem Gebüsch auftauchte, fast in die Arme.

»Ich habe die anderen über Funk verständigt«, sagte er. »Der Typ ist hier ins Unterholz gelaufen. Er muss hinter einem Baum gelegen oder gestanden haben, als ich vorbeigelaufen bin. Ich habe einen Knall gehört. Dann habe ich gehört, wie jemand durch das Gebüsch gestürzt ist. Er kann uns nicht entkommen, aber er hat ihn also erwischt.«

Sie starrte ihn an. Warum sagte Lyngsø, dass er ihn erwischt hatte? Hatte er Lasse fallen sehen? Nein, unmöglich. Er war doch ein Stück vorausgelaufen.

Mit der Pistole in der Hand machte sie einige Schritte ins Gebüsch. Ihr Fuß blieb an etwas hängen. Sie bückte sich und hob es auf.

»Er hat das Gewehr hier weggeworfen«, sagte sie tonlos. Sie fühlte sich leicht benommen.

»Du kannst es mir geben«, sagte er und streckte die Hand aus.

Sie wollte ihm gerade das Gewehr reichen, als sie seine Hand sah. Am kleinen Finger steckte ein Ring. Ein Goldring mit einem eingravierten Drachenkopf. Hundekopf oder Drachenkopf! Ein zehnjähriger Junge sieht den Unterschied nicht.

»Nein, Lyngsø. Das ist nicht nötig«, sagte sie. »Ich behalte es.«

Lyngsø sah sie forschend an.

»Du solltest die Kollegen besser noch einmal verständigen«, sagte sie. »Sie müssten eigentlich längst hier sein.«

Lyngsø sprach noch einmal ins Funkgerät. »Berichtigung. Es war nicht an Punkt zwölf, sondern Punkt elf.«

»Ach, du hast dich das erste Mal vertan«, sagte sie. »Das kann passieren.«

Sie wusste, dass auf dem Gewehr keine Fingerabdrücke waren. Er hatte sie natürlich abgewischt, bevor er es ins Gebüsch geworfen hatte. Sie sah ihn an. Eigentlich mochte sie ihn. Er war immer so lustig.

Auf dem Weg waren schnelle Schritte zu hören. Lyngsø wandte sich um und Lasse bog um die Ecke.

Lyngsø drehte den Kopf und starrte sie an.

Winther hatte das Gewehr erhoben, sodass es direkt auf seine Brust zeigte. Lyngsø wusste genau, wie viel Schaden es anrichten konnte.

»Es hat nicht funktioniert, Lyngsø«, sagte Winther müde. Sie hatte das Gefühl, keine Gedanken und keine Gefühle mehr zu haben. »Du hast ihn nicht getroffen. Er ist nur gefallen.«

Torben Lyngsø zuckte mit den Schultern. »Win some, lose some.«

Und Winther dachte, wie sehr diese Bemerkung Therkelsen geärgert haben würde.

22

»Was für ein Mädchen!«, sagte Høyer zu seiner Frau, als er ihr die Geschichte erzählt hatte. »Ganz kalt und ruhig. Der Mann hat schließlich drei Menschen umgebracht und es bei einem vierten versucht.«

»Drei?«, sagte Frau Høyer.

»Ja, wie er sagte, könnte er jetzt auch gut dem armen Assistenzarzt aus der Patsche helfen. Er hat dem König die Überdosis Morphium gegeben. Die beiden hatten den Überfall gemeinsam geplant. Und er hat Angst bekommen, dass der König doch noch so weit genesen könnte, dass er sich verplappert.«

»Von all dem habe ich nicht das Geringste mitbekommen.« Rigmor Høyer sah ihn an. »Warum hat er das getan?«

Høyer zuckte mit den Schultern. »Er ist ein Spieler.«

»Was hat Therkelsen gesagt?«

»Er hat gesagt: ›Jetzt wird sie den langweiligen Versicherungsheini hoffentlich zum Teufel schicken.‹ Und das wird sie zweifellos auch tun. Man konnte die Amoretten geradezu über ihnen schweben sehen.«

Rigmor Høyer lachte. »Wie schön. Und alle Hunde setzten sich mit an den Tisch und machten große Augen, genau wie in Andersens Märchen.«

»Welche Hunde?«

»Du und Bach und Therkelsen.«

»Frau, manchmal bin ich fest davon überzeugt, dass wir zu lange verheiratet sind«, sagte Høyer. Er sah sie an. »Aber nicht lange genug.«

Flemming Rosgård holte Tina vom Flughafen ab.

»Ich habe einen deiner alten Freunde im Flieger nach Kopenhagen getroffen«, sagte sie.

»Wen denn?«

»Hast du ihn nicht gesehen? Den dort, den mit der Baskenmütze.«

»Ach so, ihn. Nein, ich habe ihn nicht gesehen.«

»Das ist doch einer von deinen Mitspielern, oder?«

»Ja, schon«, sagte er unruhig.

»Spielt ihr Jazz?«, fragte sie.

»Ja.«

»Was bist du doch für ein Lügner. Er hat mir erzählt, dass ihr Mauscheln spielt.«

»Wir spielen auch Jazz.«

»Das ist doch in Ordnung, mein Lieber. Warum sollst du nicht Karten spielen? Hauptsache du spielst nicht Poker oder etwas, was wirklich teuer wird.«

Er lächelte sie an. Sie war süß und es war wunderbar, dass sie wieder zu Hause war. Er wusste gar nicht, ob er noch Lust hatte zu spielen. Jetzt, da sie es wusste. Es war Teil des Spiels gewesen, dass es sein Geheimnis war. Der wichtigste Teil. Win some, lose some.

Wie Torben Lyngsø. Er wusste nicht, wann er zum ersten Mal Verdacht geschöpft hatte. Aber er hatte gewusst, dass etwas nicht stimmte. Es war nicht gut, wenn in der Stadt Gerüchte umgingen, dass ein Polizist spielte. Und er hatte ihn selbst an den Spieltischen gesehen, als das Kasino hier aufgemacht hatte. Ja, er war einer der Verlorenen. Ein richtiger Spieler gewinnt nie!

»Ich habe es doch gesagt«, sagte Carla Neumann ein paar Monate später triumphierend zu ihrer Tochter, als sie erfuhr, dass Winther einen neuen Freund hatte, der bei ihr eingezogen war. Ein großer, blonder Typ. Norma hatte ihr nicht erzählt, wer er war. »Ich habe ihr prophezeit, dass sie noch vor Jahresende einen großen, blonden Mann heiraten wird. Warte nur ab, ich habe Recht.«

»Ja, Mutter«, sagte Norma. »Diesmal hast du Recht, glaube ich.«

Weitere Krimis von Kirsten Holst

Du sollst nicht töten!
Deutsche Erstausgabe. Aus dem Dänischen von Paul Berf
ISBN 3-89425-501-3
»Die dänische Queen of Crime: Kirsten Holst sorgt mit ihrem Krimi, in dem es um eine Serie von Morden in Jütland geht, für Hochspannung.«
Neues Deutschland

Wege des Todes
Deutsche Erstausgabe. Aus dem Dänischen von Hanne Hammer
ISBN 3-89425-510-2
»Die Charaktere sind sorgfältig gezeichnet, ihre Sprache ist authentisch und klar und die Atmosphäre sachlich und lebendig – zugleich ein bisschen wie ein Wallander-Krimi und doch mit ganz eigener Note. Bitte mehr davon!« Lit4.de

In den Sand gesetzt
Deutsche Erstausgabe. Aus dem Dänischen von Hanne Hammer
ISBN 3-89425-517-X
»In Dänemark sind die Romane der Holst Bestseller, Amerika hat ihr den Edgar-Allen-Poe-Preis verehrt. Vergnüglich die Motiv- und Mördersuche, genau die richtige Unterhaltung für längere Abende am Kamin.« Blitz Leipzig

Zu lebendig zum Sterben
Deutsche Erstausgabe. Aus dem Dänischen von Hanne Hammer
ISBN 3-89425-529-3
»Dieser Roman ist mehr als ein raffinierter Krimi.« Buchprofile

Volles Haus
Deutsche Erstausgabe. Aus dem Dänischen von Hanne Hammer
ISBN 3-89425-540-4
»Es gibt eigentlich keinen Grund, warum Kirsten Holst, die dänische Queen of Crime, in Deutschland nicht genauso bekannt ist wie ihre nordischen Mörderkollegen Mankell oder Indridason. Geradlinig und ohne viel Schnickschnack spinnt sie einen spannenden und vor allem logisch aufgebauten Plot, dessen Fäden sie zu jeder Zeit in der Hand behält.«
www.literature.de

Der Tod steht auf der Schwelle
Deutsche Erstausgabe. Aus dem Dänischen von Hanne Hammer
ISBN 3-89425-547-1
»Krimivergnügen pur.« Lübecker Nachrichten

grafit